Jürgen Seibold
Volltreffer

PIPER

Zu diesem Buch

Seit vielen Jahren kümmert sich nur mehr der alte Eremit Roth um das kleine Blumenbeet neben der Kapelle St. Rasso in Schweinegg. Er ist ein Sonderling und lebt alleine in einer windschiefen Waldhütte in der Nähe der Burgruine Hohenfreyberg. Kriminalmeister Haffmeyer kennt Roths kriminelle Vergangenheit, und als er erfährt, dass Roth schon mehrere Tage lang nicht mehr nach seinem Beet gesehen hat, schaut er in dessen Hütte nach dem Rechten. Da schlägt ihm aus dem Toilettenhäuschen ein stechender Gestank entgegen – und tatsächlich: Der Eigenbrötler sitzt mit heruntergelassener Hose tot auf der Kloschüssel. In seiner Stirn steckt der Bolzen einer Armbrust ...

Jürgen Seibold, 1960 in Stuttgart geboren, arbeitete als Redakteur und freier Journalist. 1989 veröffentlichte er seine erste Musikerbiografie. Es folgten weitere Sachbücher, Theaterstücke, Thriller, Komödien und Kriminalromane. Mit seiner Familie lebt Jürgen Seibold im Rems-Murr-Kreis.

Jürgen Seibold

Volltreffer

Ein Allgäu-Krimi

PIPER

Mehr über unsere Autorinnen, Autoren und Bücher:
www.piper.de

Wenn Ihnen dieser Krimi gefallen hat, schreiben Sie uns unter Nennung des
Titels »Volltreffer« an empfehlungen@piper.de, *und wir empfehlen Ihnen gerne*
vergleichbare Bücher.

Von Jürgen Seibold liegen im Piper Verlag vor:

Allgäu-Krimis:	*Lesen auf eigene Gefahr:*
Band 1: Rosskur	Band 1: Schneewittchen und die sieben Särge
Band 2: Gnadenhof	Band 2: Sein oder Totsein
Band 3: Landpartie	Band 3: Frodo war's nicht
Band 4: Pferdefuß	
Band 5: Schandfleck	Mein perfektes Ich kann mich mal
Band 6: Spritztour	
Band 7: Volltreffer	

Die Apothekerin ermittelt:
Band 1: Schwarzer Nachtschatten
Band 2: Rote Belladonna
Band 3: Weißes Teufelskraut

Unser Versprechen für mehr Nachhaltigkeit
• Klimaneutrales Produkt
• FSC®-zertifiziertes Papier
• Hergestellt in Europa

MIX
Papier | Fördert gute Waldnutzung
FSC
www.fsc.org
FSC® C083411

Originalausgabe
ISBN 978-3-492-31377-3
1. Auflage Februar 2019
3. Auflage Januar 2023
© Piper Verlag GmbH, München 2019
Redaktion: Annika Krummacher
Umschlaggestaltung: Cornelia Niere
Umschlagabbildung: Cornelia Niere und Shutterstock
Satz: Kösel Media GmbH, Krugzell
Gesetzt aus der Adobe Garamond
Druck und Bindung: CPI books GmbH, Leck
Printed in the EU

Donnerstag, 7. März

Kriminalhauptkommissar Eike Hansen saß wie auf glühenden Kohlen. Immer wieder sah er auf die Uhr und warf seiner Mitarbeiterin Hanna Fischer fragende Blicke zu, doch diese zuckte nur ratlos mit den Schultern. Sicher, ihr Kollege Willy Haffmeyer hielt selten den Mund, wenn es gut für seine Karriere gewesen wäre. Er verhielt sich auch Vorgesetzten gegenüber schnoddrig und hatte kein Gespür für Hierarchien, aber unpünktlich war er nicht. Eigentlich. Nur ausgerechnet heute kam er nicht zur geplanten Besprechung – dabei musste Hansen gleich im Anschluss zu seinem nächsten dringenden Termin eilen, bei dem er unter keinen Umständen zu spät kommen wollte.

Erneut sah er auf die Uhr. In gut vierzig Minuten würde sich seine Verlobte Resi Meyer in der Herrenschneiderei Creglinger in der Füssener Innenstadt einfinden, wo für Hansens Hochzeitsanzug Maß genommen werden sollte. Sie hatte ihm noch am Frühstückstisch eingeschärft, heute unbedingt pünktlich zu sein. Der alte Adalbert Creglinger nahm nur noch gelegentlich neue Kunden an, seine maßgeschneiderten Anzüge galten als die besten der Gegend, und er hasste nur eines noch mehr als aufgehende Nähte: nämlich unpünktliche Kunden.

»Tut mir leid, Hanna«, sagte Hansen, als Haffmeyer auch um zehn nach zehn noch nicht eingetroffen war, und erhob sich. »Länger kann ich nicht warten. Und auf dem Handy hast du ihn ja vorhin auch nicht erreicht – dann müssen wir unsere Besprechung eben verschieben. Passt es bei dir morgen früh um neun? Gegen Mittag muss ich schon wieder los. Dieser blöde Termindruck …«

Hanna Fischer lachte und folgte ihm auf den Flur hinaus.

»Klingt ganz so, Chef, als würden dich die Hochzeitsvorbereitungen mehr stressen als zwei Mordfälle gleichzeitig.«

»Das kannst du laut sagen«, entfuhr es Hansen, doch schon im nächsten Moment legte er sich die Hand auf den Mund. »Aber kein Wort zu Resi!«

»Ich werde mich hüten!«, versprach Hanna grinsend.

Als Hansens schnelle Schritte nur noch gedämpft vom Treppenhaus her zu hören waren, kam Rosemarie Schwegelin, die Sekretärin der Kripochefin, in den Flur heraus.

»Was ist denn? Haben wir einen neuen Fall?«, wollte sie wissen.

»Nur, wenn Hansen es nicht rechtzeitig nach Füssen schafft«, erwiderte Hanna, ging in ihr Büro und ließ die Sekretärin ratlos zurück.

Schon nach dem ersten Blick auf das Blumenbeet hatte Kriminalmeister Willy Haffmeyer die Besprechung vergessen. Er hatte für den Weg von seinem Haus in Eisenberg-Zell zum Kemptener Kommissariat einen Abstecher gemacht, den er sich zweimal die Woche gönnte, und wie an solchen Tagen üblich, hatte er seinen Wagen am ersten Gehöft in Schweinegg abgestellt und war zur Kapelle am Ostrand des Weilers gegangen. Das kleine Gotteshaus St. Rasso stand halb unter dem Laubdach zweier mächtiger Bäume, und vor dem gegenüberliegenden Ende der Kapelle befand sich ein Blumenbeet.

Haffmeyer hatte es sich vor einigen Jahren zur Angewohnheit gemacht, die einzelnen Blumen zu fotografieren und sie anschließend zu bestimmen. Wenn er dann später den alten Hansjörg Roth besuchte, der das Beet liebevoll hegte und pflegte, berichtete er ihm, was er in seinem Bestimmungsbuch gefunden hatte. Darüber freute sich Roth fast genauso wie über die Flasche Schnaps und den Kanten Rauchfleisch, den Haffmeyer ihm bei diesen Gelegenheiten mitbrachte.

Inzwischen hatte es der Kriminalbeamte schon zu einer gewissen Meisterschaft gebracht, die Blumen auch ohne Hilfsmittel zu bestimmen. Momentan blühten neben St. Rasso Gänseblümchen und Winterling, Christrose und Osterglocke. Was den streng geschützten Märzenbecher betraf, hoffte Haffmeyer, dass der Alte die Zwiebeln ganz legal käuflich erstanden und nicht etwa irgendwo ausgegraben hatte.

All diese Blumen hatten nach den letzten trockenen Tagen Schaden genommen. Müde ließen sie ihre Blütenköpfe hängen, einige davon waren nach Haffmeyers Einschätzung nicht mehr zu retten, und trotzdem zögerte er, sich von einem Nachbarn eine Gießkanne zu borgen und das Beet zu wässern. Denn die Blumen von St. Rasso durfte keiner gießen außer dem alten Roth, niemand durfte hier harken oder welke Blätter abzupfen. Aber so wie jetzt hatte der Alte sein Beet noch nie vernachlässigt …

»Herr Haffmeyer?«

Eine dünne Frauenstimme ließ ihn herumfahren. Agnes Rampoldt, die Altbäuerin von gegenüber, stand neben seinem

Auto, schwer auf ihren Stock gestützt. Er ging die paar Schritte zu ihr und begrüßte sie.

»Schön, dass Sie nach den Blumen sehen«, schnarrte sie und klang dabei besorgt. »Der Hans hat's schon seit ein paar Tagen nicht mehr geschafft.«

»Geht's ihm denn nicht gut?«

Die Bäuerin zuckte mit den knochigen Schultern.

»Ich weiß es nicht. Man kann ja nicht ganz bis zu seiner Hütte fahren, und zu Fuß komm ich nicht mehr so weit. Aber wenn ich mir das Beet so anschaue ...«

Sie wiegte betrübt den Kopf und schien das Schlimmste zu befürchten.

»Wann haben Sie den Roth denn zum letzten Mal hier gesehen?«

»Am Samstag war das. Erst hat er die Blumen gegossen, und dann ist er zum Kögelhof rüber und hat sich selbst gegossen.«

Agnes Rampoldt kicherte heiser und deutete in die Richtung der Alpe Kögelhof, einem gemütlichen Tagesgasthaus gleich hinter dem nächsten Weiler.

»Auf dem Heimweg ist er jedenfalls Schlangenlinien gefahren ...«

Die Alpe war eine der Gastwirtschaften, in die der alte Roth gelegentlich einkehrte. Ansonsten zog es ihn öfter zum Gockelwirt nach Eisenberg oder in die Schloßbergalm und manchmal, wenn er sich besonders spendabel fühlte, in den Bären nach Zell, ein feines Hotelrestaurant in direkter Nachbarschaft von Willy Haffmeyer, der ihn manchmal dort traf. Hansjörg Roth war trotz seines fortgeschrittenen Alters noch gut zu Fuß, und weitere Strecken bewältigte er mit seinem knatternden Mofa, an dem mit einer wackligen Kupplung ein zweirädriger Karren befestigt war. Dort war Platz für Gießkanne, Harke und Blumenerde – und manchmal, wenn er mehr als nur ein, zwei Bier zu viel erwischt hatte, auch für Roth selbst.

»Würden Sie mal nach ihm schauen, bitte?«

Die Frage der Altbäuerin ließ Haffmeyer aus seinen Gedanken aufschrecken. Er hatte selbst schon überlegt, ob er nicht lieber nach dem Rechten sehen sollte. Nicht, dass Roth hilflos in seiner Hütte hockte und womöglich einen Arzt brauchte …

»Ich gieß solang die Blumen«, fuhr die Alte fort. »Heut wird er doch hoffentlich nichts dagegen haben? Es wär ja schad drum …«

Haffmeyer nickte und beschloss, sich gleich auf den Weg zu machen. Auch jetzt, da er überlegte, ob er womöglich noch einen anderen Termin hatte, fiel ihm die Besprechung im Kommissariat nicht ein. Also verabschiedete er sich von Agnes Rampoldt und fuhr los. Nach ein paar Hundert Metern bog er auf einen Feldweg ab, der für den normalen Verkehr gesperrt war und ihn bis zu einem Waldstück den Hang hinauf führte. Auf der Anhöhe erreichte Haffmeyer eine Kreuzung und lenkte sein Auto an den Wegesrand. Aus dem Kofferraum holte er den zerschlissenen Rucksack, den er immer dabeihatte. Er stopfte den Erste-Hilfe-Kasten des Wagens hinein, stellte sein Handy stumm und legte es dazu, packte noch eine Flasche Wasser und ein paar Taschentücher mit hinein. Dann schulterte er den Rucksack und marschierte los, einen Fahrweg hinunter, der für sein Auto zu steil und zu holprig war, über eine Wiese und schließlich hinein ins nächste Waldstück.

Er mochte diesen Weg, der ihn westlich am Schlossweiher entlangführte. Und er wusste, wo er abbiegen musste, um zu Roths Unterschlupf zu kommen. Zuvor aber schlug er sich unweit der Abzweigung ins Unterholz, schlüpfte zwischen zwei Büschen hindurch und stand in einem der zahlreichen Verstecke, die der Alte in der Umgebung angelegt hatte. Er zog ein paar lose Äste beiseite und sah das Mofagespann vor sich. Roth fuhr mit seinem Knatterding immer noch bis in den Wald hinein und verbarg es hier vor Spaziergängern oder Lausbuben, die ihm sonst vielleicht einen Streich gespielt und an dem Gefährt herumgefummelt hätten. Haffmeyer musste zwar lächeln, weil sich Roth so viel Mühe gab, das alte Ding mit abgerissenen Ästen zu bedecken – sogar die Reifenabdrücke zum Versteck hin bestreute er sorgfältig mit Laub. Aber der Alte hatte nun mal seine Marotten, und da Haffmeyer seine spezielle Vorgeschichte kannte, mochte er es ihm nicht übel nehmen, dass er immer und überall mit dem Schlimmsten rechnete.

Das Mofa war da, das hieß: Roth war mit hoher Wahrscheinlichkeit zu Hause – oder streunte in der näheren Umgebung herum.

Also arbeitete sich Haffmeyer weiter in den Wald hinein. Dabei folgte er mal dem einen, mal dem anderen Wildwechsel, oft kaum erkennbar zwischen Dornengestrüpp und niedrig hängenden Zweigen. Er kam zügig voran, sah ab und zu die Mauern der Burgruine Hohenfreyberg zwischen den

Baumwipfeln hindurchblitzen, und als er sich schließlich durch die letzten Büsche hindurchzwängte und danach lichteres Unterholz erreichte, blieb er stehen und lauschte.

Es war nichts zu hören.

»Roth?«, rief er und lauschte wieder. Und noch einmal, lauter: »Roth?«

Keine Antwort. Langsam ging Haffmeyer weiter und schaute aufmerksam nach allen Seiten. Es war ratsam, sich dem Alten gegenüber rechtzeitig bemerkbar zu machen, denn er hatte gern seine Ruhe, schätzte Überraschungen nicht sehr – und war obendrein bewaffnet. Seine beiden ersten Besuche waren deshalb nur haarscharf glimpflich verlaufen. Beim ersten Mal hatte Haffmeyer sich an die windschiefe Hütte herangeschlichen, in der Roth hauste, und den Alten durch das Fensterloch angesprochen, nachdem er ihn an einem improvisierten Tisch aus Baumscheiben und Steinen hatte hocken sehen. In einer einzigen fließenden Bewegung hatte sich Roth geduckt, nach einer Pistole gegriffen und mit der Waffe auf seinen unerwarteten Besucher gezielt. Damals war Roth noch keine sechzig gewesen, aber seine Reflexe waren seither nicht schlechter geworden.

»Roth!«, rief Haffmeyer erneut.

Nirgendwo regte sich etwas, also näherte er sich langsam der schäbigen Behausung des Alten.

Adalbert Creglinger nahm die Verspätung alles andere als gut auf. Die leidige Parkplatzsuche hatte Hansen etwas mehr als fünf Minuten gekostet, und auch der anschließende Fußweg vom Auto zur Herrenschneiderei hatte etwas länger gedauert

als gedacht. Entsprechend gehetzt drückte Hansen die Ladentür auf und trat unter dem Gebimmel einer altmodischen
Türglocke in den Raum, in dem seine Verlobte Resi mit
gekreuzten Armen am Fenster stand und ihm missmutig entgegensah.

Creglinger selbst, ein stämmiger Herr Mitte siebzig, hatte
sich mitten im Raum postiert. Um den Hals hing ein Maßband, die Hände hatte er hinter dem Rücken verschränkt, die
buschigen Augenbrauen erhoben. Hansen murmelte eine
Entschuldigung, die am tadelnden Blick des Ladeninhabers
jedoch nichts zu ändern vermochte.

»Nun gut«, schnarrte Creglinger schließlich und begann,
langsam um Hansen herumzugehen. »Dann wollen wir uns
das mal ansehen. Wir müssen uns leider ein wenig beeilen,
denn ich habe gerade heute einen engen Zeitplan.«

Dennoch spazierte er in aller Seelenruhe zweimal um Hansen herum, bevor er den Kopf schief legte und eine so bedenk-
liche Miene aufsetzte, dass sich Hansen schon fragte, ob er
hier überhaupt einen maßgeschneiderten Anzug bekommen
würde.

Die geschlossenen Fenster und die Tür hielten die Geräusche der belebten Füssener Innenstadt ab – leider aber auch
die Luft, die draußen deutlich frischer gewesen war. Hansen
erinnerte die Mischung der muffigen Aromen in der Schneiderei eher an ein Bestattungsinstitut, und der leichte Alt-
männergeruch, der Creglinger umwehte, machte es nicht besser. Hansen wartete, bis der alte Herr seine Inspektionsrunden
beendet und seinen Kunden noch einmal von Kopf bis Fuß
gemustert hatte.

»Nun gut … nun gut …«, bemerkte Creglinger schließlich und legte die Stirn in tiefe Falten.

Dann machte er mit seinem Oberkörper eine seltsam schlackernde Bewegung, woraufhin der weite Ärmel seines Jacketts den Blick auf ein Armband freigab, an dem ein Nadelkissen befestigt war. Dann malte seine linke Hand einige Linien in die Luft, die vermutlich Hansens Silhouette nachbilden wollten, dabei aber fast wirkten, als würde er seinen Kunden segnen. Anschließend nickte er knapp und verschwand ohne ein weiteres Wort in einen Raum hinter dem Laden.

Plötzlich stand Resi neben Hansen.

»Sag mal, Eike«, zischte sie, »konntest du denn nicht wenigstens heute mal pünktlich sein?«

»Wir hatten eine Besprechung, und Willy –«

»Und wir hatten einen Termin! Du mit mir und Herrn Creglinger – und nicht in Kempten mit Willy!«

»Jetzt reg dich doch nicht so auf! Ich bin halt ein paar Minuten später losgekommen, und dann habe ich länger als erwartet nach einem Parkplatz suchen müssen. Das kann doch mal vorkommen.«

»Mal! Pah!«

Resi bedachte ihn mit einem finsteren Blick und kehrte ihm den Rücken zu. Inzwischen war der Schneider zurückgekehrt und stand vor seinem Tresen, als habe er alles mitangehört. Auch das süffisante Lächeln, mit dem er Hansen bedachte, legte das nahe. Doch während in Hansen der Ärger über diesen seltsamen älteren Herrn aufwallte, streckte der auch schon seine Arme aus, über die er die Bahn eines hellgrauen Stoffs gebreitet hatte.

»Ihre Verlobte, Herr Hansen, hat schon gewählt – und, wie ich finde, einen ausgezeichneten Geschmack bewiesen.«

Er trat näher und hielt die Arme mit dem Stoff noch etwas höher. Hansen fand das Material nicht besonders spektakulär, doch dann entdeckte er das kleine festgesteckte Preisschild. Erschrocken schaute er zu Resi hin und wollte schon protestieren, doch deren lauernder Blick ließ ihn den Mund sofort wieder schließen. Es war wohl besser, sich einfach in alles zu ergeben, was hier auf ihn zukommen würde.

»Aber wenn ich an Ihnen Maß nehmen soll, Herr Hansen«, fuhr Creglinger ungerührt fort, »dürfen Sie die Schultern nicht so hängen lassen.«

Vor das Fensterloch von Roths Behausung war von innen ein Stück Sackleinen gespannt. Haffmeyer stand auf der Lichtung und horchte, doch außer dem wiederholten Rätschen des Eichelhähers, der die Waldbewohner noch immer vor dem fremden Zweibeiner auf der Lichtung warnte, war nichts zu hören. Er zog die wacklige Holztür auf, die seit einigen Monaten noch schiefer als zuvor in ihren verrosteten Angeln hing, und spähte in den halbdunklen Raum. Blanker Erdboden, über die Jahre festgetrampelt und unter dem undichten Blechdach an manchen Stellen nur noch dann trocken, wenn das Wetter mitspielte. Auf dem Boden der improvisierte Tisch, mehrere Baumstücke als Hocker drum herum, die Feuerstelle direkt unter dem offenen Kamin und die Pritsche, aus Europaletten kombiniert und mit Steinen gut eine Handbreit über dem Boden abgestützt. An einer Wand lehnte ein angebrochener Sack mit Wildfutter, obenauf eine Schachtel mit schrumpeligen Möhren und Äpfeln. In einem wilden Sammelsurium vom Sperrmüll – ein schmaler Schrank, zwei Regale, ein Sideboard – hatte Roth seine Kleider verstaut, seine Werkzeuge und was er sonst noch so zum Leben hier draußen brauchte.

Die Luft in dem vollgestopften Raum war verbraucht und roch nach Erde, nach Räucherwurst und nachlässig gewaschener Kleidung. Das war Roths Aroma, das Haffmeyer kannte, seit er den Alten hier besuchte.

Nur der Alte selbst war nicht da.

»Roth!«, rief Haffmeyer noch einmal, als er wieder vor die Hütte trat.

Wieder keine Reaktion.

Er blickte sich um. Alles wirkte wie immer: Ein Beil steckte in einem Baumstumpf, daneben waren Holzscheite unterschiedlicher Größe gestapelt und mit rissiger Teerpappe bedeckt. Aufgerollte Plastikplanen, Eimer, Schaufeln, Hacken und Gießkannen lagen herum, und am Rand der kleinen Lichtung waren zwei grob gezimmerte Holztröge aufgestellt, in denen der Alte Futter für die Waldtiere bereitlegte.

Eine leichte Brise strich über das Gras der Lichtung und trug einen stechenden Geruch heran, in den sich eine süßliche Note gemischt hatte. Langsam suchten Haffmeyers Augen die Umgebung ab, aber nirgendwo regte sich etwas. Schließlich wandte er sich zu dem Klohäuschen, das einige Meter entfernt von der Schutzhütte am Waldrand stand. Er war erst drei Schritte gegangen, als es plötzlich im Unterholz hinter der Toilette raschelte. Haffmeyer verharrte mitten in der Bewegung und starrte in die Richtung, aus der das Geräusch gekommen war. Zunächst wurde das Rascheln wieder leiser, dann sah Haffmeyer den Schatten eines Rehes in den Wald huschen, begleitet vom Schlagen der Zweige, die das Tier auf seiner Flucht gestreift hatte.

Das Trappeln der Hufe verlor sich bald in der Ferne. Dann war wieder alles still. Sogar der Eichelhäher hielt nun den Schnabel.

Direkt vor dem Klohäuschen hatte es noch nie gut gerochen, aber heute war der Geruch noch stechender als sonst. Das penetrant süßliche Aroma kannte er, und die Fliegen, die er hinter dem herzförmigen Ausschnitt in der geschlossenen Tür summen hörte, passten leider auch dazu. Einen Moment lang dachte er darüber nach, die Tür an dem angeschraubten groben Holzgriff aufzuziehen – entschloss sich aber doch, lieber nur einen Blick durch das Herzloch zu riskieren.

Denn wenn es Roth war, der darin so roch, dann brauchte der keine Hilfe mehr. Und Haffmeyer befand sich womöglich an einem Tatort.

Hansen wünschte sich ganz weit weg. Resi sah immer noch wütend aus, da konnte er sich nach dem Termin beim Herrenschneider noch auf eine ordentliche Standpauke gefasst machen. Und das Verhalten von Creglinger, der mittlerweile ganz in seinem Element war, machte es auch nicht besser. Erst hatte er mit dem Maßband Hansens Schultern und den Rücken erfasst und dabei ein paar kritische Kommentare zu Hansens Körperbau gemacht, dann legte er ihm das Maßband so straff um den Hals, als wolle er ihn strangulieren.

Und nun tänzelte er um seinen Kunden herum, der mittlerweile mit heruntergelassenen Hosen vor ihm stand – weil diese Jeans von der Stange angeblich kein vernünftiges Messen zuließ. Mit kalten Fingern schob Creglinger das eine Ende des Maßbands unter den Rand von Hansens Unterhose und bestimmte erst die Länge des Oberschenkels und dann die des ganzen Beins.

Als er auch die Rückseite seiner Beine vermessen hatte, entstand eine kurze Pause. Hansen horchte. War der Schneider endlich fertig – oder was würde jetzt noch kommen? Creglinger stand direkt hinter ihm und räusperte sich. Hansen sah zu Resi, und dass sie ein breites Grinsen kaum verbergen konnte, ließ ihn nichts Gutes ahnen. Und dann spürte er auch schon Creglingers Hand im Schritt, wie sie prüfend zupackte und anschließend mit den Fingerspitzen an deren oberem Ende den Abstand der Oberschenkel zueinander abschätzte.

In diesem Moment drang der vertraute Klingelton aus Hansens heruntergelassener Hose. Creglinger erstarrte, räusperte sich erneut, aber Hansen war über die Störung so froh, dass er nicht einmal daran dachte, wie schlecht Resi seine Reaktion aufnehmen würde. Er bückte sich, stieß dabei mit dem Hinterteil gegen den hinter ihm stehenden Schneider und nestelte das Handy aus den Falten seiner Hose.

»Ja?«, meldete er sich.

Resi hatte die Lippen zusammengepresst und starrte ihn zornig an.

Es war Haffmeyer. »Wir haben Arbeit, Chef«, sagte er und brachte Hansen mit einigen knappen Sätzen aufs Laufende.

Unterdessen trat Creglinger wieder in sein Blickfeld. Auch er wirkte sehr ungehalten darüber, dass sein Kunde es wagte, seine Arbeit durch ein Telefonat zu unterbrechen.

»Wie heißt der Mann?«, fragte Hansen nach, der wegen des miesepetrig dreinblickenden Schneiders einen Moment lang nicht konzentriert genug zugehört hatte. »Roth?«

Creglinger wirkte irritiert.

»Hansjörg Roth?«, hakte Hansen nach. »Und der lebte tatsächlich ganz allein im Wald bei Eisenberg?«

Der alte Schneider wurde ein wenig blass, hatte sich aber schon im nächsten Moment wieder gefasst und sammelte nun eilfertig alles auf, was er während seiner Arbeit auf dem Boden hatte liegen lassen. Dann trug er alles zum Tresen hinüber und richtete es so ein, dass er die ganze Zeit über Hansen den Rücken zukehrte. Aber es war nicht zu übersehen, dass er trotzdem gespannt wie ein Flitzebogen darauf achtete, was Hansen sagte.

»Gut, Willy, dann sehe ich zu, dass ich so schnell wie möglich hier wegkomme. Wo muss ich denn langfahren?«

Haffmeyer beschrieb ihm den kürzesten Weg von der Füssener Innenstadt bis zu der Stelle, an der er seinen Wagen abstellen musste.

Kaum hatte Hansen das Gespräch beendet, funkelte Resi ihn zornig an.

»Du willst doch jetzt nicht allen Ernstes zu einem Tatort fahren?«, zischte sie. »Du hast genügend Kollegen, die dich dieses eine Mal vertreten können!«

»Ach, lassen Sie nur, Frau Meyer«, schaltete sich Creglinger ein. Er wirkte auf einmal ganz aufgekratzt, und Resi war so verblüfft, dass er Partei für ihren Verlobten ergriff, dass ihr Zorn schon wieder zu verrauchen begann. »Ich habe alle nötigen Maße Ihres Verlobten. Den wunderbaren Stoff haben

Sie ja bereits ausgesucht – ich nehme an, Ihnen ist er auch genehm, Herr Hansen?«

Der Alte war jetzt die Freundlichkeit in Person.

»Äh … ich … ja, natürlich ist er mir recht. Aber sagen Sie mal, Herr Creglinger …«

»Ja, bitte?«

Der Schneider sah Hansen dienstbeflissen an, doch es gelang ihm nicht, die leichte Unruhe in seinem Blick zu verbergen.

»Sie sind gerade regelrecht zusammengezuckt, als der Name von Hansjörg Roth gefallen ist. Ist das ein Bekannter von Ihnen?«, fuhr Hansen fort.

»Nein, nein, wo denken Sie hin! Ich … ich kannte ihn natürlich nicht, Herr Kommissar.«

»Kannte?«

»Sind Sie denn nicht von der Mordkommission, und hat Ihre Verlobte nicht gerade von einem Tatort gesprochen? Da hab ich mir halt sofort gedacht … Entschuldigen Sie bitte, wenn ich da womöglich etwas voreilig war.«

Hansen musterte den Schneider aufmerksam, aber dieser hatte sich schon wieder voll im Griff.

»Sie haben genau den richtigen Schluss gezogen, Herr Creglinger. Und falls Ihnen doch noch einfallen sollte, woher Ihnen der Name von Herrn Roth bekannt sein könnte, rufen Sie mich bitte an.«

Hansen hatte mittlerweile seine Hose hochgezogen, zog jetzt eine Visitenkarte aus der Gesäßtasche und reichte sie Creglinger, der sie mit einer leichten Verbeugung entgegennahm.

»Da werde ich Ihnen leider nicht helfen können, Herr Kommissar, aber die Karte behalte ich auf jeden Fall. Wir sehen uns ja spätestens bei der Anzugprobe.«

»Kommst du gleich mit, Resi?«, wandte sich Hansen an seine Verlobte.

»Warum sollte ich?«, schnappte sie.

»Wir haben eine Leiche, und du bist die zuständige Gerichtsmedizinerin.«

»Ich hab mir für heute freigenommen. Im Gegensatz zu dir sind mir Termine wie dieser hier nämlich sehr wichtig. Vermutlich ist meine Vertretung schon auf dem Weg zu deiner Leiche.«

Damit fuhr sie herum, riss die Ladentür auf, marschierte hinaus und war wenig später im Gewimmel der Innenstadt verschwunden. Hansen seufzte, dann setzte auch er sich in Bewegung.

Offenbar hatte sich Hansen die Strecke, die ihm Haffmeyer beschrieben hatte, nicht richtig gemerkt. Er nahm zwar am Kreisverkehr noch die richtige Abfahrt in Richtung Eisenberg-Zell, doch schon im Dorf war er mit seinem Latein am Ende. Gut, dass Hanna Fischer sich das schon gedacht hatte. Als er sie anrief und um Hilfe bat, verriet sie ihm, dass sie schon vor Haffmeyers Haus in Zell auf ihn wartete.

»Nimmst du mich mit, Chef? Ich kann dir den Weg zeigen.«

Wenig später hatte er sie eingesammelt und war mit ihr am Ziel angekommen. Er stellte seinen Wagen hinter einigen anderen Fahrzeugen am Rand eines Feldwegs ab und folgte

Hanna zu Fuß. Es ging kurz hinauf und dann steil hinunter, und auf der Wiese, die sich vor ihnen ausbreitete, standen der SUV der Staatsanwältin und der Transporter der Kriminaltechnik. Hier war kein Mensch zu sehen, aber ein Stück weiter im Wald machten sich gerade zwei Kriminaltechniker an einem klapprigen Mofa zu schaffen, das samt Hänger im dichten Unterholz verborgen gestanden hatte. Auf Roths Lichtung, die Hanna ohne Mühe, Hansen aber mit leichtem Keuchen erreichte, war ordentlich Betrieb. Im Grasboden steckten nummerierte Täfelchen, und im weiten Umkreis war alles mit Trassierband abgesperrt.

Haffmeyer stand etwas abseits an einem Baum und kam zu ihnen herüber, sobald er sie erspäht hatte.

»Wir können gleich hin«, sagte er und deutete auf das windschiefe Toilettenhäuschen am gegenüberliegenden Ende der Lichtung. »Die KT macht uns einen Weg frei, dauert keine fünf Minuten mehr.«

Die Wartezeit vertrieb er ihnen, indem er noch einmal genau schilderte, was er hier vorgefunden hatte.

»Kein schöner Tod«, brummte Hansen und schaute zu dem Klohäuschen hinüber.

»Wie man's nimmt. Ich schätze mal, dass Roth sofort tot war. So allein hier draußen hätt's den auch langsamer erwischen können – wenn er sich ein Bein gebrochen oder wenn er einen Schlaganfall gehabt hätte.«

»Ihr könnt kommen!«, rief ihnen ein untersetzter Kollege im weißen Ganzkörperanzug zu und deutete auf den schmalen Korridor, auf dem sie bleiben sollten.

Hanna ließ ihrem Chef den Vortritt, und auch Haffmeyer

hatte es diesmal nicht eilig. Also streifte Hansen sich Einmal-
handschuhe über und ging voran. Als er am Klohäuschen
stand, war er froh, dass er am Morgen nur etwas Leichtes
gefrühstückt hatte. Nach all den Jahren als Kripokommissar
war er nicht mehr so empfindlich, aber dieser Geruch war
schon besonders intensiv. Er wedelte einige Fliegen zur Seite,
dann zog er die Holztür der Toilette auf.

Hansjörg Roth saß mit heruntergelassenen Hosen auf der
Kloschüssel, den Rücken an die Rückwand des Häuschens
gelehnt, die Augen geöffnet und den Mund geschlossen, seine
Arme hingen schlaff an der Seite herab. Über Augen, Nase,
Mund und Kinn zog sich eine Spur aus getrocknetem Blut,
und aus der Mitte seiner Stirn ragte ein hölzerner Stift, dessen
Ende rot gefiedert war.

»Wie in *Game of Thrones*, was?«

Der Kriminaltechniker hatte sich direkt hinter Hansen
gestellt und sah ihm über die Schulter.

»Wie bitte?« Hansen warf dem Kollegen einen genervten
Blick zu, weil er ihm eine Spur zu dicht auf die Pelle gerückt
war.

»Na, diese Fernsehserie, die kennen Sie doch, oder? Was da
in der Stirn steckt, ist der Bolzen einer Armbrust. In der Fernsehserie erschießt der Gnom seinen Vater auch mit der Armbrust, und der sitzt schließlich tot auf der Schüssel. Wobei …
der Gnom braucht zwei Bolzen, für den Alten hier hat offenbar einer gereicht.«

Jetzt erst fiel dem Kriminaltechniker auf, dass ihn Hansen
inzwischen böse anfunkelte, und er hob entschuldigend die
Hände. Dann trollte er sich und ging zurück an seine Arbeit.

Hansen sah ihm einen Augenblick lang kopfschüttelnd nach, dann wandte er sich wieder dem Toten zu.

»Der Kollege ist neu in unserer KT«, erklärte Haffmeyer, der seinem Chef gefolgt war. »Er heißt Roman Drexel, quatscht ständig und nervt alle damit, aber fachlich ist er wohl ein Ass.«

»Hoffen wir's«, knurrte Hansen und musterte das Innere des Klohäuschens. An der Wand neben dem Toten lehnte ein Holzbrett mit Griff, wohl der Deckel der Toilette. Der Boden bestand aus Holzbohlen, die alt und rissig wirkten. Die Wände waren grob zusammengezimmert, und durch die Ritzen wehte der Wind.

»Wissen wir schon, wie lange der Mann schon da sitzt?«

»Dem Anschein nach ein paar Tage. Eine Frau drüben in Scheidegg hat ihn am Samstag zum letzten Mal gesehen. Und unsere Kollegen klappern gerade einige Gasthäuser und Ladengeschäfte in der Umgebung ab, um herauszufinden, wann er frühestens gestorben sein kann.«

»Na, da lasst ihr euch ja vielleicht auch von mir noch ein bisschen helfen!«

Hansen drehte sich um. Ein älterer Herr kam mit raschen Schritten auf ihn zu. Sein schlohweißes Haar wehte hinter ihm her, und er trug eine dicke Nickelbrille. Ein weites Hemd und eine geöffnete Windjacke flatterten um seinen dünnen Oberkörper. Dafür, dass seine Füße in weißen Socken und Gesundheitssandalen steckten, kam er auf dem unebenen Waldboden erstaunlich schnell voran.

Hansen musste kurz überlegen, aber dann fiel ihm ein, woher er den Mann kannte: Dr. Dieter Kurrleitner hatte die drei

Leichen obduziert, die vor einigen Jahren im Freilichtmuseum Illerbeuren bei Memmingen gefunden worden waren.

»Herr Hansen, wenn ich mich recht erinnere?«

Der Rechtsmediziner packte mit seiner riesigen Hand Hansens Rechte und schüttelte sie ordentlich durch. Verstohlen rieb sich Hansen die Hand, während er Kurrleitner seine beiden Kollegen vorstellte.

»In Willys Fall müssen Sie sich diese Mühe nun wirklich nicht machen«, bemerkte der Mediziner und lachte. »Wir beiden kennen uns schon sehr, sehr lange.«

Hansen grinste. Wieder einmal stellte sich heraus, dass Willy Haffmeyer im Zuständigkeitsbereich des Polizeipräsidiums Schwaben Süd/West alles und jeden zu kennen schien.

»Ich bin allerdings überrascht, Sie hier zu sehen, Herr Hansen«, fuhr Kurrleitner fort. »Ich vertrete die Kollegin Meyer, weil sie sich heute freigenommen hat, um einen Termin im Zusammenhang mit ihrer bevorstehenden Hochzeit wahrzunehmen. Und wenn ich mich nicht irre, sind Sie der Glückliche. Was machen Sie denn dann hier, mitten im Wald an der ... nun ja ...« Er schnupperte theatralisch in Richtung des Klohäuschens. »... frischen Luft?«

»Wir waren schon fertig mit dem Termin, als mich Willy informierte«, antwortete Hansen, und das war ja auch kaum geschwindelt.

Kurrleitner sah sich um.

»Haben Sie Ihre liebe Resi nicht gleich mitgebracht?«

»Nein, sie ... sie hat wirklich noch zu tun.«

»Gut, gut, dann will ich mir mal einen ersten Eindruck verschaffen.«

Hansen trat zur Seite und ließ den Rechtsmediziner vorbei.

»Oje, oje«, murmelte dieser. »Das ist nicht schön, aber allzu viel Arbeit werde ich mit dem Herrn nicht haben. Der Bolzen müsste sofort zum Tod geführt haben, und ein paar Tage ist das auch schon her.«

Er zog mehrere kleine Tüten aus der einen Tasche und eine Pinzette aus der anderen. Dann sicherte er an der Unterwäsche und am Körper des Toten mehrere Maden, steckte sie in die Beutelchen und verschloss diese sorgfältig.

»Nett von den lieben Schmeißfliegen, dass sie mir so fleißig bei der Arbeit helfen«, sagte Kurrleitner strahlend und deutete auf einen der kleinen Beutel. »Calliphora vicina ist mir eh die liebste: Sie kommt häufig vor, gerade an einem so lauschigen Ort wie dieser Freilufttoilette. Ihre Larven schlüpfen etwa zwölf Stunden nach der Eiablage und entwickeln sich anschließend acht bis zehn Tage lang – damit lässt sich arbeiten. Aber das mache ich lieber im Sektionssaal. Da riecht es einfach besser. Nun ja ... zumindest besser als hier, nicht wahr?«

Er verabschiedete sich fröhlich und rief im Weggehen dem geschwätzigen Kriminaltechniker zu, dass er den Leichnam gern so schnell wie möglich auf dem Seziertisch hätte. Roman Drexel verdrehte die Augen und wandte sich erneut an Hansen.

»Tut mir leid, wenn ich Ihnen vorhin auf die Nerven gegangen bin«, begann er. »Ich würde Ihnen gern eine erste Einschätzung geben.«

Hansen schaute sich um, aber Drexels Vorgesetzter Ulf Kayserling, mit dem er lieber gesprochen hätte, war nirgendwo zu sehen.

»Mein Chef ist nicht hier«, erklärte Drexel. »Herr Kayserling hat ... private Termine ...«

Dazu malte er mit den Fingern Anführungszeichen in die
Luft. Hansen hob die Augenbrauen, woraufhin Drexel sich
räusperte und zur Sache kam.

»Die ganze Lichtung ist übersät von Schuhabdrücken. Sie
werden sich nicht alle so sichern lassen, dass wir auch etwas
damit anfangen können, dazu war es in den vergangenen
Tagen einfach zu trocken. Aber wir geben uns selbstverständlich die allergrößte Mühe. Wir haben schon eine Menge
Sachen eingesammelt, die auf der Lichtung und am Waldrand
herumlagen. Das Zeug geht alles ins Labor, aber dem ersten
Eindruck nach werden wir darauf vermutlich nur die Fingerabdrücke des Opfers finden. Wir haben auch in den Holztrögen dort hinten nachgeschaut, aber da sind nur Futterpellets
drin, ein paar Karotten und schrumpelige Äpfel. Nirgendwo
auf der ganzen Lichtung lag übrigens Abfall herum, also Bon-
bonpapierchen, Trinkbecher, Metzger- und Bäckertüten – was
man halt sonst in der Nähe von Grill- oder Wanderparkplät-
zen im Wald findet. Das muss der Bewohner des Häuschens
regelmäßig eingesammelt haben, jedenfalls liegt dort drüben
unter dem Baum eine Mülltüte voll mit solchem Kram.«

Er deutete zu der entsprechenden Stelle.

»Haben Sie uns auch etwas zum Mord selbst zu sagen?«,
erkundigte sich Hansen.

Drexel räusperte sich erneut.

»Der Bolzen stammt aus einer Armbrust, wie ich vorhin
schon erwähnte. Wir haben Fotos von dem Geschoss an die
Kollegen im Innendienst weitergegeben. Da der Bolzen nicht

aus Metall, sondern aus Holz ist und am hinteren Ende mit roten Federn verziert, würde ich nicht auf einen ernsthaften Sportschützen tippen, sondern eher auf einen dieser Typen, die sich für mittelalterliche Ritter halten und mit ihrer Armbrust durch den Wald streifen. In der Nähe gibt es zwei Burgruinen – es würde mich nicht wundern, wenn solche Spinner häufiger in dieser Gegend herumhopsen würden.«

Hansen war noch immer genervt von der Geschwätzigkeit des neuen Kollegen, aber immerhin hatte er Details zu bieten, die möglicherweise hilfreich waren.

»Und können Sie einschätzen«, fasste er nach, »von wo aus auf Roth geschossen wurde?«

»Wir suchen noch nach Hinweisen, aber im Moment gehe ich davon aus, dass der Bolzen entweder direkt vor dem herzförmigen Loch in der Klotür abgeschossen wurde oder dass der Schütze dort drüben in einem der Bäume gesessen und von dort aus gezielt hat. Dann allerdings müsste er extrem geschickt sein. Schließlich ist der Bolzen so durch das Loch geflogen, dass er den Mann mitten in die Stirn getroffen hat.«

»Gibt es vielleicht irgendeine Art von Abrieb?«, fragte Hansen. »Schuhabdrücke? Kratzer an der Toilettentür, falls die Armbrust dort aufgesetzt wurde? Spuren an einem ausreichend dicken Ast der Bäume dort hinten?«

»Danach suchen wir natürlich«, versicherte Drexel. »Aber mit Abdrücken auf dem trockenen Boden werden wir wie gesagt nicht viel Glück haben. Hier vor der Tür und am schmalen Korridor, auf dem Sie hierhergekommen sind, haben wir schon alles gesichert, sonst hätte ich Sie ja nicht durchgelassen. Bisher hat sich leider nicht viel ergeben, aber wir bleiben dran, und natürlich tun wir, was wir können. Ich ... ich geh dann mal wieder.«

»Tun Sie das!«

Drexel beorderte einen Kollegen zur offen stehenden Toilettentür, der noch einmal das Holz rings um den herzförmigen Ausschnitt unter die Lupe nahm. Unterdessen flitzte Drexel selbst zum Lieferwagen der Kriminaltechnik und kam kurz darauf mit einer Leiter zurück. Hansen verfolgte das Geschehen mit grimmigem Lächeln.

»War der Termin mit Resi so schlimm?«, fragte Hanna einfühlsam.

Haffmeyer sah sie mit großen Augen an.

»Der Chef hatte heute Vormittag einen Termin beim Herrenschneider«, erklärte Hanna ihm. »Dort soll er sich einen Anzug für die Hochzeit machen lassen, und Resi hat schon den Stoff dafür ausgesucht.«

»Hat sie«, bestätigte Hansen, »aber ich finde, das Preisschild sieht imposanter aus als der Stoff selbst.«

»Oha, Chef!«, bemerkte Hanna. »Das hast du aber doch hoffentlich nicht so direkt gesagt, oder?«

»Nein, natürlich nicht. Aber dass ich zu spät gekommen bin, hat mir Resi übel genommen. Und der Herrenschneider übrigens auch.«

»Welcher Herrenschneider?«, fragte Haffmeyer wie aus der Pistole geschossen. »Womöglich der alte Creglinger?«

»Ja«, antwortete Hansen. »Im Übrigen habe ich mich deshalb verspätet, weil ich in Kempten zu lange darauf gewartet habe, dass du doch noch zu unserer Besprechung heute Vormittag kommst ...«

»Oh nein!« Haffmeyer schlug sich die flache Hand vor die Stirn. »Tut mir leid, die Besprechung hab ich ganz vergessen. Ich hab mir Sorgen gemacht um den alten Roth, und dann … entschuldigt bitte, das ist eigentlich sonst nicht meine Art.«

»Ich weiß, Schwamm drüber«, sagte Hansen. »Aber warum hast du dir denn Sorgen um diesen Roth gemacht? Und woher kennst du ihn?«

»Das ist eine alte Geschichte, ich kenn den schon ewig. Und auch der Creglinger hatte schon mit ihm zu tun …«

Hansen horchte auf.

»Dachte ich's mir doch! Als ich am Telefon Roths Namen wiederholte und diese Lichtung, auf der er hauste, wurde Creglinger ganz blass und aufgeregt.«

»Ach, interessant … Aber das alles würde ich dir lieber unter vier Augen erzählen, Chef, und nicht hier vor den ganzen Kollegen.«

Hanna Fischer warf ihm einen warnenden Blick zu.

»Unter sechs Augen, meinte ich natürlich«, versicherte Haffmeyer eilig.

Es war derzeit nicht nur sehr trocken, sondern auch ungewöhnlich warm für Anfang März. Also goss Haffmeyer den frisch gebrühten Kaffee in drei Bechertassen und trug sie hinaus auf den Balkon seines Wohnhauses in Eisenberg-Zell, wo Hanna Fischer und Hansen inzwischen Platz genommen hatten.

»Kuchen oder so was habe ich leider nicht da«, bedauerte Haffmeyer.

»Schade, Willy«, sagte Hanna und tätschelte sich den Bauch. »Ich hab schließlich eine Figur zu halten!«

Hansen sah die beiden lächelnd an. Mit seinen beiden engsten Mitarbeitern hatte er es schon gut getroffen. Er kostete von dem Kaffee. Die Sekretärin der Kripochefin brachte zwar einen besseren zustande, aber Haffmeyers Kaffee war dennoch um Längen leckerer als die Plörre aus dem Vollautomaten im Flur des Kommissariats.

»So, Willy, und jetzt erzähl mal, woher du diesen Roth kennst. Und was das mit meinem Schneider zu tun hat. Das klang ja sehr geheimnisvoll vorhin.«

»Fangen wir mal mit Hansjörg Roth selbst an. Den kenne ich seit …« Er dachte kurz nach. »… seit ziemlich genau dreizehn Jahren. Einige Zeit später habe ich erfahren, dass er früher mal anders hieß.«

»Ach, nein, nicht schon wieder so ein Agent wie unser Mordopfer aus der Tegelbergbahn!«, kommentierte Hansen.

Haffmeyer lachte.

»Nein, kein Agent, aber einen falschen Namen hat er sich trotzdem zugelegt. Er hat bis Mai 2001 wegen der Beteiligung an zwei Banküberfällen eingesessen, und als er rauskam, wollte er keinen Kontakt mehr zu seinen alten Kumpanen. Mir hat er mal erzählt, dass er vor ihnen Angst gehabt hätte.«

»Warum das denn?«, fragte Hanna. »Hat er sie etwa verpfiffen?«

»Nein, er hat keine Namen genannt, und er hat auch standhaft behauptet, nicht zu wissen, wo der verschwundene Teil der Beute sei. Aber die anderen Mitglieder dieser Bande waren wohl ziemlich üble Burschen. Typen, die Mitwisser lieber aus dem Weg räumen, als sich auf ihr Schweigen zu verlassen, und die es vielleicht auch reizvoll fänden, wenn sie ihre Beute nicht mehr mit so vielen Kollegen teilen müssten.«

»Von wie viel Geld reden wir?«

»Die beiden Überfälle haben etwa 2,3 Millionen Mark eingebracht, davon waren etwas mehr als zwei Millionen spurlos verschwunden, als Roth und zwei seiner Komplizen gefasst wurden.«

Hanna pfiff leise durch die Zähne.

»Und das hat er dir alles einfach so erzählt?«, fragte Hansen.

»Na ja ... nicht einfach so. Und vor allem nicht gleich.« Haffmeyer lächelte. »Aber der Reihe nach. Im Frühsommer 2006 hat mich ein Nachbar darauf aufmerksam gemacht, dass sich ein Fremder auf der Lichtung im Wald unterhalb der Burgruine Hohenfreyberg häuslich eingerichtet habe. Also hab ich mir das mal angeschaut. Zu diesem Zeitpunkt stand die Hütte schon, aber das Klohäuschen gab's noch nicht. Und gleich beim ersten Mal habe ich gelernt, dass ich mich besser lautstark bemerkbar mache, wenn ich Roth besuchen will.«

Haffmeyer erzählte von seiner Begegnung mit Roth – und von der Pistole, die der Alte in der ersten Überraschung auf ihn gerichtet hatte.

»Und du als Kriminalbeamter lässt den Mann einfach seine Hütte im Wald bauen und nimmst ihm nicht einmal die Pistole ab, mit der er dich bedroht hat?«

»Na ja, bedroht – auf mich wirkte er schon damals wie einer, der vor irgendjemandem große Angst hat und damit rechnet, dass dieser ihm jeden Moment gegenüberstehen könnte. Ich hab mir natürlich seinen Waffenschein zeigen lassen, das sah aber alles ordnungsgemäß aus. Und die Hütte auf der Lichtung hat er mit der Genehmigung des Grundbesitzers gebaut. Für den hatte er zuvor als Gärtner gearbeitet, und als das aus Altersgründen nicht mehr so gut ging, hat er sich diese Lichtung als Altenteil ausgesucht. Sein Chef war einverstanden und hat ihm das Waldstück als Bleibe überlassen.«

»Wusste dieser Chef denn, dass Roth bewaffnet war – oder hatte der womöglich sogar etwas mit den Banküberfällen zu tun?«

Haffmeyer lachte.

»Nein, ganz sicher nicht. Roths Chef ist ein honoriger Mann, Patriarch einer uralten Familie mit viel Grundbesitz und einer ganzen Menge Firmen. Dass er von Roths Pistole weiß, glaube ich eher nicht. Und seinen früheren Namen und seine kriminelle Vergangenheit wird er auch nicht gekannt haben.«

»Du hast also nie mit ihm gesprochen?«

»Doch, habe ich – schließlich wollte ich überprüfen, ob Roth für seine Hütte tatsächlich die Erlaubnis des Grundbesitzers hatte.«

»Was ja nicht unbedingt die Aufgabe der Kripo ist …«

»Nein, das nicht, aber ich wollte die Sache nicht an die große Glocke hängen. Ich habe also mit dem Waldbesitzer gesprochen, habe ihn beiläufig ein bisschen über Roth ausgehorcht und bin dann wieder gegangen.«

Hansen verzog das Gesicht und trank einen Schluck Kaffee.

»Der Roth hat mir einfach leidgetan«, fuhr Haffmeyer fort. »Er hat schon bei unserem ersten Gespräch in seiner Hütte durchblicken lassen, dass er mit der heutigen Gesellschaft so seine Schwierigkeiten hat. Dass er am liebsten in Ruhe gelassen werden will. Dass er keinem was Böses will, sich aber durchaus zu wehren weiß, wenn ihm jemand blöd kommt.«

»Und deshalb sprichst du lieber mit niemandem über diesen Mann und lässt ihn mit seiner Pistole in seiner Waldhütte seinen Lebensabend genießen?« Hansen schüttelte den Kopf. »Zumindest mit deinem damaligen Vorgesetzten hättest du reden müssen, finde ich.«

»Hab ich ja.«

Hansen sah ihn verblüfft an.

»Mit Rolf Hamann, deinem Vorgänger als Leiter des K1«, erklärte Haffmeyer.

Hamann war im Zusammenhang mit einer spektakulären Mordserie vorzeitig in den Ruhestand versetzt worden, wodurch die Stelle frei wurde, die Hansen nun seit bald sechs Jahren innehatte. Dabei war Rolf Hamann ein Bauernopfer gewesen, weil man nach einigen reißerischen Artikeln in der Boulevardpresse einen Schuldigen brauchte. Kriminalhauptkommissar Eike Hansen aus Hannover, also ein komplett Unbeteiligter, wurde eingestellt, um die aufgescheuchte Kripo Kempten wieder zu beruhigen. Anfangs hatte Hansen viel Widerstand zu überwinden gehabt, denn Hamann war ein außerordentlich beliebter K1-Chef gewesen. Als Hansen ihn kennenlernte, mochte er ihn auf Anhieb, und er freute sich, dass das auf Gegenseitigkeit beruhte. Insofern war es kein Wunder, dass sich Haffmeyer diesem Chef anvertraut hatte – andererseits …

»Rolf Hamann hat das einfach abgenickt und weiter nichts

unternommen? Tut mir leid, Willy, das kann ich mir nicht vorstellen.«

»Nein, das hat er nicht, natürlich nicht. Er hat überprüft, ob etwas gegen diesen Roth vorliegt – und das war nicht der Fall. Hansjörg Roth war den Unterlagen zufolge im Mai 2002 aus dem Ausland zurückgekehrt. Er hatte mehrere Jahre lang für deutsche Firmen in Kanada und Neuseeland gearbeitet und war dort polizeilich nicht weiter aufgefallen – mal abgesehen von ein paar Strafzetteln wegen Geschwindigkeitsüberschreitung. Ein Detail hat Hamann allerdings stutzig gemacht: Seine Frau, die mittlerweile verstorben war, hatte ihn 1993 an ihrem damaligen Wohnort Auckland als vermisst gemeldet, nachdem er von einem Segeltörn vor der Westküste der neuseeländischen Nordinsel nicht mehr zurückgekehrt war. Ich hatte bei meinem Besuch ein Foto von Roth gemacht, bevor dieser mich bemerkt hatte – und sein Gesicht und das des vermissten Roth aus Neuseeland hatten keinerlei Ähnlichkeit. Also ließ Hamann das Bild des falschen Roth durch unser System laufen und stieß schließlich auf einen gewissen Klaus-Peter Schwartz, der wegen zweier Banküberfälle in der JVA Rottenburg bei Stuttgart eingesessen hatte. Es stellte sich heraus, dass dieser Schwartz seit Mai 2001 wieder auf freiem Fuß war – und im Mai 2002 durch einen tragischen Unfall ums Leben gekommen war. Oder er hatte sich das Leben genommen, so eindeutig konnte das damals nicht ermittelt werden.«

»Warum nicht?«, meldete sich Hanna zu Wort.

»Die Leiche fehlte. Schwartz war mit dem Wagen in den Urlaub nach Italien gefahren und hatte die Nachtfähre von Livorno nach Sardinien genommen. Als die Fahrgäste am nächsten Morgen in Olbia von Bord wollten, stand ein im Landkreis Esslingen zugelassener alter Mercedes den anderen im Weg – und Klaus-Peter Schwartz, der Halter, war spurlos verschwunden. Die Polizei kam zu dem Schluss, dass Schwartz irgendwann in der Nacht über Bord gegangen und ertrunken sein musste. Seither hat niemand mehr etwas von Schwartz gehört. Vermutlich war er seit damals unter dem Namen Hansjörg Roth mit gefälschten Papieren unterwegs.«

»Was für eine Räuberpistole!«, entfuhr es Hansen. »Und was habt ihr daraufhin unternommen, du und Hamann?«

»Rolf hat nachgeforscht, was Schwartz alias Roth angestellt hatte, bevor er ins Gefängnis kam – und was er danach so trieb. Die Zeit seit seiner Entlassung verlief völlig unspektakulär, mal abgesehen von dem Wechsel der Identität und dem angeblichen Todesfall im Mittelmeer. Der Gefängnisaufenthalt schien ihn tatsächlich zur Besinnung gebracht zu haben: Er ließ sich danach nicht mehr das Geringste zuschulden kommen, mied die Gesellschaft anderer, war aber freundlich zu allen, wenn sich ein Kontakt nicht vermeiden ließ. Nur in seinem Unterschlupf auf der Waldlichtung mochte er niemanden sehen. Er konnte schnell rabiat werden, wenn ihm einer zu sehr auf die Pelle rückte. Sein bescheidener Lebensstil deutete übrigens auch nicht darauf hin, dass er womöglich doch etwas von der Beute für sich behalten und versteckt hatte. Rolf und ich beschlossen, Roth alias Schwartz in Ruhe zu lassen. Er hatte seine Strafe verbüßt, und mit seinem Leben als Eremit im Wald schadete er niemandem. Ich behielt ihn noch etwas im Auge, und wir freundeten uns mit der Zeit sogar ein wenig an.«

»Und die anderen Leute in der Gegend, wie nahmen die diesen Einsiedler als neuen Nachbarn auf?«

»Ein paar Jugendliche spielten ihm ab und zu harmlose Streiche, aber als sie merkten, dass er sich notfalls zu wehren wusste, ließen sie es bleiben. Unter den älteren Bewohnern der Gegend genoss er bald einen ganz ordentlichen Ruf. Manche hielten ihn zwar für einen seltsamen Kauz, aber dass er ehrenamtlich ein prächtiges Blumenbeet neben der Kapelle St. Rasso in Schweinegg anlegte und pflegte, das rechneten sie ihm hoch an. In den umliegenden Lokalen betrug er sich anständig und war auch dann noch ein angenehmer Gast, wenn er schon einen sitzen hatte. Das führte dazu, dass ihm fast jeder Wirt ein Glas ausgab, wenn er auf ein kleines Essen und ein Weißbier vorbeischaute. Manchmal gab er Ratschläge, wie die Wirtsleute die Blumentöpfe im Gastraum oder die Kästen an den Balkonbrüstungen besser bestücken könnten, und gelegentlich päppelte er Bäume und Büsche für einzelne Dorfbewohner auf und ließ sich dafür mit Schnaps, Bauernbrot oder Rauchfleisch bezahlen.«

»Ein geläuterter Bankräuber mit grünem Daumen, wie nett«, bemerkte Hansen.

»Scheint so. In der JVA hat er als Gärtner gearbeitet, und obwohl er durchaus Chancen auf vorzeitige Entlassung gehabt hätte, hat er nie einen entsprechenden Antrag gestellt, sondern die volle Zeit abgesessen. Immerhin wurde er wegen seiner guten Führung nach einiger Zeit in den offenen Vollzug verlegt und arbeitete von da an in der Staatsdomäne Maßhalderbuch – das ist ein großer Bauernhof etwa fünfzig Kilometer südöstlich der eigentlichen JVA.«

»Was hat er nach seiner Haftentlassung beruflich gemacht? Du hast vorhin erzählt, dass er für diesen Waldbesitzer gegärtnert hat.«

»Ja, aber davor hat er die verschiedensten Hilfsarbeiten übernommen, mal auf Bauernhöfen, mal für kleinere Landschaftsgärtnerbetriebe. Irgendwann ist er Rupert Wank aufgefallen, dem der Wald gehört, wo Roths Lichtung liegt. Roth war von einem Landschaftsgärtner zur Gartenpflege auf Wanks Anwesen geschickt worden. Da hat er sich so geschickt angestellt, dass Wank ihn abgeworben hat und ihn fortan die Grünanlagen seiner diversen Firmen pflegen ließ. Bis Roth sich quasi aufs Altenteil zurückgezogen hat. Wank hat ihm eine kleine Rente zukommen lassen.«

»Klingt gut«, merkte Hanna an. »Fast zu gut für einen Mann mit dieser Vorgeschichte.«

»Das Gericht stufte Roth – damals noch Schwartz – eher als Mitläufer ein, seine Rolle innerhalb der Bande wurde als weniger bedeutsam gewertet. Das passt auch dazu, dass in seiner Wohnung nur knapp fünfzigtausend Mark gefunden wurden. Sein Anteil war geringer als der der beiden anderen, die erwischt wurden und je hunderttausend Mark bekommen hatten. Und alles zusammen war ja nur ein kleiner Teil der Beute.«

»Hat er außer diesen beiden Banküberfällen noch andere Dinger gedreht?«

Haffmeyer grinste. »Hier kommt dein Schneider ins Spiel, Chef.«

»Ich höre.«

»In seinem ersten Leben als Klaus-Peter Schwartz hat Roth

ein paar kleinere Diebstähle begangen, ist aber dabei nicht erwischt worden. Nachdem er Vertrauen zu mir gefasst hatte, hat er mir mal davon erzählt. Die Brüche waren zu diesem Zeitpunkt schon verjährt, sonst hätte er mir das sicher nicht verraten – er wusste ja, dass ich für die Kripo arbeite. Bei einem der Einbrüche war er in der Füssener Innenstadt durch ein Fenster ins Hinterzimmer der Herrenschneiderei Creglinger eingedrungen. Der Besitzer hatte damals die unselige Angewohnheit, in seinem Geschäft viel Bargeld aufzubewahren. Creglinger meldete fünfzigtausend Mark als gestohlen, wie ich hinterher aus den Akten erfahren habe. Roth hat nie über den Betrag gesprochen, und als ich ihn fragte, was er eigentlich mit den fünfzigtausend Mark angestellt habe, wirkte er einen Moment lang ganz verdutzt. Dann meinte er ganz vage, dass er das Geld damals sinnlos verprasst habe.«

»Glaubst du, dass er von dieser Beute noch was übrig hatte?«

»Keine Ahnung. Aber seit Anfang 2002 der Euro eingeführt wurde, scheint Roth respektive Schwartz keine größeren D-Mark-Beträge in Euro umgetauscht zu haben. Und ich habe nie gehört, dass er in der Eisenberger Gegend mit D-Mark bezahlt hätte. Das hat Rolf Hamann und mich ja schließlich auch davon überzeugt, dass er wirklich nicht wusste, wo die rund zwei Millionen Mark aus den Banküberfällen steckten – sonst hätte er sicher ab und zu etwas abgezwackt, und auch da wäre es aufgefallen, wenn er größere D-Mark-Beträge getauscht oder mit ihnen gezahlt hätte. Und wie gesagt: Er lebte sehr bescheiden.«

»Vielleicht hat er einfach abgewartet.«

»Und wie lange hätte er dann deiner Meinung nach noch gewartet, Chef? Er war ja auch schon über siebzig und nicht mehr der Gesündeste.«

»Na gut, dann würde ich auch davon ausgehen, dass er die Beute nicht hatte. Und du hast ihn also die ganze Zeit hindurch im Auge behalten?«

»Ja. Erst habe ich ihn immer wieder in Gespräche verwickelt, damit er sich vielleicht doch noch verplappert, aber da war leider nichts zu machen: Roth war nicht sehr gesprächig, wenn es um seine Vergangenheit ging. Als ich ihn nach einer Weile mit seiner Vorgeschichte konfrontierte, befürchtete ich, dass er kein Wort mehr mit mir sprechen würde. Aber er hörte ganz ruhig zu, saß dann eine Viertelstunde da und starrte vor sich auf den Boden. Dann fragte er mich, was ich mit meinem Wissen anfangen werde. ›Nichts‹, sagte ich. ›Solange Sie sich nichts Neues zuschulden kommen lassen, bleibt das zwischen Ihnen, meinem Chef und mir.‹ Er hat mich noch eine Weile gemustert, dann hat er mir lächelnd die rechte Hand hingehalten. ›Abgemacht!‹, hat er gesagt, und ich habe eingeschlagen.«

»Und daran habt ihr euch bis heute gehalten«, vermutete Hanna.

»Richtig. Und jetzt ist Roth tot, und ich will wissen, wer dafür verantwortlich ist.«

Hansen und seine Mitarbeiter einigten sich darauf, einstweilen niemandem zu erzählen, dass Willy Haffmeyer von Roths krimineller Vorgeschichte gewusst hatte. Es war ja durchaus denkbar, dass Haffmeyer von Zeit zu Zeit einen kauzigen Einsiedler besucht und nach ihm geschaut hatte, ohne dass der ihm sofort sein Herz ausschüttete. Telefonisch informierte Hansen seinen Vorgänger Rolf Hamann über den Tod von Hansjörg Roth – und darüber, was ihm Haffmeyer anvertraut hatte.

»Das darfst du übrigens gern als Pluspunkt für dich verbuchen«, merkte Hamann an. »Willy hat bisher mit niemandem außer mir darüber gesprochen, nicht einmal mit der Hanna.«

Hamann versprach, kein Wort über seine geheimen Recherchen von damals zu verlieren, und er würde als Pensionär vermutlich auch von niemandem danach gefragt werden.

Hansen beschloss, seinen Stellvertreter Hardy Koller mit Nachforschungen zu Hansjörg Roths Vergangenheit zu betrauen. Koller war ein guter, erfahrener Ermittler, und es würde auch ohne entsprechende Hinweise nicht lange dauern, bis er Roths Vorleben auf die Spur kam.

Eine Sonderkommission wurde eingerichtet. Kripochefin Vroni Schliers übernahm die Leitung der Soko Lichtung, und schon bei der ersten Besprechung am frühen Nachmittag trugen einige Kollegen erste Ergebnisse ihrer Nachforschungen vor. Ulf Kayserling, Chef der Kriminaltechnik, wurde noch immer von seinem neuen Mitarbeiter Roman Drexel vertreten. Hansen beugte sich zu Haffmeyer und erkundigte sich mit gedämpfter Stimme: »Was ist eigentlich mit Kayserling?«

Haffmeyer grinste. »Unser KT-Chef ist ein kleiner Faschingsnarr, Chef.«

»Mag ja sein, aber gestern war Aschermittwoch – da ist der Spuk doch vorbei, oder?«

»Das schon, aber es gibt halt Nachwirkungen, wenn man

den Fasching so engagiert angeht wie Kayserling. Jedes Jahr bekommt er am Samstag vor Fasching Besuch von einigen alten Freunden. Dann schauen sie sich am Sonntag den Gaudiwurm in Kempten an, am Rosenmontag suchen sie sich einen der Narrensprünge in der Gegend aus, und am Dienstag geht es zum Faschingszug nach Friesenried. Seine Freunde würden eigentlich lieber zum größeren Umzug nach Sonthofen fahren, aber Kayserling überredet sie jedes Mal – weil er in Friesenried einen früheren Lehrer treffen will, der ihm wohl auch heute noch viel bedeutet.«

Hansen schüttelte erstaunt den Kopf.

»Mensch, Willy, woher weißt du das alles denn nur?«

»Ich red halt mit den Leuten«, raunte Haffmeyer und lenkte Hansens Aufmerksamkeit auf Kriminaltechniker Drexel, der neben der Leinwand Aufstellung nahm und testete, ob der Laserpointer funktionierte.

»So, Kollegen«, begann Drexel. »Dann will ich mal zusammenfassen, was die Kriminaltechnik bisher herausgefunden hat.« Er glühte vor Stolz, wie er da vor den anderen stand. »Wie ihr schon wisst, wurde Hansjörg Roth vom Bolzen einer Armbrust in die Stirn getroffen. Es schaut so aus, als wäre er auf der Stelle tot gewesen – aber da will ich natürlich der Rechtsmedizin nicht vorgreifen. Jedenfalls starb er mitten in einer Sitzung, die – soweit wir das anhand der oberen Schicht der Exkremente in der Abortgrube nachvollziehen konnten – sehr erfolgreich verlaufen ist.«

Rosemarie Schwegelin, die Sekretärin der Kripochefin, räusperte sich und schaute den jungen Mann tadelnd an. Der hob entschuldigend die Hand und fuhr fort.

»Wir gehen davon aus, dass die Klotür verschlossen war, als der Schuss abgegeben wurde. Zu dieser Annahme passt der Eintrittswinkel des Bolzens in die Stirn. Auf dem zweituntersten dicken Ast eines Baumes am Waldrand gibt es Kratzspuren, die auf grobes Schuhwerk hindeuten, und die Rinde am Stamm darunter sieht aus, als wäre jemand da hochgekraxelt. Vorausgesetzt, man ist ein exzellenter Armbrustschütze, kann man von dort aus durch das Türherzerl Roths Stirn anvisieren.«

Er sah in die Runde und stellte zufrieden fest, dass ihm alle konzentriert zuhörten.

»Offenbar wurde mit einer leichten Armbrust geschossen. Für alle Anwesenden, die mit dem Thema nicht so vertraut sind: Es wird zwischen leichten, mittelschweren und schweren Armbrüsten unterschieden, wobei sich diese Kategorien nicht nur durch das Gesamtgewicht der Waffe, sondern auch durch die Spannkraft des eingebauten Bogens unterscheiden. Schon eine leichte Armbrust ist kein Kinderspielzeug und kann Pfeile mit ordentlich Wucht, Geschwindigkeit, Treffsicherheit und Durchschlagskraft abschießen.«

Drexel ließ sich über alle Einzelheiten des Armbrustschießens aus und zeigte dabei weitaus mehr Begeisterung als seine Zuhörer. Zwar werde die Armbrust seit 2002 im Waffengesetz explizit erwähnt, allerdings dürfe jeder ab dem vollendeten achtzehnten Lebensjahr ohne weitere Genehmigung eine Armbrust kaufen und bei sich tragen. Geschossen werden dürfe natürlich nur, wenn man damit niemanden gefährde.

»Außerdem haben wir Hinweise darauf gefunden, dass der Pfeil mit einer Armbrust abgeschossen wurde, die das Geschoss in einer Rinne aus Knochenmaterial führt«, berichtete Drexel.

Hansen meldete sich zu Wort. »Dann gehen Sie davon aus, dass mit einer Armbrust älterer Bauart geschossen wurde, oder? Ich nehme an, solche Waffen werden – ähnlich wie ein Bogen – heute eher aus anderen Materialien gefertigt.«

Drexel gewährte dem Leiter des K1 ein gönnerhaftes Lächeln.

»Haben Sie etwa auch eine Armbrust, Herr Hansen?«

»Nein, ich habe einen Bogen zu Hause, mit dem ich manchmal nach Feierabend ein paar Pfeile schieße.«

Drexel nickte Hansen freundlich zu und holte zu einem ausführlichen Exkurs über verschiedene Materialien moderner Armbrüste aus. Schließlich kam er auf die Bauweise historischer Armbrüste zu sprechen.

»Mein bisheriger Eindruck ist, dass die Sehne der betreffenden Armbrust aus Hanf gefertigt wurde, aber da will ich den Kollegen nicht vorgreifen, die entsprechende Rückstände am hinteren Ende des Pfeils derzeit noch untersuchen.«

»Meinen Sie, es würde sich dann um eine alte Armbrust handeln – oder um eine, die einem alten Modell nachempfunden wurde?«, vergewisserte sich Hansen.

»Ein altes Original würde ich eher ausschließen – wer solche Exemplare sammelt, bewahrt sie in einer Vitrine auf oder zeigt sie interessierten Besuchern, schießt aber auf keinen Fall damit. Ein Nachbau dagegen ist genau das, was ich im Moment für wahrscheinlich halte.«

»Würde das auf diese Mittelalterfreaks hindeuten, von denen Sie draußen im Wald gesprochen haben?«

»Möglicherweise – aber das mit den Hobbyschützen war nur eine Vermutung von mir. Ich weiß nicht, ob dort tatsächlich solche Leute in der Gegend herumschießen. Erlaubt wäre es jedenfalls nicht, das habe ich ja vorhin erwähnt.«

»Gut«, sagte Kripochefin Vroni Schliers. »Damit dürften wir das Nötigste über Armbrüste erfahren haben, glaube ich. Falls Sie auf weitere Details stoßen, die uns weiterhelfen, lassen Sie es mich wissen.«

»Eins noch«, meldete sich Drexel erneut zu Wort und quittierte die erhobenen Augenbrauen der Kripochefin mit einem entschuldigenden Lächeln. »Ich würde von einem exzellenten Schützen oder einer exzellenten Schützin ausgehen. Die Entfernung zwischen dem Baum, von dem mutmaßlich geschossen wurde, und dem Klohäuschen ist für eine Armbrust nicht sehr groß. Vorausgesetzt, die Waffe war in Ordnung und die Windverhältnisse …«

Vroni Schliers räusperte sich, und Drexel brach mitten im Satz ab, setzte aber sofort neu an.

»Auf dem Ast, von dem aus wohl geschossen wurde, haben wir Spuren von festem Schuhwerk gefunden.«

»Das hatten Sie bereits erwähnt, Herr Drexel.«

Die Kripochefin verlor nicht leicht die Geduld, aber jetzt stand sie kurz davor. Staatsanwältin Labranz, die bisher ruhig zugehört hatte, gönnte sich nun einen Seitenblick auf Vroni Schliers und danach ein amüsiertes Grinsen.

»Die Spuren auf dem Ast«, fuhr Drexel unbeirrt fort, »deuten darauf hin, dass der Schütze oder die Schützin keinen allzu festen Stand hatte. Und durch ein Loch wie das in der Klotür zu treffen, obwohl man möglicherweise im Moment des Schusses ein wenig abgerutscht ist … das bringt nicht jeder fertig.«

Adalbert Creglinger hatte seinen Laden noch bis zur Mittagspause geöffnet gehalten, aber insgeheim war er froh, dass in dieser Zeit niemand etwas von ihm wollte. Seit Kommissar Hansen und seine Verlobte gegangen waren, kreisten seine Gedanken um den alten Roth, der draußen auf seiner Waldlichtung anscheinend ums Leben gekommen war. Und wohl offenbar nicht auf natürlichem Wege.

Er überschlug, wie viel Zeit seit ihrem letzten Treffen vergangen war, und versuchte sich daran zu erinnern, was Roth damals gesagt hatte. Den genauen Wortlaut brachte er nicht mehr zusammen, aber es war um das gegangen, um das es immer gegangen war. Seit Jahren, seit so vielen Jahren.

Roth war tot, das war im Grunde genommen eine gute Sache. Einerseits. Andererseits fragte sich Creglinger nun, wer den Alten wohl auf dem Gewissen hatte. Und wen sich derjenige als Nächstes vornehmen würde? Hatte Roth in seiner elenden Waldhütte Informationen aufbewahrt, die eine Spur zu ihm legten?

Adalbert Creglinger nahm die dünne Jacke vom Haken, sperrte den Haupteingang zu und verließ den Laden durch die Hintertür. Sein Kombi stand in der schmalen Garage, und das Rangieren war ihm schon an normalen Tagen eine Plage. Doch heute war kein normaler Tag, und er musste sich große Mühe geben, um mit dem Wagen nirgendwo hängen zu bleiben. Schließlich hatte er es geschafft und fuhr mit seinem Auto stadtauswärts.

Etwa zwanzig Minuten später war er in Zell. Am Fuß der letzten Steigung zur Schloßbergalm lenkte er den Wagen auf den dortigen Parkplatz. Er ging quer durch die Wiese den

Berg hinauf, doch nach einigen Metern entfuhr ihm ein Fluch. Ein Stück westlich von ihm parkten mehrere Autos, darunter Streifenwagen und mehrere Zivilfahrzeuge. Creglinger kehrte zu seinem Kombi zurück, holte einen kleinen Campingstuhl, arbeitete sich nun ein Stück vor dem Weg in den Wald hinein und klappte den Stuhl auf, sobald er zwischen den Bäumen hindurch die Wiese im jenseitigen Tal sehen konnte. Hier war er selbst von dichtem Geäst verborgen, konnte aber jede Bewegung bei den beiden Fahrzeugen sehen, die auf dieser Wiese geparkt waren. So würde er auch jeden beobachten können, der von Roths Lichtung zu den Streifenwagen zurückkehrte. Dann schob er sich ein Pfefferminzbonbon in den Mund und richtete sich leidlich bequem auf die anstehende Wartezeit ein.

Hansen hatte gleich nach der Besprechung der Soko Lichtung versucht, Resi auf dem Handy zu erreichen, aber sie war nicht rangegangen. Als die Ansage ihrer Mailbox ansprang, erwog er kurz, eine Entschuldigung zu hinterlassen – aber dann entschied er sich doch dagegen und beschloss, es später noch einmal zu versuchen. Er trat zu Hanna Fischer und Willy Haffmeyer, die ein paar Schritte abseits auf ihn warteten.

»Ich würde jetzt gern mit dem Waldbesitzer reden. Kommt ihr mit?«

»Kann ich gern tun«, sagte Hanna. »Ich könnte aber auch noch einmal auf der Lichtung nach dem Rechten sehen, dann würde ich euch auf dem Laufenden halten, sobald sich dort etwas Neues ergibt.«

»Gut, dann mach das – und du, Willy, bringst mich zu diesem Rupert Wank, ja?«

Haffmeyer meldete sie telefonisch an und fuhr dann los in Richtung Rückholz, nordöstlich von Nesselwang.

»Hattest du kein Glück bei Resi?«, fragte er unterwegs.

Hansen schüttelte den Kopf.

»Wenn es dich tröstet«, fuhr Haffmeyer fort. »Ich telefoniere Rosi Konner auch schon eine Weile erfolglos hinterher.«

Hansen erinnerte sich: Vor knapp drei Jahren hatten sie durch den seltsamen Mordfall bei Krumbach die österreichische Polizistin Sara Konner kennengelernt, und bald darauf hatte Haffmeyer ihre ältere Schwester Rosi getroffen und sich Hals über Kopf in sie verliebt. Doch bis heute war nicht klar, ob die Österreicherin das auch wusste – denn so unverblümt Willy mit Vorgesetzten sprach, so schwer tat er sich damit, einer Frau gegenüber seine Gefühle auszudrücken.

Haffmeyer verlor jetzt allerdings kein weiteres Wort darüber, und nachdem sie ihr Ziel, den Schwaltenweiher, ohne größere Verzögerungen erreicht hatten, kurvte Willy mit Hansen erst einmal um den ganzen See herum, teils auf Feldwegen, um seinem Chef aus verschiedenen Perspektiven Blicke auf das Domizil des Mannes zu bieten, den sie besuchen wollten.

Mehrere Wohnhäuser und Restaurants lagen direkt am Weiher oder in seiner Sichtweite, aber Willy hatte recht: Wirklich spektakulär wirkte nur das Heim von Rupert Wank. Vom Westufer des Schwaltenweihers, zu dem an dieser Stelle ein Privatweg führte, bildete eine Straßenbrücke die Verbindung zu einer Insel, auf der sich ein üppiger Garten mit hohen Bäumen, künstlichen Felsformationen und einer teilweise verfallenen Mauer befand. Das Wohngebäude selbst war im Stil eines kleinen Schlösschens gehalten. Zwischen manchen Mauersteinen quoll Moos hervor, und bis hinauf zu den rauchgeschwärzten Zinnen des schlanken Turms hatte der Bau die Patina eines Familiensitzes mit einer langen und wechselvollen Geschichte.

»Alles künstlich angelegt und auf historisch getrimmt«, erklärte Haffmeyer. »Das ganze Ding steht noch keine zwanzig Jahre hier – davor hat Wank auf dem Stammsitz seiner Familie gewohnt, einem wirklich alten Gemäuer südwestlich von Nesselwang.«

Kaum hatten sie nach der Umrundung des Sees das kunstvoll geschmiedete Tor vor der Seebrücke erreicht, schwang es auch schon auf. Willy steuerte den Wagen auf die Insel und ließ ihn auf dem knirschenden Kies eines Parkplatzes ausrollen. Noch bevor sie ausgestiegen waren, kam ihnen ein hagerer Herr von Ende fünfzig auf der Treppe entgegen – vom betont aufrechten Gang bis zum etwas herablassenden Gesichtsausdruck ein Butler, wie er im Buche steht. Der Mann trug dünne weiße Handschuhe und in der rechten Hand ein kleines silbernes Tablett.

»Die Herren von der Kriminalpolizei, nehme ich an?«, näselte er und wartete, bis Hansen seine Visitenkarte auf das Tablett gelegt hatte. »Wenn Sie mir bitte folgen würden.«

Er wandte sich ab und schritt die Stufen zum Hauptportal wieder hinauf. Mit der linken Hand stieß er die Haustür auf und ging in das Gebäude hinein, ohne sich nach seinen Besuchern umzusehen. Sie folgten ihm durch einen weiß getünchten Flur und eine verschnörkelte Holztreppe hinauf in den ersten Stock. Vor einer hohen und breiten Holztür mit teuer aussehenden Intarsienarbeiten blieb der Butler stehen. Er klopfte zweimal an, dann ertönte von drinnen ein »Herein!«. Der Butler riss die Tür auf und betrat den Raum.

Hohe Bücherregale bedeckten zwei der Wände, an den übrigen hingen eine altmodische Uhr, einige Geweihe und mehrere historische Schusswaffen, darunter auch zwei auf Hochglanz polierte Armbrüste. Ein breites Fenster reichte vom Boden bis zur Decke und gab den Blick frei auf den See. Davor befand sich eine Sitzgruppe mit wuchtigen Ledersesseln. Aus einem davon erhob sich jetzt ein sportlicher Mann Mitte fünfzig, gekleidet in hellgrauer Bundfaltenhose, weißem Hemd und Tweedjackett. Der Butler präsentierte seinem Herrn das Tablett mit der Visitenkarte, woraufhin dieser mit den Fingerspitzen das Kärtchen aufnahm und den aufgedruckten Text überflog. Dann musterte er seine beiden Gäste, die sich ihm langsam näherten, und steuerte nach kurzem Taxieren auf Hansen zu.

»Herr Hauptkommissar, angenehm«, sagte er, nickte Hansen zu und reichte ihm die Hand. »Gestatten: Wank, Rupert Wank.«

Hansen stellte ihm seinen Kollegen vor, und auch ihm drückte Wank die Hand.

»Wollen wir uns nicht setzen?«, schlug der Hausherr vor. »Möchten Sie vielleicht einen Brandy?« Dann warf er einen kurzen Blick zur Wanduhr. »Aber nein, wie gedankenlos von mir: Sie sind ja im Dienst! Darf Steffens Ihnen einen Kaffee bringen, oder einen Tee, einen Saft vielleicht?«

»Ein Kaffee wäre schön«, sagte Hansen.

Erneut schweifte der Blick des Hausherrn über seine Besucher, dann wies er seinen Butler an: »Einen Lungo und einen Macchiato, bitte.«

Wank bot ihnen zwei freie Sessel an und ließ sich erst auf seinen Sessel sinken, nachdem Haffmeyer und Hansen Platz genommen hatten.

»Wie kann ich Ihnen helfen, meine Herren? Herr Haffmeyer hat am Telefon angedeutet, dass es um meinen früheren Gärtner gehe.«

»Wir haben leider keine guten Neuigkeiten, Herr Wank«, setzte Hansen an. »Herr Roth wurde heute Vormittag tot aufgefunden, mein Kollege Haffmeyer hat ihn auf der Lichtung in Ihrem Wald entdeckt.«

»Oh!« Wank wirkte wirklich ehrlich bestürzt. »Der Arme … Wie ist er denn gestorben?«

»Er wurde vom Bolzen einer Armbrust getroffen, mitten in die Stirn.«

»Ach, du meine Güte!«, entfuhr es Wank. »Vom Bolzen einer Armbrust? Wie skurril!«

Er streifte kurz die Wand mit den historischen Schusswaffen und blieb einen Augenblick an den beiden Armbrüsten hängen. Dann stutzte er und sah Hansen fragend an.

»Aber Sie verdächtigen doch nicht mich, den armen Roth erschossen zu haben, oder?«

»Bisher verdächtigen wir noch niemanden«, erwiderte Hansen. »Oder jeden – ganz, wie man es nimmt.«

»Ja, natürlich«, sagte Wank. »Mit einer Armbrust … nicht zu fassen!«

Die Tür schwang auf, und der Butler kam herein. Diesmal

hielt er ein etwas größeres Silbertablett in den Händen. Er stellte zwei unterschiedlich große Tassen vor den Besuchern ab, ehe er sich mit einer knappen Verbeugung verabschiedete und das Zimmer wieder verließ. Vor Haffmeyer stand eine normale Tasse, gefüllt mit schwarzem Kaffee, auf dem sich eine kleine Krone aus brauner Crema langsam im Kreis drehte. Daneben hatte der Butler ein Milchkännchen und eine Zuckerdose gestellt, aus der eine klobige Silberzange ragte. Hansen hatte eine Tasse von der doppelten Größe einer Espressotasse vor sich, deren Inhalt von Milchschaum mit einem Hauch Kakaopulver bedeckt war.

»Ich hoffe, ich habe richtig geraten«, sagte Wank, aber er sah nicht so aus, als würde er eine Fehleinschätzung für möglich halten. Dann stand er auf. »Entschuldigen Sie bitte, ich brauche jetzt, glaube ich, doch etwas Stärkeres.«

Er durchquerte den Raum mit ausgreifenden Schritten und blieb vor einem übergroßen hölzernen Globus stehen, dessen obere Hälfte er aufklappte. Dann zog er eine der dort deponierten Flaschen heraus, goss sich ein Glas halb voll und kehrte auf seinen Platz zurück. Er nahm einen kräftigen Schluck, bevor er sein Glas auf dem Tisch abstellte.

»Dürfen Sie mir Genaueres zu der Situation sagen, in der Sie ihn vorgefunden haben?«, fragte er Haffmeyer.

»Nein, einstweilen nicht.«

»Verstehe, verstehe.«

Wank schaute noch einmal zu den Waffen an der Wand.

»Selbstverständlich stelle ich Ihnen meine beiden Armbrüste für Untersuchungen zur Verfügung. Ich lasse Steffens auch noch zwei weitere Exemplare für Ihre Kollegen von der

Spurensicherung bereitlegen. Aber … aber wäre es möglich, dass Ihre Kollegen die Waffen bei mir im Haus untersuchen? Es handelt sich um sehr empfindliche Stücke, auch sehr wertvolle – vor allem die beiden anderen Armbrüste bewahre ich in einem eigens dafür angeschafften Lagerschrank auf. Ich hoffe, Sie verstehen, dass ich diese Einzelstücke nur sehr ungern aus dem Haus geben würde.«

»Ich werde die Kriminaltechnik entsprechend informieren«, versicherte Hansen. »Die Entscheidung werden aber die Kollegen fällen.«

»Gut, danke.«

Wank legte die Fingerspitzen seiner Hände aneinander und sah Hansen an.

»Wie kann ich Ihnen denn helfen?«

»Wann haben Sie Herrn Roth zum letzten Mal lebend gesehen?«

»Ich … meine Güte, wie das klingt … Er war ja nicht mehr der Jüngste, auch gesundheitlich nicht in besonders guter Verfassung, aber so etwas …«

Der Hausherr schüttelte erneut den Kopf, bevor er die Augen schloss, um sich zu sammeln.

»Dass ich Herrn Roth zuletzt gesehen habe, ist bestimmt schon zwei Wochen her, wenn nicht sogar drei. Ich könnte Steffens fragen, wenn Sie es genauer wissen müssen.«

»Bekommt es Ihr … Mitarbeiter denn jedes Mal mit, wenn Herr Roth hier ist?«

»Natürlich, er lässt ihn ja herein. Und Steffens hat ein Gedächtnis, um das ich ihn immer wieder beneide. Soll ich ihn kurz rufen?«

»Es reicht, wenn er uns das später beim Herausbringen sagt. Was war denn der Grund für Herrn Roths Besuch bei Ihnen?«

»Ach, er … er kam immer wieder mal vorbei. Manchmal wollte er sich bedanken, weil ich ihm eine kleine monatliche Zuwendung eingerichtet habe. Ab und zu brauchte er eine neue Hacke oder einen Rechen – die konnte er sich gern bei mir holen. Er selbst hatte ja eher überschaubare finanzielle Mittel, da wäre es ja Unsinn, wenn er sich Werkzeug selbst gekauft hätte, während bei mir genug davon herumsteht.«

»Hat er auch noch für Sie gearbeitet?«

»Nein, nicht wirklich. Er hat sich vor zwölf, dreizehn Jahren zur Ruhe gesetzt. Ich habe ihm diese Lichtung als Bleibe überlassen, er wollte sich dort unbedingt eine Hütte bauen. Ich habe ihn mal besucht dort draußen – na ja, er hat das ganz ordentlich gemacht, aber meins wär's nicht, um ehrlich zu sein.«

Seine Miene war eine Mischung aus sanftem Ekel und ehrlichem Bedauern. Das Klohäuschen mit der darunter ausgehobenen Grube hatte wohl schon auf der Lichtung gestanden, als Wank sich Roths Bauten angesehen hatte.

»Natürlich«, fuhr er fort, »hätte er auch in einem meiner Häuser eine Wohnung bekommen können. Die hätte ich ihm mietfrei überlassen – aber er wollte raus in die Natur. Und das schien ihm auch gutzutun. Während er recht kränklich wirkte, als er sich zur Ruhe setzte, hat er sich in den darauffolgenden Monaten zusehends erholt. Gut, er ist nicht jünger geworden und letztlich wohl auch nicht gesünder, aber er hat sich dort im Wald so eingerichtet, dass er auch passabel durch den Winter kam, und er kam zurecht. Soweit ich weiß, hatte er Probleme mit der Leber – ich glaube, ich verrate kein Geheimnis, wenn ich Ihnen sage, dass er gern mal einen über den Durst getrunken hat. Aber Herr Roth hat sich nie etwas zuschulden kommen lassen. Und einen besseren Gärtner hatte ich nie.«

Wank nippte an seinem Glas.

»Es ist heutzutage leider auch für größere Häuser nicht leicht, qualifiziertes Personal zu finden.«

Hansen sah ihn fragend an.

»Na gut«, sagte Wank seufzend und lächelte dabei. »Dann gebe ich Ihnen vielleicht erst mal einen kurzen Abriss der Geschichte meiner Familie. Meine Vorfahren waren immer eines der kleineren Adelshäuser in Süddeutschland. Die Freiherren zu Wank und Schweinegg sahen sich selbst zwar als die großen Gegenspieler der Herren von Freyberg-Eisenberg, aber da haben sie sich ordentlich in die Tasche gelogen: Die Freybergs, die hier in der Gegend lange das Sagen hatten, spielten immer mindestens eine Liga höher als meine Ahnen. Drei Linien der Familie Freyberg-Eisenberg gibt es heute noch – aber die sitzen nahe Ulm, bei Günzburg und zwischen München und Ingolstadt. So gesehen, hat unsere Familie jetzt doch noch die Vorherrschaft errungen, zumindest zwischen Nesselwang und Seeg.« Er lachte. »Was für ein Triumph!«

»Sie selbst haben nicht viel übrig für die Traditionen Ihrer Familie?«

»Doch, doch, ich habe sogar mein neues Zuhause im Stil eines Schlösschens erbauen lassen. Ich mag dieses alte Zeug schon ganz gern – nur der Familiensitz in Wank bei Nesselwang war mir ein bisschen zu authentisch, mit Zugluft und feuchten Wänden. Und falls Sie auf den Namen anspielen: Seit der Weimarer Reichsverfassung von 1919 hat der Adel ja keine Sonderrechte mehr, und mich Rupert Freiherr zu Wank und Schweinegg zu nennen, fand ich irgendwie nicht so reizvoll. Mir reicht die bürgerliche Version, und das Schweinegg vermisse ich nicht wirklich.«

»Als sich Herr Roth zur Ruhe setzte, haben Sie einen Nachfolger eingestellt, vermute ich. Könnte Ihr neuer Gärtner uns denn etwas über Herrn Roth erzählen? Er wurde doch sicher von ihm eingelernt?«

»Sein direkter Nachfolger ist schon lange nicht mehr hier. Da hatte ich keinen besonders guten Griff getan, und nach knapp zwei Jahren habe ich ihn wieder entlassen. Danach gab es noch zweimal einen Wechsel, und erst jetzt – seit fünf, sechs Jahren – bin ich wieder vollständig zufrieden mit meiner Gärtnerin: Ina Schönberg, eine junge Frau aus Sachsen, die ein unglaublich geschicktes Händchen für Pflanzen hat. Wirklich bemerkenswert.«

»Hatte sie Kontakt zu Herrn Roth?«

»Ja, sie hat ihn manchmal besucht, und ich vermute, dass sie dann gefachsimpelt haben – aber ich war nie dabei.«

»Könnten wir mit Frau Schönberg sprechen?«

»Selbstverständlich, nur ist sie leider im Moment nicht hier. Sie kümmert sich heute um die Grünanlagen von einigen meiner Mietshäuser.«

»Könnten wir sie vielleicht unterwegs treffen? Wo ist sie denn?«

»Das wäre heute nicht so günstig. Sie hat einen ziemlich

straffen Terminplan und wird erst am Abend wieder hier zurückerwartet.«

Hansen und Haffmeyer wechselten einen schnellen Blick.

»Dann geben Sie uns doch bitte die Handynummer von Frau Schönberg, dann versuchen wir unser Glück selbst.«

»Auch damit kann ich leider nicht dienen: Frau Schönberg besitzt kein Handy.«

Hansen versuchte erst gar nicht, seine Verblüffung zu überspielen. Wank lachte und nickte.

»Das ist kaum zu glauben, nicht wahr? Gerade eine so junge Frau wie sie … Aber wenn Sie sie treffen, werden Sie feststellen, dass sie auch in anderer Hinsicht eine ganz bemerkenswerte Person ist. Sie wird außerdem heute Abend ziemlich geschafft sein, fürchte ich. Deshalb lassen Sie es uns doch so machen: Ich habe ja Ihre Karte, und Frau Schönberg wird Sie morgen früh anrufen – dann können Sie einen Termin mit ihr verabreden. Ich werde ihr für morgen nur Arbeiten auftragen, die hier auf dem Grundstück anfallen – und die auch warten können, wenn Sie mehr Zeit für das Gespräch benötigen. Wäre Ihnen das recht?«

Hansen zuckte mit den Schultern, es blieb ihm kaum eine andere Möglichkeit.

»Frau Schönberg kann dann gern zu Ihnen kommen, oder möchten Sie sie lieber hier treffen?«, erkundigte sich Wank.

»Das sehen wir dann.«

»Gut, meine Herren.« Wank erhob sich. »Wenn das für jetzt alles wäre, würde ich mich wieder um meine Arbeit kümmern, und Steffens bringt Sie zum Wagen.«

Hansen war gar nicht aufgefallen, dass Wank irgendeine

Taste betätigt hatte, doch der Butler stand plötzlich wie bestellt neben der Tür und wartete darauf, die Besucher aus dem Haus zu geleiten.

»Steffens, bitte bereiten Sie alles dafür vor, dass die Kriminalpolizei unsere Armbrüste untersuchen kann. Auch die beiden eingelagerten Exemplare.«

»Selbstverständlich«, sagte der Butler.

Hansen erhob sich ebenfalls und verabschiedete sich per Handschlag von Wank.

»Eine Frage noch, Herr Wank: Herr Roth war unter dieser Adresse gemeldet. Hatte er hier noch eine Wohnung oder ein Zimmer?«

»Nein, er war nur der Form halber hier gemeldet. Die Lichtung hätte das Einwohnermeldeamt sicher nicht als Wohnadresse akzeptiert, nicht wahr?«

Damit waren Hansen und Haffmeyer endgültig entlassen. Steffens stolzierte vor ihnen her bis zum Wagen und verharrte wie eine Statue neben der Treppe, bis sie eingestiegen und weggefahren waren.

Hanna hatte erst auf der Fahrt zu Roths Waldlichtung gemerkt, dass sie hungrig war. Vor dem Bären in Willys Wohnort Zell hielt sie den Wagen kurz an, entschied sich dann aber doch für eine einfachere Mahlzeit und nahm den Weg zur Schloßbergalm, die einen guten Kilometer außerhalb des Dorfes in der Nähe der Burgruine Eisenberg lag und in der sie schon mehrmals gut und üppig gegessen hatte. Doch so weit kam sie nicht: Auf halber Strecke entdeckte sie auf einem Parkplatz einen Kombi, an dem Werbung für die Herrenschneiderei Adalbert Creglinger in Füssen angebracht war. Es saß niemand drin, und es schien sich auch in der direkten Umgebung niemand aufzuhalten. Hanna stellte ihren Wagen ebenfalls ab, sah sich nach allen Richtungen um und wanderte den Berg hinauf, wo sie sich dann auf gut Glück ins Unterholz schlug. Bald atmete sie schwer, arbeitete sich aber unverdrossen weiter durch den Wald, bis sie beinahe das jenseitige Ende des schmalen Streifens erreicht hatte. Als sie eine Gestalt entdeckte, die dort saß, schlug sie einen Bogen und näherte sich von der Seite. Nun sah sie im Profil einen etwas stämmigen Herrn Mitte siebzig, der auf einem Campingstuhl hockte und eingeschlafen war. Der Stuhl war so aufgestellt, dass der Mann, wäre er wach gewesen, die Wiese mit den beiden dort abgestellten Fahrzeugen gut hätte beobachten können, ohne selbst gesehen zu werden.

War das der Herrenschneider Creglinger, der ihrem Chef den Hochzeitsanzug machen sollte? Jener Creglinger, der vor vielen Jahren von Roth alias Schwartz bestohlen worden war? Und der so seltsam reagiert hatte, als in Hansens Telefonat die Rede auf Roth gekommen war? Was hatte der hier draußen zu suchen? Kannte Creglinger Roths wahre Identität – und hatte er nach so vielen Jahren womöglich noch Kontakt mit ihm gehabt?

Hannas erster Gedanke war, den Mann zur Rede zu stellen und ihn mit allem zu konfrontieren, was ihr gerade durch den Kopf ging. So verschlafen, wie Creglinger war, konnte es gut sein, dass er sich verplapperte.

Doch Hanna überlegte es sich anders. Sie kehrte zu ihrem Wagen zurück und rief die Homepage der Herrenschneiderei auf. Die Seite war furchtbar altmodisch gestaltet, aber es gab ein Foto des Geschäftsinhabers – es war der ältere Herr im Wald. Sie wählte Hansens Handynummer und sprach mit ihrem Chef ihr Vorhaben ab. Anschließend fuhr sie zu der Kreuzung im Wald, vor der die Fahrzeuge der Kollegen geparkt waren, und stellte ihr Auto daneben ab. Dabei war sie dicht an Creglingers Versteck vorbeigekommen. Sie hatte nicht eigens zu ihm hingeschaut, aber sie vermutete, dass der Schneider durch das Motorengeräusch ihres Wagens aufgeschreckt worden und nun vermutlich wieder ganz Auge und Ohr für alles war, was auf der Wiese vor sich ging.

Zur Sicherheit knallte Hanna die Fahrertür etwas lauter zu, als es nötig gewesen wäre. Dann stapfte sie drauflos und kam schließlich auf der Lichtung an. Die Kriminaltechniker waren mit dem Toilettenhäuschen und dem ganzen Wiesenstück bis hin zur Wohnhütte fertig. Zwei Kollegen machten sich an einer Stelle am Rand der Lichtung zu schaffen, zwei weitere konnte sie durch die Fensterlöcher der Hütte bei der Arbeit sehen.

Neben einem uniformierten Polizisten stand Gudrun Labranz, die Staatsanwältin, und beobachtete den Fortgang der Arbeiten. Eine halb aufgerauchte Zigarette hing ihr im Mundwinkel, der Polizist steckte sich gerade eine neue an und machte die Staatsanwältin auf Hanna Fischer aufmerksam, die sich den beiden näherte.

»Na, Frau Fischer, wollten Sie auch noch ein bisschen die frische Waldluft genießen?«

Eine Brise wehte vom Klohäuschen herüber.

»Das auch«, versetzte Hanna grinsend. »Vor allem aber

wollte ich mit Ihnen eine Idee durchsprechen, die mir vorhin gekommen ist.«

Der uniformierte Polizist verabschiedete sich mit einem kurzen Tippen gegen sein Mützenschild und entfernte sich ein paar Schritte von den beiden Frauen. Labranz hörte sich den Plan der Kommissarin ruhig an, wiegte dann den Kopf und schaute noch einmal zu Roths Wohnhütte hinüber.

»Ganz fertig werden die Kollegen von der KT heute nicht mehr. Was, wenn uns dieser Creglinger Spuren zertrampelt – und am Ende bringt es uns kein Stück weiter, dass wir ihn auf die Lichtung gelassen haben?«

»Wir lassen natürlich die Bereiche abgesperrt, die noch gesichert werden müssen. Und einige Kollegen verstecken sich hier auf der Lichtung und greifen ein, sobald er Spuren zu vernichten droht.«

»Und Sie wollen ihn dann hier vor Ort mit der Frage konfrontieren, woher er den Unterschlupf von Schwartz alias Roth kannte – und was er von ihm wollte?«

»So ungefähr stelle ich mir das vor. Er hockt drunten am Waldrand und scheint nur zu warten, bis die Luft hier oben rein ist und er sich in Ruhe umschauen kann. Wonach auch immer er sucht: Das erfahren wir auf diese Weise vielleicht.«

»Bis in der Hütte, auf der Lichtung und drum herum alles Notwendige gesichert ist … darüber vergeht locker der halbe, wenn nicht der ganze morgige Tag. Und Sie glauben, dass er vorhat, so lange auf diesem Campingstühlchen sitzen zu bleiben?«

Gudrun Labranz zog an ihrer Zigarette und stieß den Qualm schnaubend aus.

»Der Mann ist Herrenschneider«, gab Hanna zu bedenken. »Woher soll der wissen, wie lange so etwas in Wirklichkeit dauert? Im Fernsehen sind die Kollegen mit der Spurensicherung ja auch immer ruckzuck durch.«

Die Staatsanwältin ließ ihren Blick noch einmal über die Lichtung schweifen.

»Gut, Frau Fischer«, sagte sie und nickte bedächtig. »Wir machen das so. Nur eines gehen wir anders an als von Ihnen vorgeschlagen.« Ein listiges Lächeln legte sich auf ihr Gesicht.

Adalbert Creglinger war noch einmal eingenickt, aber das Geräusch des ersten startenden Motors drüben auf der Wiese weckte ihn sofort wieder auf. Der SUV fuhr weg, der Transporter folgte ihm. Creglinger rappelte sich mühsam auf, die ersten Schritte fielen ihm schwer, und sein Rücken tat ihm weh, doch als er sah, dass auch an der Kreuzung im Wald und auf dem Feldweg ein Wagen nach dem anderen davonfuhr und am Ende nur ein einziger Streifenwagen zurückblieb, war das schnell vergessen.

Er dachte nach. Es waren also nicht alle Polizisten weggefahren, mindestens einer, vermutlich eher zwei waren im Wald geblieben und würden nun vielleicht Roths Lichtung bewachen. Das war nicht gut und würde sein Vorhaben erschweren. Andererseits würden die Polizisten ja wohl kaum hierbleiben, wenn dort schon alles gründlich untersucht war – was wiederum ihm die Chance gab, an Stellen zu suchen, die noch nicht von der Spurensicherung unter die Lupe genommen waren.

Ein paar Minuten lang legte sich Creglinger einen Plan zurecht, dann stand er vorsichtig auf, kehrte zu seinem Campingstuhl zurück, klappte ihn zusammen und trug ihn zum Auto. Er nahm einen kleinen Rucksack aus dem Kofferraum und schlug einen Weg ein, der ihn unterhalb der Burgruinen Eisenberg und Hohenfreyberg von einer anderen Richtung zu Roths Lichtung führte. Je näher er der Lichtung kam, desto vorsichtiger arbeitete er sich voran. Immer wieder machte er Pausen, um zu verschnaufen und zu lauschen, ob sich zwischen ihm und seinem Ziel jemand befand. Doch alles war ruhig, nur ab und zu war es ihm, als hörte er ein Rascheln im Unterholz – vermutlich waren Waldtiere unterwegs.

Als ihn nur noch eine Baumreihe von der Lichtung trennte, sah er zwei uniformierte Polizisten. Sie standen am jenseitigen Rand der Freifläche beisammen und plauderten. In seine Richtung schauten sie kein einziges Mal, und sowohl vom Klohäuschen als auch von Roths Wohnhütte waren sie ein ganzes Stück entfernt.

Creglinger schaute immer wieder zu den beiden Beamten und inspizierte zwischendurch die Lichtung selbst. Die in der leichten Brise flatternden Absperrbänder deuteten tatsächlich darauf hin, dass die Spurensicherung noch nicht fertig war – aber den Absperrungen zufolge waren sie schon weit gekommen. Nur das Toilettenhäuschen und ein rechts von ihm gelegener Bereich neben der Wohnhütte waren noch mit Plastikband umgrenzt. Wenn es also Stellen gab, an denen Creglinger der Polizei mit seiner Suche zuvorkommen konnte, dann waren es diese.

Er versuchte abzuschätzen, was im Blickfeld der beiden Polizisten lag, und beschloss, sich zunächst nach rechts zu wenden. Nachdem er in den Wald zurückgegangen war, schob er sich an einer Stelle durch das Unterholz ins Freie, die durch Roths Hütte vor den Blicken der Polizei verborgen war. Mit einigen schnellen Schritten hatte er das Absperrband erreicht, hob es hoch und schlüpfte darunter hindurch.

Nun nahm er das abgesperrte Areal in Augenschein. Es schloss seitlich der Tür an Roths Wohnhütte an und umfasste ein Stück Wiese, auf dem Brennholz gestapelt und mit Teerpappe abgedeckt war. Aus der Wiese ragte außerdem ein etwa ein Meter hoher Baumstumpf, der vermutlich dazu diente, Holz mit jenem Beil zu spalten, das im waagerechten oberen Ende des Stumpfs steckte. Etwa eineinhalb Meter daneben war ein Loch ausgehoben worden, zwei Spaten steckten noch in der frischen Krume, und die ausgestochenen Grassoden lagen zusammen mit der ausgegrabenen Erde auf einem Haufen einige Schritte entfernt. Creglinger grinste: Da hatte der Feierabend also wieder einmal Beamte mitten in der Arbeit ereilt.

Er schlich zu Roths Hütte und lugte ums Eck. Am Waldrand war inzwischen nur noch einer der Beamten zu sehen, und auch der stellte sich nun mit dem Rücken zu ihm breitbeinig vor einen Baum. Creglinger kehrte zu dem Loch zurück. Es maß an seiner tiefsten Stelle etwa zwanzig Zentimeter und in der Fläche gut einen Meter im Quadrat. Die unregelmäßige Oberfläche zeigte nichts als bloße Erde, aber die Polizei hatte ja wohl ihre Gründe gehabt, genau hier zu graben. Vorsichtig nahm Creglinger den einen Spaten, setzte ihn an einem Ende der flachen Grube an und drückte das Blatt ein wenig in die Erde. Behutsam zog er den Spaten längs durch die Krume, ohne auf Widerstand zu stoßen. Creglinger wiederholte das so oft, bis er sicher war, dass sich in den ersten Zentimetern unter der Oberfläche nichts Größeres verbarg. Einen Augenblick lang erwog er, tiefer zu graben, aber damit würde er sich vermutlich selbst diesen beiden unachtsamen Polizisten gegenüber verraten.

Da hörte er einen Ruf aus dem Wald. Er legte den Spaten weg und huschte zur Hütte. Der Ruf wurde wiederholt, offenbar stammte er von dem zweiten Polizisten und kam tiefer aus dem Wald. Der Beamte in Creglingers Blickfeld rief etwas zurück, das er nicht verstehen konnte, dann erscholl erneut ein Ruf, und nun setzte sich der Polizist am Waldrand ohne übertriebene Eile in Bewegung und war schon bald verschwunden.

Creglinger konnte sein Glück kaum fassen. Er schnappte sich den Spaten und begann zu graben. Doch obwohl er gut vorankam, stieß er, von ein, zwei Steinen und den Wurzeln des nahen Baumstumpfs abgesehen, mit keinem Spatenstich auf etwas anderes als Erde. Was immer die Polizei hier zu finden gehofft hatte: Sie hatte sich wahrscheinlich die falsche Stelle ausgesucht.

Schnaufend stach Creglinger den Spaten am Rand der Grube in den Boden, wischte sich mit dem Ärmel über das verschwitzte Gesicht und schlich ein weiteres Mal zur Hütte, um die Lage zu peilen. Von den beiden Polizisten war nach wie vor nichts zu sehen, also nutzte er die Gunst des Augenblicks und war mit einigen beherzten Sprüngen am Klohäuschen. Der Gestank, der ihn dort einhüllte, war atemberaubend.

Das Trassierband umfasste das gesamte Häuschen und einen kleinen Bereich dahinter. Durch die Spalten zwischen den Wandbrettern sah Creglinger, dass sich in dem Klohäuschen niemand befand, und weil darin der Gestank sicher noch ärger war, beschränkte er sich für seine weitere Suche auf den Bereich hinter dem windschiefen Holzbau. Jetzt waren Schritte und Stimmen zu hören, vermutlich von den beiden Polizisten, aber hinter der Toilette konnten die beiden ihn nicht entdecken, wenn er nur leise genug war. Und wenn er sich nachher in gerader Linie vom Klohäuschen zum Waldrand bewegte, würde er unbemerkt auch wieder von hier wegkommen.

Vorsichtig ging er in die Hocke und suchte den Boden nach Auffälligkeiten ab. Alles war so glatt und unversehrt, wie es eine natürlich wachsende Waldwiese nur sein konnte. An den Bretterwänden, wo wegen des leicht überstehenden Dachs kaum Regen hinkam, war das Gras verdorrt. Und an einer Ecke des Häuschens stand eine verwitterte Holzkiste, deren rissiger Deckel nur lose aufgelegt war. Ein Glück, dachte Creglinger, angerostete Scharniere hätten in der Stille der Lichtung sicher einen Heidenlärm veranstaltet. Behutsam hob er den Deckel ab und schaute hinein: Auf den ersten Blick konnte er nur schmutziges und verrostetes Werkzeug darin entdecken – auf den zweiten Blick bemerkte er aus dem Augenwinkel eine Bewegung, und er erstarrte.

»Herr Creglinger, nehme ich an.«

Gudrun Labranz schaute gelassen auf den Mann hinunter und hielt ihm die Hand hin, um ihm aufzuhelfen. Er schlug sie aus und erhob sich ächzend. Neben der Staatsanwältin standen Hanna Fischer und einige Kollegen, teils in Uniform, teils in Zivil. Einige hatten sich erkennbar für den Fall bereitgehalten, dass Adalbert Creglinger fliehen wollte – sie entspannten sich, als sie sahen, wie mühsam sich der Alte aufrichtete.

»Und jetzt sind Sie bitte so freundlich und erklären mir, was genau Sie hier suchen«, sagte die Staatsanwältin, nachdem sie sich vorgestellt hatte.

»Ich … nichts … ich …«

Creglingers Blick flog zwischen den Umstehenden hin und her, dann legte sich ein dünnes, entschuldigendes Lächeln auf sein Gesicht.

»Ich bin einfach ein neugieriger Mensch. Wissen Sie, ich war mit dem Wagen zur Schloßbergalm unterwegs, um eine Kleinigkeit zu essen. Unterwegs hielt ich den Wagen an und ging in den Wald, um auszutreten, dabei sah ich die Polizeiautos auf der Wiese stehen.«

»So, so. Hat denn die Schloßbergalm keine Toilette? Sie waren doch schon fast dort.«

»Auf der Alm kostet es fünfzig Cent, wenn man mal muss.«

»Nicht für Gäste«, konterte Hanna. »Die dürfen kostenlos.«

»Es … äh … es hat eben pressiert. Und als die Polizisten weggefahren sind, habe ich beschlossen, mir das mal genauer anzusehen.«

»Was meinen Sie mit ›das‹?«, hakte die Staatsanwältin nach.

»Na ja, diese Lichtung hier und … äh … was die Polizei hier so … äh … gefunden hat.«

»Ach, du meine Güte, Herr Creglinger! Hören Sie bitte auf, Sie sind ja ein grauenvoller Lügner!«

»Aber das ist die reine …«

»Ich frage Sie noch einmal«, unterbrach sie ihn. »Was haben Sie hier gesucht?«

Creglinger setzte zu einer Erwiderung an, blieb aber stumm, als sich die Augenbrauen der Staatsanwältin hoben. Er dachte nach und ließ dann seine Schultern sinken.

»Ich kannte Herrn Roth, und ich habe heute in meinem Ladengeschäft aufgeschnappt, dass er tot ist.«

»Wie haben Sie das aufgeschnappt?«, fragte sie ihn, obwohl Hanna Fischer sie bereits informiert hatte. Creglinger berichtete wahrheitsgemäß, und anschließend hakte Gudrun Labranz nach: »Und dann fahren Sie noch am selben Tag los und suchen hier im Wald … wonach denn bitte?«

»Ich … ich …«

»So wird das nichts, Herr Creglinger. Gehen wir's mal der Reihe nach durch. Sie kannten Herrn Roth also. Woher?«

Man sah es geradezu hinter Creglingers Stirn arbeiten.

»Und erzählen Sie mir bloß nicht, er sei ein Kunde von Ihnen gewesen«, fuhr die Staatsanwältin fort. »Ich kenne Ihr Geschäft vom Hörensagen, und ich glaube nicht, dass sich Herr Roth einen Ihrer Anzüge leisten konnte.«

»Nein, nein, ich … äh … ich habe ihn zufällig mal getroffen. Drüben in der Schloßbergalm. Er saß am letzten Tisch, an dem noch was frei war, und ich habe mich zu ihm gesetzt. Wir sind ins Gespräch gekommen, und als er mir erzählte, dass er im Wald in einer selbst gebauten Hütte lebt, fand ich das so spannend, dass ich ihn einige Zeit später mal besucht habe.«

»So, so.«

»Und wie ging dieser erste Besuch vor sich?«, schaltete sich Hanna ein.

Gudrun Labranz blinzelte irritiert, weil sich die Kommissarin einmischte, ließ sie aber gewähren und wartete ruhig Creglingers Antwort ab.

»Wie der Besuch vor sich ging? Na ja, ganz normal: Ich bin mit dem Auto so weit gefahren, wie es ging ...« Er räusperte sich. »Ich meine natürlich: so weit, wie man darf. Die restliche Strecke bin ich zu Fuß gegangen.«

»Und wie hat Roth Sie empfangen?«

Creglinger stutzte, sein Gesicht ein einziges Fragezeichen, bevor er bedächtig antwortete.

»Er ... es war ein schöner Tag, sonnig und warm. Er saß draußen, mit dem Rücken an der Hüttenwand, und sah zum Waldrand hinüber. Ich kam aus der anderen Richtung und rief ihm eine Begrüßung zu. Da ist er aufgestanden, zu mir gekommen, hat mich wiedererkannt und begrüßt. Wir haben eine Weile beieinandergesessen, und schließlich habe ich mich wieder auf den Rückweg gemacht.«

»Hat er Sie erwartet?«

Creglinger sah sie forschend an.

»Wie kommen Sie darauf? Warum sollte er mich erwartet haben?«

»Ach, nur so«, lenkte Hanna ein, als wäre das nun doch alles nicht so wichtig gewesen. »Und entschuldigen Sie bitte, Frau Labranz, ich hätte Sie eben nicht unterbrechen dürfen.«

»Nein, nein, schon gut«, beruhigte sie die Staatsanwältin. »Sie haben Herrn Roth also ab und zu hier auf der Lichtung besucht?«

»Äh … ja, ab und zu, aber nicht oft und nicht regelmäßig.«

»Haben Sie ihm was mitgebracht?«

Creglinger konnte einem fast leidtun, so sehr brachten ihn die Fragen der beiden Frauen aus dem Konzept.

»Wieso mitgebracht? Wie meinen Sie das?«

Seine Stimme zitterte.

»Na, Brot, Bier, Wein, Rauchfleisch, vielleicht eine Wolldecke, was weiß ich? Was man einem Einsiedler halt so mitbringt, der hier draußen unter diesen Bedingungen haust.«

»Ach so«, sagte Creglinger und klang sehr erleichtert. »Ja, natürlich habe ich ihm ab und zu etwas mitgebracht. Und ja, er hat sich immer sehr gefreut.«

»Und eines Ihrer Mitbringsel wollten Sie jetzt wiederhaben? Oder wie darf ich Ihre Suche von vorhin verstehen?«

»Ich … nein … äh …« Creglinger schluckte und sah sich Hilfe suchend um. »Ich … ich bin einfach neugierig, Frau Staatsanwältin.«

»Und aus purer Neugierde schleichen Sie auf dieser Lichtung herum, graben in einem Loch und schauen in eine Kiste – alles nur, weil Sie so furchtbar neugierig sind?« Sie schaute auf die Uhr, es war kurz nach halb sechs. »Und für diesen kleinen Ausflug sperren Sie sogar Ihren Laden zu, obwohl der doch sicher bis sechs oder halb sieben geöffnet wäre?«

»Mir … mir war es mittags nicht so besonders, da wollte ich mir die Beine vertreten und –«

»Ja, und in der Schloßbergalm etwas essen, ich weiß.« Sie sah den Schneider streng an und wandte sich dann an zwei der Polizisten. »Nehmen Sie ihn bitte mit. Ich stelle ihm meine weiteren Fragen in Kempten.«

»Aber … aber mein Wagen steht doch noch am Waldrand«, wandte er ängstlich ein.

»Wenn Ihnen nicht bald mehr einfällt, was Sie mir über Ihre Beziehung zu Herrn Roth sagen können, wird das Ihr kleinstes Problem sein, das können Sie mir glauben!«

»Sagen Sie mal, Frau Fischer«, fragte Gudrun Labranz, nachdem Creglinger weggebracht worden war und die Kriminaltechniker allmählich wieder ihre Arbeit aufgenommen hatten. »Was war das denn vorhin? Warum haben Sie den Mann gefragt, wie Roth ihn bei seinem Besuch empfangen hat?«

Zwei Männer in Ganzkörperanzügen bauten die Absperrungen ab, mit denen Creglinger zu Stellen gelockt worden war, wo die Spuren längst gesichert waren. Eine Kollegin trug die hinter dem Klohäuschen abgestellte alte Werkzeugkiste zurück in Roths Wohnhütte, zwei weitere schoben die Erde in das Loch, das sie als weitere Finte ausgehoben hatten.

Hanna sah ihnen zu, während sie fieberhaft darüber nachdachte, was sie der Staatsanwältin sagen konnte, ohne Willy in Schwierigkeiten zu bringen.

»Kollege Haffmeyer«, erklärte sie schließlich, »hat Roth ab und zu hier aufgesucht. Die beiden waren nach einiger Zeit halbwegs befreundet, aber ihre erste Begegnung war nicht ohne. Willy wurde von einem Nachbarn zugetragen, dass sich jemand eine Hütte auf dieser Lichtung baut, also wollte er nach dem Rechten sehen. Und als er die Lichtung betrat und sich der Hütte näherte, bekam Roth offenbar einen ziemlichen Schreck, zog seine Pistole und zielte damit auf Willy.

Der Kollege hat doch in der Soko-Besprechung davon erzählt, und auch von der Waffe und dem Waffenschein.«

Auf der Stirn von Gudrun Labranz hatte sich eine steile Falte gebildet. »Dass Roth mit dieser Waffe einen Kriminalbeamten bedroht hat, das hat er aber irgendwie vergessen zu erwähnen«, knurrte sie.

Hanna zuckte mit den Schultern.

»Na ja, der Roth wusste zu dem Zeitpunkt ja gar nicht, dass Willy von der Kripo ist. Seither hat er sich jedenfalls immer rechtzeitig lautstark bemerkbar gemacht. Roth war wohl schreckhaft und wurde nicht gern in seiner Einsamkeit gestört.«

Die Staatsanwältin musterte Hanna.

»Und Sie sind sicher, dass Sie mir dazu nicht mehr erzählen wollen?«

»Ach, mir ging's nur darum, dass Roth doch sicher auch Creglinger bedroht hätte, wenn der ihn so überrascht hätte. Ich könnte mir vorstellen, dass Creglinger von Roth erwartet wurde.«

»Und warum?«

Einen Moment lang dachte Hanna darüber nach, Gudrun Labranz von Roths kriminellem Vorleben und seinem Einbruch in die Herrenschneiderei Creglinger zu erzählen, aber dann ließ sie es doch lieber bleiben.

»Vielleicht finden Sie es heraus, wenn Sie ihn nachher befragen.«

Am frühen Abend versammelte sich die Soko Lichtung erneut. Die Staatsanwältin erzählte von Creglingers Verhalten auf der Lichtung und davon, dass weder die Befragung vor Ort noch ihre Fortsetzung in Kempten etwas Relevantes ergeben habe.

»Vom Kollegen Haffmeyer hätte ich mir allerdings gewünscht, dass er während unserer ersten Besprechung nicht willkürlich Details weglässt, die das Bild von Hansjörg Roth durchaus abgerundet hätten«, bemerkte sie.

Willy Haffmeyer schluckte, senkte den Blick und überlegte, was Gudrun Labranz wohl inzwischen wusste. Am liebsten hätte er Hanna einen fragenden Blick zugeworfen, aber das verkniff er sich, um sich nicht noch verdächtiger zu machen.

»Herr Roth«, fuhr die Staatsanwältin an alle gewandt fort, behielt dabei aber Haffmeyer streng im Auge, »hat mit seiner Waffe nämlich den Kollegen bedroht, als der zum ersten Mal auf der Lichtung nach dem Rechten sah.«

Haffmeyer presste die Lippen zusammen, hob den Kopf, erwiderte ihren Blick und wartete gespannt, was noch kommen würde. Doch es kam nichts mehr als ein verständnisloses Kopfschütteln.

Hardy Koller hob die Hand wie ein artiger Schüler.

»Ja, bitte, Herr Koller?«, erteilte ihm Gudrun Labranz das Wort.

»Tut mir leid, wenn ich mich jetzt vordränge, aber es passt grad so gut: Herr Hansen hat mich darauf angesetzt, die Vorgeschichte von Hansjörg Roth auszuleuchten, und ich bin da auf einiges gestoßen.«

Hansens Rechnung ging auf: Koller hatte fleißig eine Menge von dem zusammengetragen, was er und seine beiden engsten Mitarbeiter bereits wussten – von Roths Arbeit als Gärtner für Rupert Freiherr zu Wank und Schweinegg über die Baugenehmigung auf der Lichtung, die Roth von seinem Chef bekommen hatte, bis hin zum Blumenbeet bei St. Rasso. Auch die falsche Identität des Einsiedlers hatte Koller aufgedeckt, was ihn vor Stolz fast glühen ließ, und zur Verdeutlichung durfte ein Kollege Fotos des 1993 in Neuseeland als vermisst gemeldeten Mannes und des Toten von der Lichtung zeigen.

Einige im Raum seufzten, weil ihnen sofort die Parallele zum Fall aus dem vorigen Jahr in den Sinn kam, dem toten Exagenten in der Tegelbergbahn, der ebenfalls unter falschem Namen gestorben war. Kripochefin Vroni Schliers sah erst Koller, dann Hansen fragend an. Letzterer schaute so unbeteiligt drein wie möglich und zuckte mit den Schultern.

»Wir haben ja inzwischen schon Übung mit Mordopfern, die mit einer neuen Identität in unserem schönen Allgäu auftauchen, nicht wahr?«, fragte Koller feixend in die Runde. »Ich bleibe auf jeden Fall dran und kann euch hoffentlich schon bald berichten, wie unser Toter im Wald früher mal hieß, was er so trieb und warum er sich einen neuen Namen zulegte.«

Er legte eine kleine Pause ein und wandte sich dann an Haffmeyer.

»Sagen Sie mal, Haffmeyer, Sie haben sich doch von ihm Ausweis und Waffenschein zeigen lassen, nicht wahr?«

Koller machte keinen Hehl daraus, dass er mit dieser Frage den ungeliebten Kollegen in Erklärungsnöte bringen wollte, aber der ließ sich nicht provozieren.

»Natürlich, Herr Koller, und das sah auch alles völlig unverdächtig aus. Falls die Papiere gefälscht waren, hat das jemand gemacht, der sein Handwerk versteht. Nebenbei bemerkt: Der Ausweis hat all die Jahre vor meinem ersten Zusammentreffen mit Roth auch niemand auf dem Amt stutzig gemacht. Der Mann wurde zur Einkommensteuer veranlagt, hatte ein Versicherungskennzeichen für sein Mofa, meldete sich an und um, er ist krankenversichert und hat ein Konto bei der Bank.«

Haffmeyer hatte ganz ruhig geantwortet, aber Koller grinste schon weniger breit als zuvor und lehnte sich mit verschränkten Armen auf seinem Platz zurück. Dieser Punkt ging an Willy Haffmeyer.

Vroni Schliers fragte die Ergebnisse der anderen Kollegen ab. Nach und nach ergab sich folgendes Bild: Roth war – wie von Anfang an vermutet – durch den Schuss mit der Armbrust in die Stirn gestorben. Abgesehen von einer kleinen Platzwunde am Hinterkopf, die wahrscheinlich entstanden war, als die Wucht des Bolzens Roths Kopf gegen die Rückwand der Toilette geschleudert hatte, wies er keine weiteren äußeren Verletzungen auf. Doch der Zustand seiner Leber hätte ihm auch ohne den tödlichen Schuss nicht mehr allzu viele Lebensjahre gelassen.

Rechtsmediziner Kurrleitner hatte außerdem anhand der Fliegenlarven, die er an dem Leichnam gesichert hatte, den Todeszeitpunkt zumindest auf den Tag genau bestimmt – demnach war Roth am Sonntag gestorben, vermutlich am Vormittag. Das passte zu den Aussagen der Einwohner in den umliegenden Weilern, der Wirte und einiger Gäste: Keiner hatte den alten Roth nach Samstagabend noch lebend gesehen.

Auf Roths Konto bei der örtlichen Sparkasse gab es ein

bescheidenes Guthaben. Weitere Bankverbindungen oder ein Schließfach schien Roth nicht gehabt zu haben. Monatlich war auf das Konto eine Zahlung von Roths früherem Arbeitgeber eingegangen sowie eine kleine staatliche Rente von einigen Hundert Euro. Geld abgehoben wurde in der Regel einmal im Monat, damit bestritt Roth wohl seinen Lebensunterhalt. Die Abhebungen hatte er manchmal selbst besorgt, indem er mit seinem Mofa zu den Sparkassenfilialen in Seeg oder Pfronten-Ried gefahren war – meistens erledigte das aber ein gewisser Hannes Rampoldt für ihn, dem Roth dafür und für anfallenden Schreibkram eine Vollmacht ausgestellt hatte.

»Hannes führt den Hof direkt gegenüber der Kapelle St. Rasso«, warf Haffmeyer ein. »Seine Mutter Agnes hat mich heute Vormittag wegen des vernachlässigten Beets angesprochen und erzählt, dass sie Roth schon seit Tagen nicht mehr gesehen habe.«

Auch Roman Drexel von der Kriminaltechnik hatte etwas Neues zu berichten: Die Bolzenrinne des Tatwerkzeugs bestand tatsächlich aus Knochenmaterial. Inzwischen wurde nach Firmen und Handwerkern in der Region gesucht, die Armbrüste nach historischen Vorbildern fertigten. Allerdings konnte der Täter seine Armbrust auch in einer ganz anderen Gegend gekauft haben. Die größte Überraschung hob Drexel sich jedoch bis zum Schluss auf.

»Die Federn, die am Ende des Bolzens angebracht sind, sehen an einigen Stellen etwas ramponiert aus. Am Ansatz dieser Federn wiederum und an weiteren Stellen im Gefieder haben wir Spuren von Papier gefunden. Das gehört dort eigentlich nicht hin, und deshalb haben wir ...«

»Und das bedeutet?«, unterbrach ihn Vroni Schliers, die mit Drexels ausschweifender und manchmal wichtigtuerischer Art zu berichten nicht gut zurechtkam.

Drexel räusperte sich. »Zum einen könnten die Bolzen zusammen mit Papier gelagert worden sein. Ich muss das noch abklären. Möglicherweise werden die Bolzen in Halterungen fixiert, die aus Papier bestehen. Ich persönlich halte aber eine andere Variante für viel wahrscheinlicher: Die Papierspuren könnten von Zetteln herrühren, die jemand mit der Armbrust verschossen hat.«

Vroni Schliers runzelte die Stirn, und auch die anderen in der Runde schalteten nicht gleich.

»Ihr stellt euch am besten vor, jemand nimmt so einen Bolzen, steckt ihn durch ein Stück Papier und schiebt den Zettel nach hinten, bis er an den Federn am Ende des Bolzens hängen bleibt«, fuhr Drexel fort. »Das geht natürlich nicht mit einem einfachen Papierfetzen, den würde es durch die Geschwindigkeit des fliegenden Bolzens vermutlich glatt zerreißen, aber wenn man einen solchen Zettel zwei- oder dreimal faltet, sodass er dem Flugwind keine allzu große Angriffsfläche bietet, dann …«

»Herr Drexel«, fiel ihm die Kripochefin erneut ins Wort, »danke, aber ich glaube, auf die genaue Falttechnik müssen wir nicht eingehen. Wollen Sie damit andeuten, dass jemand Herrn Roth einen Armbrustbolzen in die Stirn geschossen hat, um eine Nachricht zu hinterlassen? Und falls ja: Wo ist diese Nachricht dann jetzt?«

»Keine Ahnung. Am Bolzen waren nur noch Spuren von Papier.«

Koller und einige andere feixten.

»Und Sie haben auch nirgendwo sonst auf der Lichtung eine solche Nachricht oder einen solchen Zettel gefunden?«, wollte Vroni Schliers wissen.

»Nein, leider nicht. Allerdings habe ich vorhin doch erwähnt, dass die Federn an dem Armbrustbolzen teilweise beschädigt sind. Womöglich hat jemand eine auf den Bolzen gesteckte Nachricht nach hinten vom Bolzen gezogen. Entweder hat es sich der Schütze vor dem Schuss noch einmal anders überlegt – oder der Zettel wurde abgezogen, als der Bolzen schon in Roths Stirn steckte.«

Als Hansen nach der Soko-Besprechung in den frühen Abend hinaustrat, war es kühl geworden. Haffmeyer stand neben seinem Wagen und rauchte, oder besser gesagt, er paffte. In kurzen Abständen führte er die Zigarette zum Mund, sog heftig daran und pustete den Qualm gleich wieder in die Dämmerung hinaus.

»Du rauchst?«, fragte Hansen, der sich nicht erinnern konnte, seinen Kollegen jemals mit einer Zigarette gesehen zu haben.

»Na ja, rauchen …«, brummte Haffmeyer, ließ die halb aufgerauchte Kippe fallen und zertrat sie mit dem Schuh. Er hustete, roch an Zeige- und Mittelfinger der linken Hand, die eben noch die Zigarette gehalten hatten, und verzog mürrisch das Gesicht.

»Der Mord an Roth macht dir ziemlich zu schaffen, was?«

»Das kannst du laut sagen, Chef. Und wie die Staatsanwältin mich vorher angeraunzt hat …«

»Sie war halt sauer, weil du ihr verschwiegen hast, wie euer erstes Treffen verlief.«

»Ich muss Hanna unbedingt fragen, was sie der Labranz noch alles erzählt hat, als sie mit ihr auf der Lichtung war.«

»Hanna kommt gleich. Sie hatte noch etwas mit einer Kollegin zu besprechen, kann nicht lange dauern. Sie meinte, wir sollen bitte auf sie warten.«

»Hm.«

»Aber Hanna hat der Staatsanwältin bestimmt nichts verraten, was dir schaden könnte.«

»Schaun wir mal.«

Einige Kollegen gingen grüßend an ihnen vorbei zu ihren Autos und fuhren davon. Haffmeyer sah ihnen nach und schwieg.

»Was wohl Creglinger auf der Lichtung gesucht hat?«, meinte Hansen.

»Keine Ahnung.«

»Wenn es stimmt, was er der Staatsanwältin erzählt hat, sind die beiden in der Schloßbergalm nur zufällig ins Gespräch gekommen. Kann es dann auch purer Zufall sein, dass Creglinger ausgerechnet den Mann im Wald besucht, der bei ihm Jahre zuvor eingebrochen ist?«

»Ein bisschen viel Zufall auf einmal, Chef, oder?«

»Allerdings.«

»Sollte Creglinger ihn wiedererkannt haben, müsste er ihn ja während des Einbruchs gesehen haben. Aber der Polizei gegenüber hat er damals zu Protokoll gegeben, dass er geschlafen habe und durch Geräusche im Ladengeschäft aufgeweckt worden sei. Dann sei er gleich aus seiner Wohnung im ersten

Stock nach unten gerannt, aber erst unten angekommen, als der Einbrecher längst das Weite gesucht hatte.«

»Nehmen wir mal an, das entspricht der Wahrheit: Wie könnte Creglinger dann erfahren haben, wer der Einbrecher war? Roth beziehungsweise Schwartz wurde nicht erwischt, hast du erzählt – und dass er es Creglinger einfach so anvertraut, kann ich mir nun wirklich nicht vorstellen.«

»Eben, Chef. Mir hat er es erzählt, als wir uns schon ein bisschen angefreundet hatten. Außerdem war die Sache ja schon verjährt. Aber es dem Mann ins Gesicht zu sagen, den man damals beklaut hat … das ist schon etwas anderes.«

Hansen dachte nach.

»Roth hat gern einen über den Durst getrunken, vielleicht hat er sich im Suff verplappert?«

»Wann immer ich ihn getroffen habe, hatte er sich ziemlich unter Kontrolle. Und er war da auch nicht immer nüchtern. Nein, das leuchtet mir so nicht ein.«

Haffmeyer grub in seiner Hemdtasche und nestelte eine neue Zigarette hervor. Er steckte sie zwischen die Lippen, nahm sie wieder heraus, sah sie wütend an, als hätte sie diese ungelösten Rätsel zu verantworten, und steckte sie schließlich wieder zurück.

»Das hieße also, dass Creglinger den Einbrecher damals sehr wohl gesehen hat«, stellte Hansen fest.

»Und dann wiedererkannt hat, in der Schloßbergalm oder anderswo. Wo sie sich meinetwegen wirklich nur zufällig getroffen haben. Ja, anders krieg ich das beim besten Willen nicht zusammen.«

»Aber warum hat Creglinger das der Polizei damals nicht

erzählt? Auch wenn er den Namen des Einbrechers nicht kannte: Eine Personenbeschreibung hätte er geben können.«

»Was weiß ich … Vielleicht hat er sich gedacht, dass er das Geld ja ohnehin von der Versicherung erstattet bekommt – was ja auch der Fall war. Vielleicht hat ihm der Roth auch leidgetan, und er hat ihn deshalb laufen lassen.«

Hansen sah nachdenklich zum Kriminalkommissariat hinüber und schaute nach einer Weile Haffmeyer fragend an.

»Und wenn Creglinger und Roth damals unter einer Decke gesteckt hätten?«

Haffmeyer stutzte kurz, dann schüttelte er den Kopf.

»Wäre im Prinzip möglich. Aber ich habe mir damals die Protokolle des Einbruchs sehr genau angesehen – da deutete nichts darauf hin, dass Creglinger mit in der Sache drinsteckte. Der war aufgebracht wegen des Einbruchs und wohl auch ziemlich verängstigt. Die Aussagen wirkten durchaus glaubwürdig, und so war auch die Einschätzung des Kollegen, der ihn damals befragt hat. Nein, Chef, als heimlichen Komplizen vom Roth kann ich mir diesen Schneider nicht vorstellen. Wirklich nicht.«

»Okay, aber ich kann mir noch immer nicht vorstellen, was Creglinger auf Roths Lichtung gesucht haben könnte.«

Haffmeyer zuckte mit den Schultern.

»Ob Creglinger wohl darauf gehofft hat, dass Roth einen Teil der Beute von damals auf der Lichtung versteckt hat?«, dachte Hansen laut.

»Das denke ich nicht. Außerdem wären das noch D-Mark – und Creglinger hat den Schaden damals ja auch vollständig von der Versicherung ersetzt bekommen.«

In diesem Moment waren Stimmen zu hören. Hanna Fischer und eine Kollegin traten aus dem Polizeigebäude, verabschiedeten sich voneinander und strebten in verschiedene Richtungen davon. Hanna kam auf Hansen und Haffmeyer zu.

»Du, Willy, das ist blöd gelaufen mit der Staatsanwältin«, räumte sie entschuldigend ein. »Wir waren draußen auf der Lichtung, und wie dieser Creglinger erzählt hat, dass er den Roth ganz ohne Voranmeldung besucht hat, ist mir eingefallen, wie du das erste Mal von ihm empfangen worden bist. Also habe ich den Creglinger gefragt, wie das eigentlich in seinem Fall war. Die Staatsanwältin hat mich machen lassen, und ich war so stolz darauf, dass ich den Creglinger damit in Widersprüche verwickelt hatte. Erst hinterher ist mir aufgefallen, dass ich dir in den Rücken gefallen bin. Tut mir echt leid, Willy!«

»Schon recht, Hanna«, knurrte Haffmeyer. »Was hast du ihr denn sonst noch von dem erzählt, was wir für uns behalten wollten?«

»Sonst nichts, ehrlich, aber die Staatsanwältin hat mich am Ende noch gefragt, ob ich nicht noch mehr zu dem Thema zu sagen hätte – und als ich mit Nein geantwortet habe, hat sie mir offensichtlich nicht geglaubt. Ich fürchte, sie wird dich künftig genauer im Auge behalten.«

Haffmeyer nestelte die Zigarette erneut aus seiner Hemdtasche, hielt sie kurz zwischen den Fingern und steckte sie wieder weg. Hanna sah ihn erstaunt an, fing sich aber schnell wieder, beugte sich vor und schnippte ihrem Kollegen ein paar Tabakkrümel vom Hemd.

»Du rauchst wieder?«, fragte sie dann doch noch. »Ich hab dich seit ... seit diesen Pärchenmorden vor sechs, sieben Jahren nicht mehr rauchen sehen.«

»Was macht ihr beide denn so eine große Sache draus?«, brauste Haffmeyer auf. Seine Augen funkelten vor Zorn. »Mich belastet dieser Kram mit dem Roth eben. Wenn euch das alles kaltlässt: Ich gratuliere!«

Damit wandte er sich ab und stapfte zu seinem Wagen. Krachend legte er den Rückwärtsgang ein und bugsierte das bockig ruckelnde Auto vom Stellplatz. Als er mit viel zu viel Gas losfuhr, ließ er die Kupplung so schnell kommen, dass ihm der Wagen fast ausgegangen wäre.

»Mann, o Mann«, stöhnte Hanna und sah ihm kopfschüttelnd nach. »Der Willy ist ganz schön fertig. Der Tod von Roth scheint ihn mehr mitzunehmen, als ich gedacht hätte.«

»Außerdem macht er sich Sorgen wegen seiner österreichischen Freundin, glaube ich.«

»Echt? Welche Sorgen denn?«

»Er versucht sie wohl anzurufen«, sagte Hansen, »erreicht sie aber nicht.«

Hanna grinste. »Willy auf Freiersfüßen – das stelle ich mir als ganz schönen Eiertanz vor ... Hoffentlich sagt er dieser Rosi endlich mal, was er für sie empfindet!«

Hansen brachte Hanna nach Hause in die Füssener Pappenheimstraße. Wenig später stellte er seinen Wagen vor dem Bauernhof am Forggensee ab, in dem er zur Miete wohnte. Kein Fenster war erleuchtet, und auch Resis Auto war nirgendwo zu sehen – seine leise Hoffnung, dass der Ärger seiner

Verlobten seit dem missglückten Termin beim Herrenschneider einfach so verrauchen könnte, hatte sich nicht erfüllt. Einen Moment lang dachte er darüber nach, noch einmal loszufahren.

Er konnte Resi aufsuchen, die vermutlich wieder bei ihren Eltern in Roßhaupten übernachten würde. Das waren weniger als zehn Minuten Fahrt – aber würde sie ihn überhaupt sehen wollen? Und würde er sie davon überzeugen können, dass es ihm leidtat, dass er am Vormittag zu spät zu Creglinger gekommen und dann überstürzt wieder aufgebrochen war?

Er warf seine Jacke im Vorübergehen auf die Garderobe im Flur, und natürlich rutschte sie anschließend zu Boden, weil er den Haken nicht richtig getroffen hatte. Aber die Jacke konnte fürs Erste ruhig liegen bleiben, sie hätte nur Resi gestört, und die war ja nicht da. Hansen holte sich eine kleine Brotzeit aus dem Kühlschrank. Walburga Lederer, die ihm das frühere Wohnhaus ihrer Schwiegereltern vermietete und die er inzwischen »Frau Walburga« nennen durfte, was wohl eine Auszeichnung darstellte, vor allem für einen Reingeschmeckten wie ihn, hatte wieder für frische Wurst und frischen Käse gesorgt. Leider hatte sie auch – wie fast jeden Tag – das Hannoveraner Bier, das er jeden Morgen kaltstellte, aus dem Kühlschrank genommen und durch Weißbier aus der Umgebung ersetzt. Er war nicht besonders erpicht auf Weißbier, aber besser als zimmerwarmes Hannoveraner Pils schmeckte es ihm dann doch. Also goss er sich ein Glas ein und ging mit dem Bier und einem Teller voller Brot-, Wurst- und Käsestückchen nach draußen in den Garten.

Im Herbst hatte er direkt an der Wand eine Bank und einen Tisch aufgestellt. Hier konnte man selbst dann noch im Freien sitzen, wenn es nieselte: Das überhängende Dach hielt einen Streifen entlang der Mauer trocken, wenn es nicht zu arg stürmte und goss. Vor allzu heftigem Durchzug schützte die Hauswand, und so war das Plätzchen selbst bei kühlem Wetter recht angenehm.

Das wusste auch Ignaz zu schätzen, der Kater, mit dem sich Hansen das Haus teilen musste. Immer wieder hatte das zur Folge, dass Mäuseteile oder Vogelfedern auf dem Tisch oder der Bank lagen. Immerhin: Heute war nichts dergleichen zu sehen.

Ignaz hatte schon hier gelebt, als Hansen einzog, und er ließ es seinen zweibeinigen Mitbewohner seither immer wieder spüren, wie wenig begeistert er war, dass er den Fremden unter »seinem« Dach dulden musste. In Resi dagegen war er ganz vernarrt, und sie ließ dem Kater so viele Streicheleinheiten und Schmeicheleien angedeihen, dass Hansen manchmal fast ein wenig eifersüchtig auf das Vieh wurde.

Als hätte er Hansens Gedanken gelesen, lugte in diesem Moment auch schon der Kater um die Ecke. Ignaz beäugte Hansen erst argwöhnisch, dann herablassend und stolzierte schließlich so lässig, wie er nur konnte, am Tisch vorbei in Richtung Scheune. Inzwischen konnte Hansen die Körpersprache des Katers ganz gut deuten – jetzt zum Beispiel wollte er dem Zweibeiner mal wieder deutlich machen, dass er ihn für eine Pfeife hielt, von dem ein stolzer Kater wie er ganz sicher nichts zu befürchten hatte.

Wenn er sich da mal nicht täuscht, dachte Hansen und

lächelte grimmig. Der alte Schubert, der sich vor Katzen fürchtete, hatte ihm im vergangenen Jahr einen Trick verraten, wie er sich selbst vor den Tieren schützte. Seitdem hatte Hansen sich vorgenommen, seine Strategie einmal an Ignaz auszuprobieren. Eine Wasserspritzpistole hatte er schon gekauft, aber bisher war er noch nicht dazu gekommen, sie einzusetzen.

Hansen sah dem Kater nach, bis die Dunkelheit ihn verschluckt hatte. Ignaz war zwar immer schmutzig, aber im Grunde ein wirklich schönes Tier: mit einem hübschen Gesicht, einem schwarz-weiß-grau getigerten Fell, schlank und elegant in den Bewegungen. Leider erschöpfte sich die Schönheit in der äußeren Erscheinung – inwendig war der Kater … nun ja: eher eine Ratte.

Hansen schloss die Augen und horchte auf den Wind, der leicht vom See herüberstrich. Ab und zu glaubte er ein Glucksen vom Ufer zu vernehmen. Dann wieder hörte er in der Ferne ein Auto auf der Bundesstraße in Richtung Marktoberdorf vorüberfahren. Er öffnete die Augen wieder, versuchte im Dunkeln die Zielscheibe auszumachen, die ein Stück von ihm entfernt auf der Wiese stand. Dann hob er den Blick und schaute über den Forggensee hinweg auf Schloss Neuschwanstein, das sich hell erleuchtet auf seinem Felssporn erhob.

Seit bald sechs Jahren leitete er nun schon das Kommissariat 1 der Kripo Kempten, und als er sich damals für dieses Haus am See als seine neue Bleibe entschieden hatte, war der Blick auf das vermutlich berühmteste Schloss der Welt einer der wichtigsten Gründe dafür gewesen. Er dachte wieder einmal darüber nach, ob sein Leben in den vergangenen Jahren anders verlaufen wäre, wenn er stattdessen eine Wohnung in der Innenstadt von Füssen oder Kempten bezogen hätte. Vermutlich hätte ihm das mehr Kontakte mit der Nachbarschaft beschert, womöglich auch neue Freundschaften, vielleicht sogar die Mitgliedschaft in einem Verein.

Hier draußen hatte er keinen Kontakt zu Nachbarn. Jenseits der Zufahrtsstraße lag der Wertstoffhof, der während seiner Öffnungszeiten ordentlich Zulauf hatte – aber selbst wenn er es gewollt hätte: Mit eiligen Männern und genervten älteren Ehepaaren, die Altpapier, Elektroschrott und Farbdosen loswerden und dann gleich weiterwollten, war nicht ins Gespräch zu kommen. Ein Stück nördlich seines Grundstücks hatte der Ruderclub sein Revier – dessen Mitglieder waren sich selbst genug. Und vom Ferienheim in der Nähe bekam er so gut wie nichts mit. Das nächste bewohnte Gebäude im Süden stand rund zweihundert Meter entfernt, danach folgten am Ufer des Forggensees noch Segelclub, Fischereiverein und Musicaltheater, bevor der Füssener Stadtrand erreicht war.

Nein, die Lage des Hauses war nicht für eine gesellige Nachbarschaft gemacht. Aber Hansen war zufrieden mit seiner Wahl. Hier draußen hatte er seine Ruhe, die er mit seinem Beruf auch dringend brauchte. Einige seiner Fälle im Allgäu gingen ihm durch den Kopf. Der verschwundene Pferdezüchter in Lechbruck. Die drei Leichen im Freilichtmuseum Illerbeuren. Der spektakuläre Unfall während des Jochpass Memorials in Bad Hindelang. Die ganz eigene Welt der Dauercamper am Oberrieder Weiher bei Krumbach. Der ermordete Faulpelz in Sulzberg. Der Exspion, der an einer Giftspritze starb,

während er mit Resi und Hansen die Tegelbergbahn hinauf-
fuhr.

Einige seiner Fälle hatten für Hansen auch persönliche Folgen gehabt. Resi zum Beispiel hatte er kennengelernt, weil sie
an der Obduktion des Lechbrucker Pferdezüchters mitarbei-
tete. Hansen lächelte. Verlobt waren sie nun schon eine ganze
Weile, und jetzt schien es auch endlich mit der Hochzeit ernst
zu werden. Hoffentlich renkte sich das mit dem Herrenschneider und dem fast geplatzten Termin schnell wieder
ein … Resi konnte launisch und bockig sein, und auch er
selbst tat sich nach einer Auseinandersetzung mit dem ersten
Schritt zur Versöhnung nicht gerade leicht.

Hansen dachte an die anderen Menschen, denen er im
Allgäu begegnet war. Seine etwas spezielle, aber herzensgute
Vermieterin Walburga Lederer. Rosemarie Schwegelin, die
Sekretärin der Kripochefin, die ihm anfangs so kratzbürstig
begegnet war und inzwischen ihre Fürsorglichkeit zeigte,
indem sie ihm ständig Kekse und Tee aus Hannover besorgte,
die er gar nicht besonders mochte.

Und natürlich seine liebsten Kollegen Hanna Fischer und
Willy Haffmeyer. Sein erster Mordfall im Allgäu hatte eher
zufällig dazu geführt, dass die beiden zu seinen engsten Mitarbeitern geworden waren – ein Glück, denn ohne ihre Hilfe
wäre er mehr als einmal mit seinem Latein am Ende gewesen.
Unglaublich, dass Hanna und Willy früher im Innendienst
hatten versauern müssen, obwohl sie selbst doch unbedingt
raus zu den Tatorten wollten. Er hatte seinen Vorgänger Rolf
Hamann mal gefragt, warum Fischer und Haffmeyer vor
Hansens Zeit nie zu Außeneinsätzen eingeteilt worden waren.

»Ich habe deswegen heute noch ein schlechtes Gewissen«, hatte Hamann zugegeben. »Von Hanna Fischer wusste ich nicht viel, als alter Macho habe ich ihr vermutlich nicht viel zugetraut – sie kam als junge Frau zur Kripo Kempten und hätte schon damals gut und gern zehn, zwanzig Kilo weniger wiegen dürfen. Na, und dass der Willy eine ganz besondere Marke ist, weißt du ja inzwischen selbst. Mit seiner sehr direkten Art hat er öfter mal angeeckt, und als dann mein Stellvertreter Hardy Koller darauf drängte, einen so undiplomatischen Beamten lieber nicht mehr auf Zeugen und Verdächtige loszulassen, wollte ich keinen Streit und habe ihm die Einteilung der Leute überlassen.«

Von der Scheune war ein klägliches Maunzen zu hören. Hansen entdeckte den Kater, der näher kam und dabei so geduckt vorwärtsschlich, dass sein Bauch fast den Boden streifte. Er hatte die Ohren angelegt und sah sich alle paar Schritte um, als wolle er sich versichern, dass ihm auch ja niemand folgte. Und dann war er auch schon auf der anderen Seite des Gartens in der Dunkelheit verschwunden. Hansen stand lächelnd auf, ging nach drinnen, und als er kurz darauf wieder an den Gartentisch trat, hatte er ein Glas und einen Krug mit Kirschsaftschorle dabei. Auf der Bank hockte ein älterer Herr in Freizeitkleidung. Seine hellbraune Windjacke hatte er anbehalten, aber den Reißverschluss geöffnet.

»Hallo, Herr Schubert«, sagte Hansen, goss das Glas voll und setzte sich neben den Besucher auf die Bank.

»Guten Abend, mein Junge.«

Schubert griff nach dem Glas, prostete Hansen zu und trank das Schorle zur Hälfte leer.

»Ah, das tut gut! Danke, dass du dir meine Vorliebe gemerkt hast.«

»Gern. Was führt Sie heute Abend zu mir? Etwas Privates, nehme ich an.«

Er deutete auf Schuberts Outfit.

»Ach, wenn dir was dran liegt, kann ich beim nächsten Mal gern wieder mit dünnem Mantel, Regenschirm und breitkrempigem Hut kommen.«

»Nein, nein, mir gefällt das so viel besser.«

»Mir auch, um ehrlich zu sein – und ich bin jetzt ja auch wirklich nicht im Dienst.«

Hansen dachte an den Abend vor fast elf Monaten, als »Schubert«, wie er sich nannte, zum ersten Mal in seinem Haus aufgetaucht war. Er hatte in der Küche gesessen wie das Klischee eines Geheimagenten – und dann hatte sich herausgestellt, dass er sogar einer war. Wenn auch ein Spion im Ruhestand. Seither hatte er Hansen von Zeit zu Zeit besucht, sie hatten über Hansens Vater gesprochen, der unter Schuberts Führung für einen militärischen Geheimdienst gearbeitet und während eines solchen Auftrags sein Leben verloren hatte. Durch diese Gespräche hatte Hansen viel über seine Eltern erfahren und manches, was er schon über sie wusste, in neuem Licht sehen können. Doch so munter sie auch miteinander plauderten, gab es immer zwei Punkte, zu denen Schubert eisern schwieg: wie sein wirklicher Name lautete – und wie genau Hansens Vater gestorben war.

»Sie kennen ja die beiden Fragen, die ich Ihnen immer wieder stelle«, sagte Hansen auch diesmal. Inzwischen war es eine Art Ritual geworden.

Und auch heute wiegte Schubert bedächtig den Kopf, grinste schelmisch und erwiderte: »Ich werde sie dir auch heute nicht beantworten.«

»Man kann's ja mal versuchen.«

»Mach das ruhig, mein Junge. Irgendwann … na, egal.«

Er hob noch einmal das Glas und trank es aus. Hansen schenkte nach, und Schubert lehnte sich entspannt an die Hauswand.

»Du weißt doch noch, dass dein Vater eigentlich mein Nachfolger als Leiter des Dienstes werden sollte und dass stattdessen sein bester Freund zum Chef befördert wurde?«

»Ich erinnere mich an alles, was Sie über meinen Vater erzählt haben. Und wie gesagt: Das darf gern auch mehr werden.«

»Wird's schon noch. Jedenfalls habe ich mit dem früheren Freund deines Vaters gesprochen, und ich habe ihm klarmachen können, dass dir der Dienst nach der Sache mit dem Toten in der Tegelbergbahn noch einen Gefallen schuldet.«

»Um ehrlich zu sein: Mir würde es schon reichen, wenn Ihre Leute mich einfach in Ruhe meine Arbeit machen lassen.«

Schubert grinste und nahm einen Schluck Kirschsaftschorle.

»Was weißt du über die Vorgeschichte deines aktuellen Mordopfers?«

Hansen sah den Alten neben sich prüfend an und trank dann etwas von seinem Bier, um Zeit zu gewinnen.

»Mit der Information, dass Roth nicht sein richtiger Name

ist, kann ich dich vermutlich nicht überraschen«, fuhr Schubert fort.

Hansen zuckte mit den Schultern.

»Sag mir alles, was du über ihn weißt«, forderte der Alte ihn auf. »Du kannst dich darauf verlassen, dass von mir keiner was erfährt.«

Einen Moment lang zögerte Hansen noch, aber das Verhältnis zwischen ihm und dem ehemaligen Geheimdienstchef war inzwischen so vertraut, dass er alles offenlegte.

»Clever, ausgerechnet deinen Stellvertreter Koller mit den Recherchen zu Roths Vergangenheit zu beauftragen«, lobte ihn Schubert schmunzelnd.

»Koller ist gut.«

»Und er ist scharf auf deinen Job, Eike. Wenn er erfährt, dass du über alles Bescheid wusstest und trotzdem die Soko nicht informiert hast, versucht er garantiert, dir einen Strick daraus zu drehen.«

»Mag sein, aber hätte ich meine Chefin oder gleich die ganze Soko eingeweiht, hätte das Willy geschadet, der das alles schon viel länger weiß.«

»Stimmt, aber Haffmeyer mit seinem losen Mundwerk wird eh keine Karriere mehr machen.«

»Mag sein, aber ich will ihn nicht als Mitarbeiter verlieren – und ich will sein Vertrauen nicht enttäuschen.«

»Gut, dann müssen wir halt zusehen, dass die Sache für dich und deinen Willy gut ausgeht.«

»Was wäre denn ein Gefallen, den Ihr Dienst mir tun könnte?«

»Na ja, der Dienst selbst würde natürlich nicht in Erscheinung treten. Wir können im Hintergrund ein Auge darauf haben, dass dir nichts geschieht. Das BKA hingegen könnte eure Soko direkt unterstützen und ...«

»Nein, lieber nicht«, unterbrach ihn Hansen. »Wenn uns schon wieder BKA und LKA in die Ermittlungen pfuschen und uns womöglich den Fall entziehen – ganz ehrlich: Unter einem Gefallen stelle ich mir etwas anderes vor.«

Schubert lachte.

»Das ist mir schon klar. Nein, diesmal würde das BKA weder den Fall an sich ziehen noch eure Ermittlungen in irgendeiner Weise behindern. Es würde allerdings jemand vom BKA zu euch geschickt, um euch zu unterstützen – und das wäre die einzige Person, über die eure Soko mit dem BKA Kontakt haben würde. Auch in der Frage, ob denn womöglich früher schon mal jemand wegen Roth alias Schwartz nachgeforscht hat.«

Jetzt ging Hansen ein Licht auf.

»Und dieser Beamte würde nichts über solche Nachforschungen preisgeben, richtig?«

»Richtig.«

Hansen dachte nach, trank etwas Bier und nickte schließlich bedächtig.

»Okay, das könnte Willy helfen.«

»Und dir.«

»Ja, und mir.«

Eine kleine Weile saßen die beiden Männer schweigend nebeneinander und schauten in den dunklen Garten hinaus, dann beugte sich Schubert ein wenig zu Hansen hin.

»Du kennst die Frau vom BKA übrigens schon ...«

Hansen hob die Augenbrauen.

»Sie hat voriges Jahr mit dir zusammengearbeitet, und zwar offenbar sehr gern – denn kaum hatte der Chef meines Dienstes beim BKA angefragt, da hat sie sich auch schon freiwillig gemeldet.«

Freitag, 8. März

Hansen hatte schlecht geschlafen und wüst geträumt. In seinem letzten Albtraum, aus dem er gegen sechs Uhr morgens schweißgebadet aufgewacht war, hatte Kater Ignaz Mäuseteile auf sein Kopfkissen gestapelt. Resi hatte ihn dabei noch mit wütender Stimme angestachelt, und an der Wand des riesig wirkenden Schlafzimmers standen Schubert und einige andere Männer in dünnen Mänteln, schüttelten tadelnd ihre Köpfe, unternahmen aber nichts, um Hansen zu helfen. Entsprechend mürrisch war der Blick, mit dem er den Kater bedachte, als er ihm auf dem Weg zur Dusche im Flur begegnete.

Nachdem er sich abgetrocknet und angezogen hatte, schlurfte er in die Küche und startete die Kaffeemaschine. Beim ersten Röcheln des Automaten klingelte das Handy. Das Display zeigte eine ihm unbekannte Nummer an, und als er dranging, meldete sich Ina Schönberg, die Gärtnerin von Rupert Wank.

»Mein Chef hat gesagt, dass Sie wegen Herrn Roth mit mir sprechen möchten.«

Sie klang hellwach, als sei sie schon seit Stunden auf den Beinen. Hansen musste erst einmal seine Stimme freiräuspern.

»Ah, schön, dass Sie sich gleich melden.« Er sah auf die Uhr und schätzte ab, wie viel Zeit ihm zwischen Frühstück und der nächsten Soko-Besprechung bleiben würde, die für neun Uhr angesetzt war. »Ich überlege gerade, wann ich am besten zu Ihnen kommen kann. Im Moment ist es …«

»Ich kann auch zu Ihnen kommen, Herr Hansen. Sind Sie schon in Kempten? Dann komme ich direkt im Kommissariat vorbei.«

»Äh, nein … ich … ganz so früh fange ich eigentlich normalerweise nicht an.«

»Und wo wohnen Sie? Ich kann auch zu Ihnen nach Hause kommen.«

»Nein, ich … wir … wenn Sie nach Kempten kommen könnten, das wäre prima. Sagen wir … in einer Stunde? Ich sage dann schon mal den Kollegen Bescheid. Sie finden zum Kommissariat?«

»Auf Ihrer Visitenkarte steht Hirnbeinstraße, Kempten. Das find ich dann schon.«

»Gut.«

»Okay, dann bis nachher. Tschüs, Herr Hansen.«

Und schon hatte sie aufgelegt. Hansen schenkte sich Kaffee ein, nahm vorsichtig den ersten Schluck und rief Willy Haffmeyer an.

»Das passt, Chef, ich wollte eh grad los«, sagte Willy. »Kannst du die Hanna mitbringen? Und ich schau, dass die Schwegelin uns einen guten Kaffee macht.«

Der Duft des frisch aufgebrühten Getränks zog schon durch den Büroflur, als Hansen im Kommissariat eintraf, mit Hanna Fischer im Schlepptau. Haffmeyer empfing die beiden vor Hansens Büro, scheuchte sie hinein und schloss die Tür hinter sich.

»Koller ist Roths Vorleben auf die Spur gekommen«, sagte Haffmeyer mit gedämpfter Stimme. »Ich hab grad wegen des Kaffees das Sekretariat betreten, als er die Schwegelin gefragt hat, wann denn die Vroni Schliers eintreffen werde, er habe ihr vor der Soko-Besprechung noch etwas Wichtiges mitzuteilen. Er war ganz aufgeregt, und im Hinausgehen meinte er noch zu mir, dass ich mich nachher ganz schön wundern würde, was mein ›alter Freund Roth‹ in Wirklichkeit für einer gewesen sei.«

»Gut, Willy. Dann hat das Herumeiern in diesem Teil der Geschichte für uns ja endlich ein Ende. Und so, wie er dir diese Andeutung unter die Nase gerieben hat, scheint er keine Ahnung davon zu haben, dass du längst davon weißt.«

»Das schon, aber ich hab mich mächtig beherrschen müssen, ihm nicht ordentlich rauszugeben. Der Koller nervt mich mit seiner überheblichen Art ganz gewaltig.«

»Das musst du leider aushalten, Willy. Sag einfach nichts dazu und lass ihn reden.«

»Ich werd mir Mühe geben.«

»Und ich frage Koller rundheraus, was er so Spannendes zu berichten hat – schließlich muss mich das ja schon deshalb interessieren, weil seine Infos eventuell für mein Gespräch mit Frau Schönberg wichtig sein könnten.«

Hansen traf Koller in dessen Büro an, aber er war gerade auf dem Sprung, weil die Kripochefin eingetroffen war.

»Am besten kommen Sie gleich mit, Herr Hansen, dann kann ich es Ihnen beiden erzählen.«

Koller skizzierte seine Erkenntnisse nur ganz grob und deutete an, dass er mit seinen Nachforschungen bis zum BKA vorgedrungen sei und dass man ihm dort auch gleich Unterstützung angeboten habe.

»Ich weiß«, versetzte die Kripochefin. »Das BKA hat mich heute früh schon angerufen.«

Es war Koller anzusehen, dass er diese Information gern noch exklusiv gehabt hätte. So tat er auch gleich ganz beschäftigt und behauptete, den Kollegen nicht die knappe Zeit stehlen zu wollen – doch das waren Ausflüchte, denn auch Vroni Schliers und Hansen sollten die Details erst in der Soko-Besprechung hören.

Allem Anschein nach hatte Koller dasselbe herausgefunden wie Rolf Hamann schon vor einigen Jahren: dass Hansjörg Roth die neue Identität des verurteilten Bankräubers Klaus-Peter Schwartz war, der angeblich im Mai 2002 von der Nachtfähre nach Sardinien ins Meer gestürzt und ertrunken war.

Hansen war eben in sein Büro zurückgekehrt, als es an der Tür klopfte und ein Kollege eine junge Frau im Punk-Outfit zu ihm brachte. Ina Schönberg war etwa eins achtzig groß, hatte eine kräftige Statur und silbrig glänzende Piercings an Lippen, Augenlidern und Ohren. Sie war komplett schwarz gekleidet und trug ihr struppiges schwarzes Haar kurz geschnitten. Ihre Wimpern waren dunkel getuscht, und auf dem rechten Handrücken begann eine Tätowierung, die teilweise von ihrem Ärmel verdeckt wurde. Hansen konnte nur »Keine Macht f« lesen. Als sie seinen Blick bemerkte, grinste sie breit und schob ihren Ärmel ein Stück nach oben.

»Keine Macht für niemand«, las Hansen laut. »Danke, Frau Schönberg – und entschuldigen Sie bitte, wenn ich so auffällig hingeschaut habe.«

Der Kollege, der sie begleitet hatte, räusperte sich.

»Sie kann alles, was ich ihr abgenommen habe, nachher wieder an der Pforte in Empfang nehmen«, sagte er und verabschiedete sich.

Hansen sah sie fragend an, und Ina Schönberg zuckte mit den Schultern.

»Er war nicht damit einverstanden, dass ich die Gartengeräte, die ich sonst hier drinstecken habe ...« Sie zeigte auf die ausgebeulten, im Moment aber leeren Taschen, die seitlich an ihrer Hose aufgenäht waren. »... mit in Ihr Büro bringe.«

»Gartengeräte?«

»Na ja, unterschiedlich große Messer, eine schmale Pflanzkelle, eine Rosenschere.«

»Das kann ich mir vorstellen«, sagte Hansen. Er bot ihr lächelnd einen Platz in seiner Besprechungsecke an und deutete auf die bereitstehenden Getränke und Kekse. »Kaffee?«

»Nein danke, ich trinke nur Tee. Aber ein Wasser würd ich nehmen.«

Hansen goss ihr ein. Willy und Hanna betraten das Büro, stellten sich vor und setzten sich dazu.

»Ach, Sie sind Herr Haffmeyer?«, fragte Ina Schönberg und musterte ihn interessiert. »Herr Roth hat ab und zu von Ihnen erzählt. Er hat Sie gemocht.«

»Ich ihn auch.«

»Und das, obwohl Sie Polizist sind«, fügte sie grinsend hinzu.

»Hat er Ihnen denn gesagt, dass er die Polizei nicht so gerne mag?«, wollte Hansen wissen.

»Das musste er mir nicht sagen, das hat man gespürt. Und

wenn er von Ihrem Kollegen gesprochen hat und davon, dass der ihm sympathisch ist, konnte man jedes Mal heraushören, dass Roth sich darüber selbst gewundert hat.«

»Hat er Ihnen jemals anvertraut, welche Art von Problemen er mit der Polizei hatte?«

Ina Schönbergs Miene wurde eine Spur abweisender.

»Nein, er hat es mir nicht anvertraut. Und wenn er es getan hätte, würde ich es Ihnen nicht sagen.«

»Frau Schönberg, wir wollen den Mord an Hansjörg Roth aufklären. Und wenn Sie ihn gut leiden konnten, sollte das auch in Ihrem Interesse sein. Wenn wir also auf solche Spielchen verzichten könnten, wäre ich Ihnen sehr verbunden.«

Hansen war nicht laut geworden, aber die junge Frau hatte schon verstanden, wie sehr ihm ihre Bemerkung gegen den Strich ging.

»Ist ja schon gut.« Sie hob beschwichtigend die Hände. »Er hat es mir wirklich nicht gesagt, und ich habe ihn nicht danach gefragt. Ich mochte den Alten, ich habe gespürt, dass er einige Erinnerungen mit sich herumträgt, die ihm zu schaffen machten – und ich habe es respektiert, dass er mir davon nicht erzählen wollte.«

Sie wandte sich an Haffmeyer.

»Ihnen wird er es ja vermutlich auch nicht auf die Nase gebunden haben, wenn es etwas Illegales war.«

Haffmeyer wich ihrem Blick aus und trank einen Schluck Kaffee. Ina Schönberg musterte ihn einen Moment lang und nippte dann an ihrem Wasserglas.

»Worüber haben Sie und Herr Roth sich denn unterhalten, wenn er nichts über seine Vergangenheit erzählt hat?«

»Er hat schon mal was erzählt, aber das ging halt nie weit zurück. Er schien keine Familie zu haben, und sein einziges Interesse galt den Pflanzen. Na ja, Alkohol hat ihn schon auch interessiert.« Sie lächelte. »Aber geredet haben wir wirklich vorwiegend über Pflanzen und ihre richtige Pflege. Was Roth da alles wusste ... sagenhaft!«

»Hatte er Freunde?«

»Keine Ahnung, ich habe nie jemanden bei ihm gesehen, wenn ich ihn besucht habe. Soweit ich weiß, haben ihn in der Gegend alle gemocht. Warum auch nicht? Er war ein verträglicher Mensch, der seine Ruhe haben wollte.«

»Hatte er Feinde? Oder hatte er mit jemandem Streit?«

»Feinde ... ich wüsste von keinem. Und Streit hatte er schon länger mit niemandem mehr.«

»Und worum ging's in seinem letzten Streit?«

»Ich weiß nur von einem einzigen. Das war, kurz nachdem ich ihn kennengelernt habe, es ist jetzt also etwa fünf, fast sechs Jahre her. Damals streiften ein paar Städter durch den Wald, das hat er mir jedenfalls ein paar Tage später erzählt. Einer von denen hat wohl in seiner Hütte herumgestöbert. Roth hat ihn erwischt und hat ihm klargemacht, dass er das nicht mag.«

Sie grinste.

»Wie hat er ihm das klargemacht?«, fragte Hansen.

»Na, er hat sich einen dicken Ast geschnappt, hat dem Typen zugerufen, er solle sofort aus der Hütte rauskommen – und als der dann vor die Tür trat, hat er ihm den Ast über den Schädel gezogen.«

Sie grinste noch breiter, bevor sie erschrak und ernst wurde.

»Oh, das wollte ich nicht … ich meine, ich will den alten Roth ja nicht reinreiten, weil er jemanden verletzt hat. Aber der Typ ist wirklich einfach so in Roths Hütte rein, dann muss er sich doch wehren dürfen, oder?«

»Schon gut, Frau Schönberg. Als er Ihnen davon erzählt hat: Hatten Sie den Eindruck, dass Herr Roth diesen Eindringling kannte?«

»Ach was, das war ein Fremder, der einfach zu neugierig war.«

»Hatte Herr Roth vor jemandem Angst?«

»Ganz sicher nicht vor diesem Städter!«, sagte sie und lachte auf.

»Mag sein, aber auch sonst vor niemandem?«

Ina Schönberg dachte nach. »Nicht, dass ich wüsste«, sagte sie schließlich. »Glauben Sie, Herr Roth wurde von jemandem mit der Armbrust erschossen, den er von früher her kannte?«

»Woher wissen Sie das mit der Armbrust?«

»Das hat mir der Chef erzählt. Haben Sie schon einen Verdächtigen?«

Hansen lächelte und schwieg.

»Klar, das dürfen Sie mir vermutlich nicht sagen«, fügte Ina Schönberg hinzu.

»So ist es. Wissen Sie vielleicht noch etwas zu Herrn Roth, das uns weiterhelfen könnte?«

»Nein, mehr weiß ich nicht, tut mir leid.«

Hansen verabschiedete sich von ihr, und Hanna begleitete sie nach draußen. Als die beiden Frauen schon in der Tür standen, fiel Hansen noch etwas ein.

»Herr Roth ist ja nach wie vor unter der Adresse von Herrn Wank in Rückholz gemeldet. Ihr Chef meinte, dass er ab und zu auch dort zu Besuch war.«

Ina Schönberg verharrte mitten im Schritt und drehte sich dann langsam um. Sie wirkte nun etwas angespannt.

»Wenn Herr Wank das gesagt hat ...«, versetzte sie zögernd.

»Stimmt das denn nicht?«

»Doch, natürlich stimmt das. Warum sollte Sie der Chef denn anlügen?«

»Eben: Warum sollte er das?«

»War's das dann jetzt?«

»Gleich, Frau Schönberg. Herr Wank hat seinen ehemaligen Gärtner doch sicher auch mal auf ein Gläschen eingeladen, wenn er vorbeigeschaut hat. Und Herr Roth hat dann sicher nicht abgelehnt – er wusste einen guten Tropfen ja immer zu schätzen, nicht wahr?«

»Ich weiß nicht, worauf Sie hinauswollen.«

»Sagen Sie mir bitte: Hat er ihn ab und zu eingeladen?«

»Ja, vermutlich schon. Ich arbeite im Garten und bin nicht so oft oben im Haus. Aber warum fragen Sie?«

»Hat Herr Roth auch mal dort übernachtet, wenn er zu viel getrunken hatte?«

»Was weiß ich?«, wich sie aus. »Bin ich sein Babysitter?«

»Das bekommt man doch mit, oder nicht? Sie wohnen doch auf dem Anwesen.«

»Ja, ich hab ein kleines Apartment im Gartenhaus. Das steht aber an der Rückseite des Wohngebäudes, und ich seh von dort aus nicht, wer aufs Grundstück kommt oder wer wieder geht.«

»Hat Herr Roth dieses Apartment auch bewohnt, als er bei Herrn Wank als Gärtner arbeitete?«

»Ja, sicher.«

»Und später hatte er kein Zimmer mehr dort? Irgendeine Bleibe für Nächte, in denen es zu kalt war auf der Lichtung im Wald?«

Ina Schönberg sah Hansen forschend an, dann schüttelte sie langsam den Kopf.

»Nein, Herr Roth hatte kein Zimmer mehr in Rückholz. Er hat, soweit ich weiß, jede Nacht in seiner Hütte auf der Lichtung verbracht. Und ob er doch mal über Nacht in Rückholz geblieben ist, danach müssten Sie Herrn Wank bitte selbst fragen.«

»Oder ich frage Steffens, den Butler.«

»Oder den, genau. Kann ich jetzt gehen?«

»Bitte schön.«

Als die beiden Frauen auf den Flur hinausgegangen waren, wandte sich Haffmeyer an Hansen.

»Du glaubst, dass Roth noch ein Zimmer in Wanks Schlösschen hat, stimmt's, Chef?«

»Ja, oder zumindest einen Platz, an dem er ein paar private Sachen aufbewahren konnte.«

»Und du glaubst, dass Wank seine Gärtnerin erst entsprechend briefen wollte, bevor sie mit uns redet?«

»Ja, auch das.«

»Und warum sollte es Wank vor uns verheimlichen, dass Roth bei ihm im Haus noch ein paar persönliche Dinge herumliegen hat?«

»Das ist eine der Fragen, auf die wir eine Antwort brauchen.«

Die Soko Lichtung traf sich pünktlich zur Morgenbesprechung. Außer einigen Beamten, die gerade Befragungen durchführten oder noch immer Spuren im Umfeld von Roths Bleibe im Wald sicherten, waren alle Mitglieder der Ermittlungsgruppe anwesend. Koller hatte seinen großen Auftritt, und er genoss ihn sichtlich. In epischer Breite rollte er das Vorleben von Hansjörg Roth alias Klaus-Peter Schwartz vor den Kollegen aus, und wann immer er dazu Willy Haffmeyer einen triumphierenden Blick zuwarf, weil der doch nie durchschaut hatte, dass der Einsiedler Roth ein Doppelleben führte, musste sich Willy sehr beherrschen, um nicht aufzubrausen. Einmal aber konnte er sich doch nicht zurückhalten.

»Lieber Herr Koller«, versetzte er ätzend, »das mit dem Doppelleben stimmt so ja nun auch nicht. Er mag früher ein Krimineller gewesen sein – aber seit er sich auf der Lichtung häuslich eingerichtet hatte, ließ er sich nicht die kleinste Kleinigkeit zuschulden kommen.«

Doch schließlich war auch Kollers Auftritt überstanden, und Haffmeyer entspannte sich merklich.

Vroni Schliers ergänzte, dass sich das Bundeskriminalamt, mit dem ja auch Koller gesprochen habe, wegen des aktuellen Falls an sie gewandt habe. Das BKA, fuhr sie fort, werde eine Beamtin zur Unterstützung der Soko schicken. Noch heute werde die Kollegin in Kempten eintreffen. Einige in der Runde ächzten vernehmlich.

»Keine Sorge«, beruhigte Schliers die Gemüter, »diesmal will uns das BKA nicht in die Arbeit pfuschen, und keiner nimmt uns diesen Fall weg. Aber nach allem, was Herr Koller uns über Roths Vorleben erzählt hat, ist es sicher kein Fehler, wenn wir einen direkten Draht zum BKA haben.«

Vereinzelt war Gemurmel zu hören, ab und zu ein Murren.

»Wir kennen die Dame übrigens schon«, fuhr die Kripochefin fort. »Jana Vermijnen heißt sie, und sie hat voriges Jahr im Fall Tegelbergbahn mit Hansen zusammengearbeitet.«

Nun wurde das Gemurmel vor allem der männlichen Stimmen etwas zuversichtlicher, denn an die ausnehmend attraktive Frau erinnerten sich alle gern.

»Kriegt euch wieder ein, Jungs!«, tadelte Vroni Schliers die Kollegen im Spaß. »Und jetzt bitte weiter im Text.«

Die Kriminaltechniker zogen inzwischen den Kreis der zu sichernden Spuren etwas weiter, hatten aber zumindest Roths Hütte inzwischen fertig durchsucht. Sie hatten ein bisschen Bargeld gefunden, das der Alte in einer hübsch bemalten Holzschachtel aufbewahrte, dazu eine Bibel, die ziemlich zerlesen wirkte, sowie Personalausweis und Waffenschein, beides sehr gekonnt auf den Namen Hansjörg Roth gefälscht. In einem Karton hatte Roth ältere Ausgaben eines Fachmagazins für Gartenbau und einige vergilbte Sexblättchen aufbewahrt. Außerdem gab es Exemplare von Zeitungen aus den vergangenen Wochen, und nach dem »Toilettenpapier« zu urteilen, das im Klohäuschen in einer an die Holzwand geschraubten kleinen Kiste lagerte, hatte Roth alte Tageszeitungen geschnorrt und sie nach dem Lesen in handliche Papierstücke zerrissen. Das bestätigten auch die Aussagen mehrerer Gastwirte aus der Gegend, die Roth immer wieder ältere Zeitungen überlassen hatten.

Nirgendwo in der Hütte gab es Kontoauszüge, Arbeitszeugnisse, persönliche Briefe oder amtliche Unterlagen. Willy

Haffmeyer bot an, gleich nach der Soko-Besprechung Hannes Rampoldt zu besuchen, den Bauern aus Schweinegg, der für Roth die Bankgeschäfte besorgt hatte. Dort dürften sich zumindest die Bankunterlagen befinden.

Kriminaltechniker Roman Drexel, der noch immer den abwesenden KT-Chef Kayserling vertrat, hatte ein weiteres Detail zu berichten. Seine Kollegen hatten die Holzstapel neben der Hütte auseinandergenommen, in der Hoffnung, dass Roth dort vielleicht etwas versteckt haben könnte. Dabei hatte einer der Beamten an zwei Holzscheiten Rückstände von Papier und an einem weiteren ein paar Federn gefunden.

»Wir untersuchen das natürlich noch abschließend, aber ich könnte mir vorstellen, dass hier einmal ein Armbrustbolzen gelegen hat, an dessen Ende Federn befestigt waren – wie bei dem Exemplar, das auf Roth abgeschossen wurde. Und hier könnte auch eine Zeit lang ein Zettel versteckt gewesen sein, der womöglich am Bolzen befestigt war.«

»Aber wo ist der Zettel jetzt?«, fragte Kripochefin Vroni Schliers. »Und warum sollte der Täter ausgerechnet auf Roths Lichtung einen Armbrustbolzen deponieren? Der würde Waffe und Bolzen doch sicher mitbringen!«

»Natürlich, aber was wäre denn, wenn es Roth selbst gewesen wäre, der den Bolzen dort versteckt hat?«, schlug Koller vor. »Vielleicht war der Bolzen, der ihn getötet hat, nicht der erste, der auf Roth abgeschossen wurde. Vielleicht waren diese Zettel auch Warnungen für ihn.«

»Tolle Warnung, die man seinem Widersacher mitten in die Stirn schießt«, brummte Schliers.

Darauf wusste Koller fürs Erste auch keine Antwort.

»Und Ihre Kollegen, Herr Drexel, haben keinen Zettel oder einen weiteren Bolzen gefunden?«, erkundigte sich Hansen.

»Nein, nichts. Wir suchen inzwischen auch jenseits des Waldrands. Roth hat ja auch sein Mofa sehr sorgfältig unter Ästen verborgen und sogar die Reifenspuren mit Laub bedeckt – es ist also gut möglich, dass er anderswo rund um die Lichtung Verstecke eingerichtet hat.«

»Fragen Sie diesen Hannes Rampoldt bitte auch, ob er vielleicht außer den Bankunterlagen noch etwas anderes für Roth aufbewahrt hat«, sagte die Kripochefin zu Haffmeyer. »Wo sonst könnte der Alte etwas deponiert haben? Nach unseren Informationen hatte er kein Bankschließfach, und Herrn Hansen gegenüber hat sein früherer Chef ausgesagt, dass er auch bei ihm nichts gelagert hat.«

»Allerdings glaube ich Herrn Wank nicht«, merkte Hansen an. »Keine Ahnung, warum er uns in diesem Punkt anlügt, aber ich bin mir sicher, dass Roth dort noch ein Zimmer oder zumindest einen Platz für privaten Kram hatte.«

»Wank besitzt auch Armbrüste wie die, mit der auf Roth geschossen wurde. Halten Sie es für möglich, dass er etwas mit Roths Tod zu tun hat?«

»Das kann ich mir nicht vorstellen, aber die Armbrüste werden auf jeden Fall von der KT untersucht.«

»Zwei Kollegen und ich sind nachher dort angemeldet«, bestätigte Drexel. »Der Freiherr hat uns gebeten, seine Sammlerstücke bei ihm im Haus zu untersuchen.«

»Das wird er Ihnen hoch anrechnen«, sagte Hansen. »Vielleicht können Sie ihn ja nebenbei in ein Gespräch verwickeln – und mit etwas Glück verplappert er sich.«

Hannes Rampoldt war gerade mit dem Traktor auf dem Feld, als Hansen und Haffmeyer auf seinem Hof in Schweinegg eintrafen, aber er wurde jeden Augenblick zurückerwartet. Für die Zeit bis dahin bat seine Frau Sabine sie in die geräumige Wohnküche des Bauernhauses. Agnes Rampoldt, die Altbäuerin, hatte Haffmeyer vom Hof aus zugewinkt, und nun kam sie ebenfalls in die Küche. Sabine Rampoldt seufzte, als die Alte durch die Tür schlüpfte, aber dann stellte sie doch für fünf Personen Gläser und Tassen auf den Tisch.

»Wollen Sie auch eine Kleinigkeit essen?«, fragte sie ihre Besucher.

»Nein, wir wollen nur mit Ihnen und Ihrem Mann über Herrn Roth reden.«

»Und mit mir doch sicher auch!«, protestierte die Mutter des Hausherrn.

»Natürlich, mit Ihnen auch. Wie haben Sie denn Herrn Roth kennengelernt?«

»Der war früher der Gärtner des Freiherrn«, ergriff die Alte das Wort. Ihre Schwiegertochter schenkte sich Mineralwasser ein und rollte genervt die Augen. »Aber damals kannten wir den Hans noch nicht wirklich, höchstens vom Sehen. Dann hat er das Blumenbeet neben der Kapelle angelegt, und seither war er mindestens alle zwei Tage hier, hat geharkt, gegossen und sich wirklich liebevoll um das Beet gekümmert.«

»Warum hat er das Beet denn angelegt?«

»Der Hans war ein sehr gläubiger Mensch. Vielleicht wollte er mit den Blumen seine Verehrung von St. Rasso ausdrücken?«

»Wofür steht dieser Heilige eigentlich?«

Agnes Rampoldt biss sich auf die Lippen und schwieg.

»Er wird um Wunder angefleht, wenn jemand Unterleibsleiden hat«, erklärte Haffmeyer an ihrer Stelle und grinste. »Bei Harn- und Nierensteinen zum Beispiel. Deshalb haben auch eine Menge Leute genau solche Harnsteine hinterlegt, wenn sie nach einer Heilung aus Dankbarkeit eine Wallfahrt zu Rassos Grab in Grafrath bei Fürstenfeldbruck machten.«

»Harnsteine ... als Dankesgabe? Gab es das hier in Schweinegg auch?«

Agnes Rampoldt und Willy Haffmeyer zuckten mit den Schultern.

»Es gibt also auch noch Dinge, die Willy Haffmeyer nicht weiß?«, wunderte sich Hansen.

»Ja, die gibt es. So weiß ich zum Beispiel, dass das Bayerische Landeskriminalamt manchmal im Funkverkehr den Rufnahmen Rasso verwendet – aber ich weiß nicht, ob die Kollegen dort überproportional häufig von Unterleibsleiden betroffen sind.«

Hansen warf Haffmeyer einen warnenden Blick zu, der aber nicht besonders streng ausfiel, weil er sich dabei ein Grinsen verkneifen musste.

»Und warum gibt es in Schweinegg eine Kapelle, die Sankt Rasso geweiht ist?«, fragte er nach einer kurzen Pause.

»Das weiß ich nicht«, antwortete Agnes Rampoldt, und sie wirkte ein bisschen eingeschnappt, weil Haffmeyer so despektierlich über den Patron der Kapelle gesprochen hatte. »Die Kapelle steht da schon seit dem achtzehnten Jahrhundert, die hat damals ein Schweinegger Bauer bauen lassen, weil die alte Holzkapelle baufällig geworden war.«

»Und seit wie vielen Jahren gibt es das Blumenbeet?«

»Das hat der Hans vor etwa fünfzehn Jahren angelegt«, berichtete die Alte weiter. »Damals war er noch der Gärtner vom Freiherrn, aber er hat genauso gründlich danach geschaut, als er in den Ruhestand ging und sich die Hütte auf der Waldlichtung gebaut hat.«

»Er war sehr eigen, was dieses Beet anging«, fügte Sabine Rampoldt hinzu. »Da durfte keiner auch nur ein welkes Blatt abzupfen. Wenn der Roth gemerkt hat, dass ein anderer als er dort geharkt oder gegossen hat, war der Teufel los.«

Hansen und Haffmeyer sahen sich vielsagend an, aber Sabine Rampoldt achtete nicht darauf und erzählte weiter.

»Sie können sich vorstellen, dass ich ein ordentliches Donnerwetter erwartet habe, als meine beiden Kinder beim Kicken auf der Wiese neben der Kapelle einmal versehentlich den Ball mitten ins Beet geschossen haben. Das hat einige Blumen ihre Blüten gekostet, aber als der alte Roth am nächsten Tag nach dem Beet schaute, hat er gar nicht geschimpft. Er hat mich gefragt, was da passiert sei – und als ich ihm von den Kindern und ihrem Ball erzählt habe, winkte er ab und beruhigte mich. Er harkte die Fußspuren weg, zupfte die zerdrückten Blumen raus und kam nicht wieder auf die Sache zu sprechen.«

Von der Straße her war der Motor eines Traktors zu hören, und kurz darauf stand Hannes Rampoldt in der Küche. Seine Frau stellte ihm die Besucher vor, dann ging sie ins Arbeitszimmer, um alles zu holen, was ihr Mann für Hansjörg Roth aufbewahrt hatte.

»Stimmt es, was sich die Leute erzählen?«, fragte der Bauer. »Wurde der alte Roth mit einer Armbrust erschossen?«

»So, erzählen sich die Leute das?«, versetzte Hansen.

»Ja, tun sie. Und vermutlich können Sie das morgen auch in der Zeitung lesen.«

»Wie kommen Sie darauf?«

»In unserer Gegend treibt sich heute ein Journalist herum, der die Leute offenbar über Roth ausfragt. Mich hat er auch schon angesprochen, vor einer halben Stunde auf dem Feld. Er schien schon ganz gut Bescheid zu wissen, aber von mir hat er nichts erfahren. Ich habe ihn davongejagt, da ist er in seinen Kombi gestiegen und weitergefahren. Ist übrigens keiner von hier, der Wagen hatte ein auswärtiges Kennzeichen.«

»Wo hat er Sie angesprochen?«

»Einen knappen Kilometer von hier.« Er deutete vage nach Norden. »Aber dort werden Sie ihn nicht mehr antreffen, er ist ja weggefahren. Er dürfte vor einer halben Stunde hier durchgekommen sein – vielleicht ist er zur Schloßbergalm rüber.«

Sabine Rampoldt kam mit einem großen Karton in den Raum, stellte ihn auf dem Boden ab und räumte dann die Aktenordner, Mappen und Umschläge aus dem Karton auf den Tisch. Es handelte sich um Schriftverkehr mit Behörden, Bankunterlagen und ein paar Urlaubspostkarten. Hansen erwog, Einweghandschuhe überzuziehen – aber auf dem Inhalt des Kartons gab es wohl keine verwertbaren Spuren mehr. Also drehte er einige der Postkarten um. Nicht jede Handschrift war leicht zu entziffern, aber mindestens eine hatte Ina Schönberg geschrieben – und das Bild auf der Vorderseite zeigte passenderweise Motive aus dem Generalife, dem in üppigen Gärten gelegenen Sommerpalast der Nasridensultane in Granada.

»Das können Sie gern alles mitnehmen«, sagte Rampoldt. »Wir fangen mit dem Zeug nichts mehr an. Vielleicht haben Sie auch jemanden, der mit der Bank und den Behörden alles regelt – das wird mir nämlich zu viel, und verwandt sind wir ja nicht mit dem alten Roth.«

»Es war auf jeden Fall sehr nett, dass Sie das all die Jahre für Herrn Roth erledigt haben. Wie kam es eigentlich dazu?«

»Das hat uns meine Mutter eingebrockt.« Er warf Agnes Rampoldt einen kurzen Blick zu, eher amüsiert als verärgert. »Sie hat Roth gern zugeschaut, wenn er im Beet gearbeitet hat. Und wenn er Pause gemacht hat, brachte sie ihm ein Bier oder einen Wein. Darüber sind sie ins Tratschen gekommen, und als Roth jammerte, dass er sich mit allem Schriftlichen so schwertue, hat meine Mutter gleich angeboten, dass ich das doch für ihn übernehmen könne. Tja, und so haben wir das dann halt auch gemacht.«

»Sind das alle Unterlagen, die Sie von Herrn Roth haben?«

»Ja, das ist alles.«

»Haben Sie eine Ahnung, wo er den Rest aufbewahrt haben könnte? Private Briefe vielleicht, Fotos, Rentenbescheide, Arbeitsverträge und Zeugnisse?«

»Da würde ich den Wank fragen, den Freiherrn, für den er früher gearbeitet hat. Den hat er regelmäßig besucht – auch, um sich den teuren Brandy oder einen besonderen Wein schmecken zu lassen. Die beiden saßen recht gern zusammen, Roth hat immer vom Ausblick geschwärmt, den er vom Schlösschen auf den See genossen hat. Und wenn er dort mal einen über den Durst getrunken hatte, ließ ihm der Freiherr immer ein Gästezimmer herrichten.«

Das weitere Gespräch mit Hannes Rampoldt und seiner Familie brachte keine neuen Informationen. Roth hatte ihnen wohl wenig von seiner Vergangenheit erzählt, und auch auf sie hatte er zwar den Eindruck gemacht, dass er eine Bürde mit sich herumtrug, aber sie hatten ihn nicht danach gefragt.

»Also vermutet Rampoldt dasselbe wie wir«, sagte Haffmeyer, als sie im Wagen saßen und der Bauernhof im Rückspiegel schnell kleiner wurde.

»Das liegt ja auch nahe. Ich bin gespannt, ob Drexel mit seinen Fragen bei Wank mehr Glück hat als wir.«

Haffmeyer rief Hanna an und sagte ihr, dass sie beide jetzt zur Schloßbergalm fuhren.

»Wir wollen uns dort mal nach einem Journalisten umschauen, der offenbar für einen Artikel über den Mord recherchiert. Und bei der Gelegenheit wollen wir auch gleich eine Kleinigkeit essen – hast du nicht auch Hunger?«

Den hatte Hanna Fischer natürlich, und sie versprach, sich sofort auf den Weg zu machen.

Auf dem Parkplatz der Schloßbergalm standen drei Autos und ein Traktor. Hansen stellte seinen Wagen neben dem Traktor ab, dann fotografierte er die Kennzeichen der drei Pkw. Einer der Wagen war von hier, die beiden anderen aus Stuttgart und Ulm. Der Ulmer Kleinwagen sah nach einem Blick durch die Seitenfenster aufgeräumt und frisch geputzt aus, nur auf der Rückbank befanden sich zwei Rucksäcke. Der Innenraum des Kombis aus Stuttgart dagegen war staubig und vermüllt. Im Kofferraum, dem die Abdeckung fehlte, lagen ein Koffer, eine Reisetasche und eine Umhängetasche, die groß genug war für einen Laptop. Auf das Armaturenbrett hatte jemand ein laminiertes Papierschild mit dem Aufdruck »Presse« platziert, und die Rückbank war übersät mit Bäcker- und Metzgertüten und diversem Kram, darunter ein Datenstick, eine Powerbank und zwei Ladekabel.

»Unser fleißiger Journalist scheint wirklich hier zu sein«, brummte Haffmeyer.

Hansen schickte das Bild mit dem Stuttgarter Kennzeichen an die Kollegen vom Innendienst und bat um eine Halterfeststellung, dann folgte er Haffmeyer, der bereits auf die Eingangstür der Gaststätte zustapfte. Sie hatten das Haus noch nicht erreicht, da eilte ihnen schon ein dünner Mann mit fliehender Stirn entgegen. Er trug eine Outdoorhose, hatte eine Digitalkamera in der Hand und machte Anstalten, die beiden Polizeibeamten zu fotografieren.

»Das lassen Sie besser bleiben!«, fuhr Hansen ihn an.

»Warum denn? Sie fotografieren mein Kennzeichen, also fotografiere ich Sie!«

Hansen hielt ihm seinen Dienstausweis unter die Nase.

»Sie fotografieren hier erst einmal gar nichts, sondern beantworten unsere Fragen.«

»Das ist Behinderung der Presse!«

»Eher Behinderung der Kriminalpolizei. Wenn Sie sich bitte ausweisen würden?«

Grummelnd ließ der Reporter seine Kamera sinken und nestelte eine Visitenkarte aus der Hemdtasche: »Ferry Hasselmann, Reporter«, war darauf zu lesen und darunter eine Handynummer und die Webadresse eines Internetblogs.

»Ich bin als freier Mitarbeiter für das wichtigste Blatt in Deutschland tätig.«

Er nannte den Titel einer Boulevardzeitung, als müsse allein das die beiden Beamten zum Strammstehen bewegen.

»Na ja«, bemerkte Hansen spöttisch, »über die Wichtigkeit dieses Blattes gibt es wohl mehr als eine Meinung. Und warum stecken Sie Ihre Nase in unseren Mordfall?«

»Ihr Mordfall? Das hätten Sie gern, was? Freies Land, freie Presse – und daran, dass ich diesen Fall morgen öffentlich mache, werden Sie mich nicht hindern können.« Er zog sein Handy aus der Gesäßtasche, startete die Diktierapp und hielt Hansen das Gerät unter die Nase. »Und jetzt gebe ich Ihnen Gelegenheit, etwas zum Stand der Ermittlungen zu sagen.«

»Tun Sie das Handy weg, Herr Hasselmann«, riet ihm Hansen in gefährlich leisem Tonfall. »Und jetzt will ich Ihren Ausweis sehen! Ein solches Pappkärtchen kann sich jeder drucken lassen!«

»Meinen Ausweis habe ich im Wagen.«

»Gut, dann gehen wir da jetzt hin. Die freie Presse darf gern vorgehen.«

Er machte eine ironische Verbeugung und ließ dem Reporter mit einer ausholenden Armbewegung den Vortritt. Umständlich tauchte Hasselmann ins Innere seines Wagens ab und holte den Personal- und den Presseausweis aus dem Handschuhfach. Hansen begutachtete beides, machte mit dem Handy ein Foto des Personalausweises und gab Hasselmann die Papiere wieder zurück.

»So, Herr Hasselmann, dann erzählen Sie mir doch bitte zunächst mal, was einen Reporter aus Stuttgart dazu bringt, sich für einen Mordfall im Allgäu zu interessieren.«

»Na, Sie werden ja wohl wissen, dass es für freie Journalisten so etwas wie einen Zuständigkeitsbereich nicht gibt!«

»Wenn Sie Ihre Spielchen jetzt nicht endlich lassen, dann bitte ich Sie ganz offiziell, mich ins Kommissariat nach Kempten zu begleiten, damit ich Sie dort befragen kann. Wir haben im Moment aber leider so viel zu tun, dass ich Sie auf eine mögliche Wartezeit vorbereiten muss. Und es wäre doch schade, wenn Ihre brandheiße Story deshalb morgen noch gar nicht erscheinen könnte.«

»Sie wollen mir drohen?«, fuhr Hasselmann auf, nahm sein Handy und tippte eine kurze Notiz ins Gerät.

»Nein, natürlich nicht. Aber wir wollen diesen Mordfall aufklären und von Ihnen wissen, wie Sie davon erfahren und mit wem Sie darüber schon gesprochen haben. Und wir haben zu viel zu tun, um uns auf Ihre Spielchen einzulassen.«

»Ich gebe doch meine Informanten nicht preis!«

»Jetzt hören Sie doch endlich mal mit dem Getue auf. Wie haben Sie von dem Todesfall erfahren? Das werden Sie mir doch hoffentlich verraten können, ohne gleich aus Ihrer Rolle als Fackelträger der freien Presse zu fallen!«

»Sie nehmen mich nicht ernst, stimmt's?«

»Ich wundere mich einfach, wie die Nachricht von einem Toten in der Füssener Gegend so schnell einen freien Reporter aus Stuttgart erreicht. Ich nehme an, dass es auch dort genug Mord und Totschlag gibt, um Sie beschäftigt zu halten.«

»Ich habe einfach gute Kont…«, setzte Hasselmann hochnäsig an, unterbrach sich aber mitten im Wort, als er sah, wie Hansen mit den Augen rollte. Der Reporter räusperte sich, ließ eine kurze Pause und fuhr mit gesenkter Stimme fort: »Na ja, ich mache gerade Urlaub in der Gegend. Bekannte von mir haben eine Ferienwohnung am Weißensee, die haben sie mir für zwei Wochen vermietet. Und als ich gestern Abend in Füssen noch auf ein Bier in eine Kneipe gegangen bin, habe ich aufgeschnappt, dass im Wald bei Eisenberg ein Toter gefunden wurde. Und als heute früh beim Bäcker die Kundin vor mir der Verkäuferin erzählt hat, dass ein Einsiedler tot in seinem Klohäuschen aufgefunden worden war, wurde ich natürlich hellhörig. Um ehrlich zu sein, habe ich die meisten Sehenswürdigkeiten in der Gegend schon besucht – also dachte ich mir: Kümmerst du dich halt mal um diese Geschichte mit dem toten Eremiten, das müsste doch eine spannende Story ergeben.«

»Das haben Sie alles beim Bäcker aufgeschnappt?«

Hasselmann zuckte mit den Schultern.

»Bei welchem Bäcker?«

Den Namen des Geschäfts hatte der Reporter nicht parat, aber als er die Lage des Ladens beschrieb, wusste Haffmeyer natürlich sofort, um welchen Bäcker es sich handelte.

»Aber fragen Sie mich bloß nicht nach dem Namen der Kundin«, fügte Hasselmann hinzu. »Ich habe sie zwar danach gefragt, als sie mit ihrer Bestellung fertig war – aber sie hat wohl gemerkt, dass ich nicht von hier bin. Jedenfalls ist sie ohne ein weiteres Wort an mir vorbei und raus aus dem Laden. Und als ich meine Brötchen gekauft hatte, war sie draußen nicht mehr zu sehen.«

»Und seither fragen Sie die Leute rund um Eisenberg aus?«

»Ja, natürlich, ich recherchiere für meine Geschichte.«

»Und haben Sie schon einen Abnehmer?«

»Klar, die Zeitung, für die ich frei arbeite. Toter Einsiedler im Klohäuschen, von einem Armbrustbolzen mitten in die Stirn getroffen – so was geht immer.«

Hansen seufzte, dann zückte er seine Visitenkarte, kritzelte die Durchwahl der Pressestelle des Polizeipräsidiums auf die Rückseite und gab die Karte dem Reporter.

»Rufen Sie wenigstens dort an und lassen Sie sich das wenige berichten, was wir bisher rausgeben können, um die Ermittlungen nicht zu gefährden. Vielleicht kann Sie der Kollege ja überzeugen, nicht alle Ihre Informationen rauszuposaunen. Denn damit würden Sie unsere Arbeit womöglich noch erschweren.«

Hasselmann nahm die Karte grinsend entgegen, und Hansen winkte schnaubend ab.

»Hätte ich mir ja denken können«, sagte er und ging an dem Reporter vorbei auf den Eingang der Alm zu. Haffmeyer folgte ihm, und mit etwas Abstand kam auch Hasselmann hinter ihnen her. In der Tür blieb Hansen stehen und drehte sich um.

»Was wollen Sie noch hier?«, fragte er.

»Sie befragen doch jetzt die Leute da drin, richtig? Das möchte ich gern mit anhören. Da fällt sicher etwas Interessantes für meine Story ab.«

»Das ist eine polizeiliche Ermittlung, kein Krimi-Event, Herr Hasselmann!«

Der Reporter hatte sich inzwischen direkt neben Hansen aufgebaut und sah den Kommissar herausfordernd an.

»Freies Land, freie Presse – Sie erinnern sich?«

Aus den Augenwinkeln sah Hansen, wie Haffmeyer sich an

den beiden anderen vorbeidrückte. Willy packte die Türklinke und zwinkerte seinem Chef zu.

»Ich kenn den Wirt hier«, erklärte er. »Es würde mich nicht überraschen, wenn er das Hausrecht ausübt und unserem Herrn Sensationsreporter die Tür weist.«

Damit war er auch schon drin.

Während Hansen mit dem Journalisten im Schlepptau einen Vorraum durchquerte, in dem sich der Tresen befand, beobachtete er den Wirt, einen kräftig wirkenden Mann mit grau meliertem Vollbart. Er hörte Haffmeyer zu, der neben ihm stand, und klatschte ihm dann seine rechte Pranke auf die Schulter. Als Hansen und Hasselmann den angrenzenden Gastraum erreicht hatten, huschte er an ihnen vorbei zu einem freien Tisch, räumte dort eine noch knapp zur Hälfte mit Kässpatzen gefüllte Auflaufform ab und stellte sie auf eine Durchreiche, hinter der das Küchenteam werkelte.

»He!«, protestierte Hasselmann und lief ihm nach. »Das ist mein Essen. Ich war noch gar nicht fertig!«

Der Wirt sah zu, wie die Essensreste in der Küche in den Mülleimer wanderten, hob den Kopf und spielte sehr unglaubwürdig den Zerknirschten.

»Oh, das tut mir jetzt aber leid – ich dachte, Sie seien schon gegangen. Sie wären nicht der Erste, der meine Kässpatzen nicht ganz schafft.«

»Na, hören Sie mal! Sie glauben doch wohl nicht, dass ich den vollen Preis bezahle, wenn Sie die Hälfte meines Essens wegwerfen!«

»Müssen Sie auch nicht.« Der Wirt baute sich vor Hasselmann auf. »Ihr Essen und Ihr Getränk gehen aufs Haus.«

Der Reporter, ein eher schmächtiger Typ, verstand die Geste des Hausherrn ganz richtig und trollte sich unter gemurmelten Verwünschungen. Wenig später hörte man draußen den alten Kombi wegfahren.

»So, Willy, jetzt setzt ihr euch mal, dann bring ich euch was, und wir können reden. Ist grad nicht so viel los, ich hab also ein bisschen Zeit.«

An den Tischen der Schloßbergalm saßen ein älterer Mann in schmutziger Cordhose, grobem Karohemd und ausgeblichener Stoffjacke sowie zwei Männer, die wie Handwerker wirkten, und ein Paar um die sechzig in traditioneller Wanderbekleidung. Alle schauten interessiert zu Hansen und Haffmeyer hinüber.

»Das sind zwei Beamte von der Kripo«, erklärte der Wirt seinen verbliebenen Gästen. »Die werden euch nachher auch noch einmal nach allem fragen, was ihr zu dem Todesfall drüben auf der Waldlichtung wisst – und anders als dem windigen Schreiberling von eben könnt ihr diesen beiden alles erzählen, was ihr auch mir schon gesagt habt.«

Die Handwerker und der Alte blickten weiterhin skeptisch drein.

»Leute, das ist der Willy Haffmeyer«, fügte der Wirt noch hinzu, um die letzten Zweifel zu zerstreuen. »Das ist einer von uns, der kommt aus Zell und lebt nach wie vor dort. Und der hier ...« Der Wirt deutete auf Hansen, wirkte nun aber etwas ratlos.

»Das ist mein Chef«, sprang ihm Haffmeyer schnell bei und nickte bekräftigend. »Es wäre also gut, wenn Sie uns nachher, sobald wir mit dem Wirt gesprochen haben, alles erzählen, was Sie wissen. Oder muss jemand von Ihnen gleich weg?«

Ihre Gläser waren noch mindestens zur Hälfte gefüllt, also schüttelten alle die Köpfe. Der Alte schaute weiterhin neugierig herüber, die anderen kehrten zu ihren Gesprächen zurück.

»Gut, was darf ich euch bringen?«, wollte der Wirt wissen. »Habt ihr Hunger?«

»Aber sicher!«, rief Hanna Fischer, die gerade zur Tür hereinkam. Sie nickte freundlich in die Runde, setzte sich mit Hansen und Haffmeyer zu Tisch und orderte »einfach eine Platte mit gutem Vesper« und drei Radler. Wenig später brachte ihnen der Wirt die Getränke und ein großes, reichlich bestücktes Holzbrett.

»Den Schnaps, der eigentlich mit zur Brotzeit gehört, habe ich weggelassen«, sagte er launig. »Ihr seid's ja im Dienst.«

Hanna griff sofort zu, was der Hausherr mit einem zufriedenen Lächeln quittierte, dann erzählte er, was er zum Tod von Hansjörg Roth aufgeschnappt hatte.

Die Nachricht vom Toten auf der Waldlichtung hatte schon am Vorabend die Runde gemacht, und am Morgen waren auch einige Details durchgesickert. Allem Anschein nach ließ sich die Spur der Gerüchte zu zwei Freundinnen zurückverfolgen – von denen die eine mit einem Polizisten der Polizeiinspektion Füssen verheiratet war. Haffmeyer kannte den Namen des Beamten, wusste aber nicht aus dem Stegreif zu sagen, ob es einer der beiden Polizisten gewesen war, die man auf der Lichtung zurückgelassen hatte, als sich Herrenschneider Creglinger dort umschauen wollte. Hansen beschloss, bei Gelegenheit ein ernstes Wort mit dem Beamten zu sprechen.

»Das ist zumindest alles, was ich mitbekommen habe«, schloss der Wirt seinen Bericht. »Aber meine Gäste wissen noch mehr zu erzählen – es hat übrigens niemand auch nur einen Piep davon diesem Schmierfinken verraten.«

Haffmeyer nahm ihre Personalien auf. Tatsächlich wussten alle Anwesenden etwas Hilfreiches zu berichten. Und obendrein passten die Informationen, die sie von den Gästen der Schloßbergalm bekamen, auch noch wunderbar zusammen.

Der Alte, der seinen Hof an den ältesten Sohn überschrieben hatte und nur noch frühmorgens im Stall mithalf, verbrachte seine Vormittage gewöhnlich in der Gaststube der Alm, stromerte den Nachmittag über durch die Gegend und kehrte am frühen Abend meistens in einem Gasthaus der Umgebung ein, wenn er nicht mit einem befreundeten Nachbarn auf ein paar Flaschen Bier zusammensaß. Manchmal war er mit dem betagten Ersatztraktor des Hofs unterwegs, den sein Sohn nicht gern fuhr. Der Altbauer kannte Roth seit Jahren, hatte ihn auch ab und zu besucht, ihm einen Selbstgebrannten seines Sohnes vorbeigebracht und dabei auch gleich selbst den einen oder anderen Schnaps für sich abgezweigt. Das hatte er auch am vergangenen Samstag so halten wollen, aber da hatte er Roth nicht auf der Lichtung angetroffen – also hatte er schnell noch einen Schluck direkt aus der Schnapspulle genommen und dann die fast volle Flasche vor Roths Hütte stehen lassen. Auf dem Heimweg – der Alte schwor Stein und Bein, die fünf Kilometer zu Fuß zurückgelegt zu haben, weil er ja zuvor Alkohol getrunken habe – seien ihm ein paar teure Geländewagen aufgefallen, die neben einem Feldweg nicht weit von Roths Lichtung entfernt geparkt waren. Es sei aber niemand bei den Autos gewesen, und die Kennzeichen seien auswärtig gewesen, er habe sich aber nicht gemerkt, woher genau, weil er schon »ziemlich müde« war, wie er meinte. Haffmeyer warf dem Wirt, der die Erzählung des Altbauern breit grinsend verfolgte, einen vielsagenden Blick zu. Auch Hansen war klar, dass der Altbauer vermutlich mit dem Traktor nach Hause gefahren war und sich die Herkunft der Geländewagen vor allem deshalb nicht hatte merken können, weil er vollauf damit beschäftigt war, nicht betrunken aus seinem Sitz zu kippen.

Den beiden Handwerkern war ebenfalls eine solche Gruppe teurer Geländewagen mit auswärtigen Kennzeichen aufgefallen. Sie hatten am Freitagnachmittag einen schmalen Weg neben einem Landgasthof in Röfleuten so unglücklich zugeparkt, dass die Handwerker mit ihrem Kleintransporter nicht durchgekommen waren, als sie an einem Haus am Ende der Sackgasse ihre Arbeit beendet hatten.

»Das ging natürlich gar nicht«, schimpfte einer der beiden. »Also sind wir zu den Burschen hin, die an einem Tisch in der Sonne fläzten und wohl aus lauter Durst und Faulheit direkt am Biergarten hatten parken wollen, und haben ihnen ordentlich Bescheid gestoßen!«

»Burschen?«, hakte Hansen nach. »Also junge Männer?«

Der Handwerker blinzelte und sah ihn irritiert an.

»Burschen halt, allzu jung waren die nicht mehr – vielleicht zwischen vierzig und fünfzig, sahen sehr nach Städter aus in ihren geschniegelten Klamotten. Frauen waren keine dabei.«

Hansen fragte sich, was an seiner Frage falsch gewesen sein mochte, und erkundigte sich dann bei dem Handwerker: »Haben diese Leute dort nur gegessen oder auch gewohnt?«

»Die haben übernachtet. Der Besitzer vom Gasthof ist wie aufgescheucht zu mir hergekommen und hat mich beruhigt. Er wollte unbedingt die Wogen glätten und hat vorgeschlagen, dass die Männer ihre Autos jetzt, da sie doch ihr erstes Bier ausgetrunken hätten, doch genauso gut ein paar Meter weiter auf den Parkplatz des Hotels fahren und von dort aus ihr Gepäck aufs Zimmer bringen könnten.«

»Gut, dann können wir in dem Gasthof nachhaken.«

»Am Montag stand übrigens keine dieser Protzkarren mehr beim Gasthof«, fügte der Handwerker hinzu. »Da kamen wir ohne Probleme zu unserer Baustelle.«

Die Beobachtungen des Ehepaars in Wanderkluft rundeten das Bild der Männer in den SUVs ab.

»Das ist gemeingefährlich, was diese Leute da treiben!«, empörte sich der Mann, und auf seinen Wangen zeichneten sich rote Flecken ab. »Meine Frau und ich machen schon seit vielen Jahren immer wieder Urlaub hier in der Gegend – aber so etwas ist uns noch nicht untergekommen. Und wie ich gleich nach dem ersten Zusammentreffen mit diesen Leuten zu meiner Frau sagte: Das geht nicht lange gut. Und jetzt ist ja auch wirklich dieser arme Mann in seinem Klohäuschen ums Leben gekommen!«

Der Wandersmann hatte brav gewartet, bis er an die Reihe kam, aber nun war er nicht mehr zu bremsen. Praktisch aus dem Stand hatte er eine wahre Schimpftirade vom Stapel gelassen und die Männer mit Vorwürfen überhäuft. Immer wieder nahm er Roths Ableben als Beweis für seine These, dass das eigentlich gar nicht gehe, was die Fremden da im Wald getrieben hätten. In seiner Erregung vergaß er jedoch zu erwähnen, welches Verhalten ihn eigentlich so erzürnt hatte.

»Was haben die Männer denn gemacht, dass Sie sich so darüber aufgeregt haben?«, versuchte Hansen ihn deshalb aufs Wesentliche zu lenken.

»Na, Sie sind gut! Da soll ich mich nicht aufregen? Die haben meine Frau und mich nur um Haaresbreite verfehlt, das kann ich Ihnen sagen! Um Haa-res-brei-te!«

»Verfehlt … womit?«

Der Wanderer sah ihn verständnislos an, dann brach es aus ihm heraus: »Ja, mit diesen Armbrüsten natürlich! Wovon rede ich denn die ganze Zeit?«

»Sie wollen damit sagen, dass Sie und Ihre Frau von diesen Leuten mit Armbrustbolzen beschossen wurden?«

»Na ja, mit Absicht beschossen werden sie uns hoffentlich nicht haben, aber sie hätten uns jedenfalls fast getroffen! Das ist gemeingefährlich, was diese Leute da treiben! Da muss die Polizei doch einschreiten! Aber natürlich wird auch diesmal erst wieder gehandelt, wenn es zu spät ist, wenn schon ein Mensch deswegen sterben musste, nicht wahr?«

Ein ätzender Unterton hatte sich in die Stimme des Wanderers geschlichen, aber Hansen tat so, als falle ihm das nicht auf.

»Jetzt erzählen Sie bitte ganz genau und der Reihe nach, was vorgefallen ist.«

Der Wandersmann wollte erneut aufbrausen, da legte ihm seine Frau eine Hand auf den Unterarm. Er fing ihren tadelnden Blick auf, räusperte sich, atmete ein paarmal tief durch und setzte dann neu an.

»Also ... Wir sind seit Donnerstag in der Gegend. Wir haben im Bären in Zell ein Zimmer gemietet, wie meistens, wenn wir herkommen, und unternehmen seither Wanderungen durch die Umgebung. Für den Samstag hatten wir eine schöne Tour zusammengestellt: von unserer Unterkunft in Zell aus zum Kögelweiher und zum Attlesee, dann rüber nach Nesselwang, wo wir zu Mittag essen wollten, und dann über die Kappeler Alp, die Hündeleskopfhütte und Rehbichl zurück nach Zell.«

Hansen machte sich erst gar nicht die Mühe, sich die Strecke vorzustellen oder gar zu merken – außer den Ortsnamen Zell und Nesselwang hatte ihm nichts von dem etwas gesagt, was der Wanderer gerade heruntergebetet hatte. Willy Haffmeyer dagegen hatte die Route offenbar sofort vor Augen.

»Respekt«, sagte er. »Da sind Sie doch sicher sieben Stunden unterwegs.«

»Na, wir sind eben gut zu Fuß, meine Frau und ich. Da hätten wir sicher keine sieben Stunden gebraucht – nicht einmal, wenn wir uns mit dem Mittagessen in Nesselwang Zeit gelassen und unterwegs noch ein paar Radler getrunken hätten.«

Er bedachte Haffmeyer mit einem gönnerhaften Lächeln, und Hansen war seinem Kollegen dankbar für den Einwurf. Spätestens jetzt war die Laune des Ulmers wieder im grünen Bereich. Deshalb überließ er Haffmeyer auch die nächste Frage.

»Und was genau haben Sie nun im Wald erlebt? Ich nehme

an, Sie waren unterhalb einer der beiden Burgruinen hier in der Nähe?«

»Genau da. Wir haben uns von Zell aus westlich der Burg Hohenfreyberg gehalten – natürlich haben wir uns die beiden Ruinen schon während unserer früheren Ausflüge hierher angeschaut. Unterwegs sind wir an einer ganzen Reihe von Geländewagen vorbeigekommen, die einfach so auf der Wiese geparkt waren. Ich wollte mir noch die Kennzeichen notieren und der Polizei melden, aber meine Frau wollte sich nicht die schöne Wanderung verderben lassen. Also sind wir weitergegangen und dabei auf dem Weg geblieben, der östlich des Schlossweihers zwischen Schilf und Waldrand verläuft. Und plötzlich hörte ich rechts vor uns ein Geräusch, als würde jemand eine Axt in einen Baumstamm schlagen. Derselbe Schlag erklang noch zwei- oder dreimal. Dann raschelte und knackte es, erst ziemlich weit entfernt, dann ganz in der Nähe, und Sekunden später brachen drei Männer aus dem Unterholz. Sie trugen diese lächerlichen Outdoorklamotten, die heute alle so viel moderner finden als die gute alte Wanderkluft.«

Er schnaubte, seine Frau lächelte milde dazu und zuckte entschuldigend mit den Schultern.

»Die drei Männer trugen ärmellose hellgrüne Leibchen über ihren Hemden, so eine Art Trikot, aber ohne Rückennummer oder Namen drauf. Alle hielten eine Armbrust in der linken Hand. Vermutlich wollten sie die Bolzen einsammeln, die sie gerade verschossen hatten. Ich denke, diese Bolzen hatten die Geräusche verursacht. Sie waren bei ihrer Suche so konzentriert, dass sie meine Frau und mich gar nicht bemerkten. Also ging ich ein Stück in ihre Richtung. Alle drei wandten mir den Rücken zu, und einer zog gerade einen Bolzen aus dem Baumstamm, in dem er steckte.«

»Hatten Sie nicht gesagt, dass die Männer Sie nur um Haaresbreite verfehlt hätten?«

»Na ja, der getroffene Baum war schon zehn Meter von uns entfernt …«

»Zwanzig«, korrigierte ihn seine Frau.

»Das klingt nicht nach Haaresbreite«, merkte Hansen an.

»Sie müssen sich diesen Schreck vorstellen! Da wandern Sie arglos durch Gottes schöne Natur, und dann – zack, zack, zack! – schlagen direkt vor Ihnen diese tödlichen Geschosse in den Baum.«

»Zwanzig Meter von Ihnen entfernt …«

»Ja, hätte ich mich vielleicht noch in die Flugbahn dieser Geschosse werfen sollen, damit Sie mir glauben, wie gefährlich so etwas ist?«

»Keine Sorge: Ich weiß, dass das gefährlich ist – und auch, dass man damit nur schießen darf, wenn man sicher sein kann, dass man niemanden gefährdet. Warum haben Sie die Männer nicht angezeigt?«

»Ich habe ja schon erzählt, dass ich zu ihnen hingegangen bin. Und wie ich dem einen Mann so mit dem Knauf meines Wanderstocks auf die Schulter tippe, dreht der sich um wie von der Tarantel gestochen und zielt mit seiner Armbrust direkt auf mein Gesicht.«

»Er hat Sie mit seiner Armbrust bedroht? Das wäre noch ein weiterer Grund, ihn anzuzeigen!«

»Das Ding war nicht geladen, und er hat sich auch gleich

bei mir entschuldigt. Offenbar hatte er geglaubt, einer seiner Bekannten habe ihn von hinten angetippt. Die Männer hatten ihre Geländewagen auf der Wiese abgestellt, sich dann in zwei Gruppen aufgeteilt und sich dementsprechend hellgrüne und hellblaue Leibchen übergestreift. Im Wald rund um die Burgruinen veranstalteten sie eine Art Schnitzeljagd und versuchten sich mit Treffern auf irgendwelche Baumgruppen zuvorzukommen. Ganz verstanden habe ich das nicht, aber später haben wir in der Ferne auch noch welche von den Blauhemden herumschleichen gesehen.«

»Und was ist dann passiert?«

»Ich habe ihm ordentlich Bescheid gestoßen, dass er und seine Kumpanen keine anderen Menschen gefährden dürften – und dass es außerdem nicht angehe, seinen SUV einfach auf der Wiese abzustellen.«

»Wie hat er reagiert?«

»Als ich drohte, ihn und seine Freunde deswegen anzuzeigen, zeigte er auf seine rechte Schulter und erklärte mir, mich in diesem Fall ebenfalls anzuzeigen – wegen Körperverletzung.«

»Weil Sie ihn mit dem Wanderstock angetippt haben?«

»Na ja ...« Er wand sich. »Ich hab schon etwas energischer getippt ...«

Hanna und Willy hatten Mühe, ernst zu bleiben. Hansen dagegen war vor allem genervt von der umständlichen Erzählweise des Mannes.

»Was ich noch fragen wollte: Haben die drei Bolzen denselben Baum getroffen?«, fragte er schließlich.

»Nein, nein, die gingen vogelwild mal nach oben, mal nach

unten, und die Bäume, in die sie einschlugen, standen einige Meter auseinander. Aber da sehen Sie natürlich auch, wie leicht meine Frau und ich –«

Hansen unterbrach ihn mit einer knappen Handbewegung, bedankte sich bei allen Anwesenden für ihre Informationen und sah zu, dass er mit Hanna und Willy aus der Alm kam.

Hanna kündigte an, wieder ins Büro nach Kempten zu fahren, während Hansen und Willy dem Gasthof in Pfronten einen Besuch abstatten wollten – doch bevor sie in ihre Autos steigen konnten, bekam Hansen einen Anruf von Roman Drexel. Der Kriminaltechniker war mit einigen Kollegen auf dem Anwesen von Rupert Wank, um an dessen Armbrüsten Spuren zu sichern. Zwischendurch hatte Drexel mit dem Freiherrn geplaudert und ihn beiläufig gefragt, wo im Wohnhaus oder in einem der Nebengebäude Roth denn übernachtet habe, wenn er von Wank ab und an zu ein paar Gläschen Brandy eingeladen worden war, wie man sich erzähle.

»Das wechselte«, hatte Wank, ohne zu zögern, geantwortet. »Meistens schlief er in einem der Gästezimmer hier im Haus, aber auch mal in einer Stube drüben in dem Häuschen, in dem auch die Gärtnerwohnung untergebracht ist.«

Auch davon, dass er einige persönliche Unterlagen für Roth aufbewahrt habe, die sonst in der Waldhütte womöglich Schaden genommen hätten, hatte Wank dem Kriminaltechniker freimütig berichtet.

»Ich kann Ihnen nicht sagen, Herr Hansen, ob er sich da einfach nur verplappert hat oder ob ihm bewusst war, dass er mir etwas erzählt, was er Ihnen verschwiegen hat«, meinte

Drexel. »Wank wirkt auf mich allerdings sehr kontrolliert, deshalb vermute ich eher, dass es ihm jetzt in den Kram passte, uns diese Informationen zu geben, und gestern eben noch nicht.«

Um das selbst zu überprüfen, machte sich Hansen auf den Weg zu Wanks Anwesen, und Willy und Hanna übernahmen die Aufgabe, im Gasthof in Pfronten die Personalien der Armbrustfreaks in Erfahrung zu bringen.

Drexel hatte Hansen offenbar angekündigt, denn das große Tor an der Einfahrt schwang schon auf, als sein Wagen noch auf die Zufahrt zurollte. Hansen stellte den Wagen neben der Treppe ab, stieg aus und ging die flachen Stufen zur Eingangstür hinauf. Butler Steffens stand mit unbeweglicher Miene auf der Schwelle. Er hieß den Kommissar willkommen und führte ihn nach oben in das Arbeitszimmer, das er schon von der ersten Besprechung her kannte. Die große Holztür stand diesmal offen. Wank lehnte entspannt an seinem Schreibtisch und beobachtete die Arbeit der Kriminaltechniker. Als er Hansen bemerkte, kam er ihm entgegen.

»Ah, Herr Hansen«, begrüßte er ihn in aufgeräumtem Tonfall. »Ich bin untröstlich, dass ich Ihnen durch meine Vergesslichkeit diesen zusätzlichen Besuch aufgebürdet habe.«

Auf der Miene des Hausherrn zeichnete sich allerdings keine Spur von Bedauern ab, ohnehin hätte Hansen ihm kein Wort geglaubt.

»Das ist kein Problem«, schwindelte Hansen. »Ich wollte mir ohnehin noch einmal ein Bild von der Arbeit der Spurensicherung machen. Sie haben Kollege Drexel gegenüber erwähnt, dass Herr Roth einige Mal hier auf dem Grundstück übernachtet hat – und dass Sie einige persönliche Dokumente für ihn verwahren. Das habe ich richtig verstanden?«

»Ja, wie gesagt, entschuldigen Sie bitte, dass ich das gestern zu erwähnen vergaß.«

Er schien sich nicht im Mindesten daran zu stören, dass es zwischen Vergessen und Verschweigen auf eine konkrete Frage hin einen deutlichen Unterschied gab.

»Wollen wir uns die Unterlagen ansehen, die ich von Herrn Roth im Haus habe?«, schlug er vor. »Ich habe sie der Einfachheit halber gleich in das Gästezimmer bringen lassen, in dem er am häufigsten übernachtete.«

Wank ging hinaus auf den Flur und erklomm erst eine breite und recht bequeme Treppe in den zweiten Stock und dann eine schmalere und steilere ins darüberliegende Dachgeschoss. Hier oben war es nicht so hell wie in den unteren Etagen, und auch die Bodenbeläge und das Mobiliar waren deutlich schlichter gehalten. Hansen konnte sich nicht vorstellen, dass Wank tatsächlich hier oben seine Gäste unterbrachte – das Ganze wirkte eher wie ein Trakt für Bedienstete.

Das Zimmer war tadellos sauber, doch alles wirkte viel beengter als in den anderen Etagen, was durch die Dachschräge, in die eine kleine Gaube eingelassen war, noch verstärkt wurde. Es gab ein Einzelbett, einen zweitürigen Kleiderschrank, ein offenes Regal und einen einfachen Tisch mit zwei gepolsterten Holzstühlen. Von dem Zimmer ging ein kleines Bad mit Dusche, Waschbecken und WC ab.

»Wollen Sie die Unterlagen gleich hier durchsehen?«

Wank deutete auf einen Umzugskarton, der sich auf dem Tisch befand. Hansen klappte den Kartondeckel auf. Auf den ersten Blick sah er einige Aktenordner, gebundene Bücher, ein paar Kalender, eine Aktenmappe, deren Spannriemen kaum die überbordende Menge an Papier zusammenhalten konnten, die darin steckte, und allerlei Krimskrams.

»Nein, ich nehme den Karton mit. Das sind doch alles Herrn Roths Sachen, oder möchten Sie einen Teil davon zurückhaben?«

»Nehmen Sie nur alles mit, ich brauche davon nichts mehr. Ja, es gehörte alles Roth. Steffens wird Ihnen den Karton zum Auto tragen.«

»Das schaff ich schon allein, danke. Haben Sie noch mehr im Haus, was Herrn Roth gehört hat?«

»Nein, das ist alles.«

»Und damit Sie nicht vergessen, etwas zu erwähnen, frage ich lieber ganz konkret nach: Sie haben auch nirgendwo sonst auf dem Grundstück oder in einem Ihrer sonstigen Häuser, Büros oder meinetwegen in irgendeinem Bankschließfach etwas von Herrn Roth?«

Um Wanks Mund spielte ein Grinsen, und Hansen ärgerte sich, dass er seiner Gereiztheit mehr freien Lauf gelassen hatte, als er wollte.

»Gut, dass Sie fragen, Herr Kommissar, aber die Antwort bleibt: Nein.«

Hansen schaute sich in dem Raum um. Nichts deutete darauf hin, dass das Zimmer dauerhaft bewohnt war. Es schien sich wirklich um ein Gästezimmer zu handeln, in dem außer Leuten wie Roth vielleicht auch Leute übernachteten, die vorübergehend in Wanks Diensten standen. Dann blieb Hansens Blick an den Fachböden des offenen Regals hängen.

133

»Vielleicht dürfte ich Sie bitten, noch einmal über eine Ihrer Antworten nachzudenken, Herr Wank.«

»Und welche wäre das?«

»Sie haben dem Kollegen Drexel erzählt, dass Herr Roth nur sporadisch hier übernachtete. Es war also nicht sein Zimmer, das mehr oder weniger ständig für ihn bereitstand, also etwa für den Fall, dass der Winter zu hart werden würde für Übernachtungen auf der Waldlichtung – habe ich das richtig verstanden?«

»Ja.«

»Und die Sachen in diesem Karton wurden wo genau aufbewahrt?«

Wank zuckte mit den Schultern.

»Sie werden entschuldigen, wenn ich nicht über jeden Karton Bescheid weiß, der auf meinem Grundstück lagert.«

»Die Sachen waren also die ganze Zeit über in diesem Karton verstaut?«

»Auch das gehört nicht zu den Dingen, um die ich mich persönlich kümmere.«

Wanks Antwort war diesmal etwas zögernd gekommen, und er beobachtete Hansen dabei aufmerksam, als würde es ihn interessieren, worauf der Kommissar hinauswollte. Der deutete nun stumm auf die Regalböden. Dort zeichneten sich kaum merkliche Staubränder ab, die durchaus zu den Maßen von Aktenordnern und Büchern passen konnten, die bis vor Kurzem dort gestanden und gelegen hatten.

»Na, so was«, kommentierte Wank die Geste. »Da hat doch Steffens tatsächlich mal ein Detail übersehen.«

Hansen kehrte mit Wank in dessen Arbeitszimmer im ersten Stock zurück. Dort waren die Kriminaltechniker mittlerweile fertig mit ihrer Arbeit und packten ihre Ausrüstung zusammen. Einer von ihnen versprach, den Karton mit Roths persönlicher Habe mitzunehmen, den Hansen aus der Dachkammer mitgebracht hatte. Drexel war anzusehen, dass er dem Leiter des KI unbedingt etwas unter vier Augen mitteilen wollte.

»Wären Sie wohl so freundlich, Ihren Butler zu holen?«, wandte sich Hansen an den Hausherrn. »Wir würden ihm und Ihnen gern noch einige Fragen stellen.«

Wank blinzelte zwar irritiert, weil er es nicht gewohnt war, dass ein Gast ihn in seinem eigenen Haus wie einen Laufboten losschickte, um einen seiner Bediensteten zu holen, aber Hansen machte nicht den Eindruck, als würde er mit der Bitte eine Machtprobe versuchen, also ging er in den Flur hinaus. Drexel wartete, bis der Hausherr den Raum verlassen hatte.

»Mit einer der Armbrüste, die hier an der Wand hingen, wurde geschossen«, berichtete er Hansen mit gesenkter Stimme. »Die Spuren, die wir sichern konnten, deuten auf einen Bolzen derselben Bauart wie das Geschoss hin, durch das Roth starb. Jemand hat sich viel Mühe gegeben, die Fingerabdrücke abzuwischen, aber ich könnte mir vorstellen, dass wir an einigen nicht so gut zugänglichen Stellen noch Genmaterial oder andere hilfreiche Spuren finden könnten. Deshalb würde ich die Armbrust gern mitnehmen.«

»Gute Idee«, antwortete Hansen.

»Wollen Sie Wank auf die benutzte Armbrust ansprechen, oder soll ich das übernehmen?«

Steffens konnte sich nicht weit entfernt vom Arbeitszimmer seines Chefs aufgehalten haben, denn die beiden betraten gerade wieder den Raum.

»Machen Sie das, Herr Drexel«, raunte Hansen, während er die beiden Männer musterte, die auf sie zukamen. »Roth hatte unterm Dach wohl doch ein eigenes Zimmer – dazu werde ich zunächst ein paar Fragen stellen.«

Wank ließ sich nicht anmerken, ob er Hansens letzte Worte verstanden hatte. Er machte eine einladende Handbewegung und bat die beiden Beamten zur Sitzgruppe am Fenster.

»Bitte nehmen Sie Platz«, sagte er.

Rupert Wank wirkte auch jetzt wie ein charmanter Gastgeber, nicht wie ein Mann, der Angst hatte, dass irgendwelche Geheimnisse ans Licht kommen könnten. Er wartete, bis sich Drexel und Hansen in ihre Sessel sinken ließen, erst dann nahm er selbst Platz.

»Einen Brandy vielleicht oder einen Kaffee?«

»Nein danke«, lehnte Hansen ab. Er sah zu Steffens hinüber, der sich hinter den Sessel seines Chefs gestellt hatte. »Würden Sie sich bitte zu uns setzen, Herr Steffens?«

Er deutete auf den freien Platz neben Wank, was nicht nur dem Freiherrn unangenehm war, dem das Benehmen seines Besuchers nun doch allmählich gegen den Strich ging, sondern auch dem Butler, der es nicht gewohnt war, sich in diesem Haus wie ein Gast oder gar wie der Hausherr selbst zu verhalten. Er warf Wank einen fragenden Blick zu, der müde abwinkte und nickte. Steffens zögerte noch kurz, dann ging er zu dem Sessel und ließ sich vorsichtig auf dem Ledermöbel nieder.

»Herr Steffens«, begann Hansen, »wann haben Sie denn Herrn Roths Sachen in den Karton gepackt?«

Der Butler stutzte und warf Wank einen schnellen Blick zu.

»Mir wäre es lieb, Herr Steffens, wenn Sie mir antworten würden, ohne sich vorher mit Ihrem Chef abzustimmen. Ginge das, bitte? Sonst könnte ich ihn ja gleich selbst fragen.«

»So genau weiß ich das jetzt gar nicht mehr, ich …«

Steffens schaute erneut zu seinem Chef, der ihn auch mit seinem Blick zu beschwören schien, aber offenbar wurde der Butler in diesem Fall nicht schlau aus Wanks Miene.

»Entschuldigen Sie bitte, Herr Kommissar«, sagte er. »Das ist alles gerade etwas viel für mich.«

»Inwiefern?«

Steffens räusperte sich, und es schien ihn Mühe zu kosten, die gewohnte Fassung zu wahren.

»Der Tod von Herrn Roth lässt mich nicht so kalt, wie es nach außen hin scheinen mag. Ich lernte ihn kennen, als er in die Dienste des Hauses Wank trat. Ich lernte ihn schätzen, weil er für das Haus gut und zuverlässig gearbeitet hat. Und ich mochte ihn als Menschen, er war auf seine Art ein netter Kerl. Ich hätte mir für ihn nur gewünscht, dass er sich besser im Griff gehabt hätte, gerade mit Blick auf seinen Alkoholkonsum. Wie auch immer – ich möchte Sie bitten, ein wenig Nachsicht mit mir zu haben. Wie genau müssen Sie von mir wissen, wann ich Herrn Roths Sachen in diesen Karton gepackt habe?«

Hansen hatte die Miene des Butlers während seiner kleinen Ansprache aufmerksam betrachtet. Anfangs hatte sein Blick nervös geflackert, doch dann hatte sich das hagere Gesicht des

Mannes wieder etwas entspannt. Bei der Schilderung seiner Gefühle für Roth hatte sich sogar der Anflug eines wehmütigen Lächelns auf die markanten Züge geschlichen. Doch nun hatte sich Steffens wieder völlig im Griff und sah den Kommissar mit jener etwas herablassend wirkenden Mischung aus Ernst, Konzentration und Selbstsicherheit an, mit der er Hansen bisher meist begegnet war.

»Mir würde es reichen, wenn ich wüsste, ob es eher vor einem oder eher vor vier Monaten war.«

Steffens stutzte.

»Dieses Spielchen können wir uns, glaube ich, sparen, Herr Kommissar«, mischte sich Wank ein.

»Wenn Sie bitte Herrn Steffens antworten lassen würden!«, fiel ihm Hansen ins Wort, aber Wank kümmerte sich nicht weiter um dessen Einwand und wandte sich nun an seinen Butler.

»In der Dachkammer hat Herr Hansen einige Staubränder entdeckt, und daraus schließt er, dass sich Roths Sachen noch vor Kurzem im Regal unter dem Fenster befunden haben.«

»Vielleicht ist es besser, wenn ich Sie und Ihren Mitarbeiter getrennt befrage«, knurrte Hansen.

»Ach, und welches Zimmer in meinem eigenen Haus wollen Sie mir zuteilen, Herr Kommissar? Jetzt hören Sie bitte auf! Steffens ist mein Butler, und falls er Ihnen jetzt nicht die Antwort gegeben hätte, die Sie gern von ihm hören wollen, hätte das noch gar nichts bedeutet. Zum Berufsbild eines Butlers gehört absolute Loyalität – also hätte er notfalls auch gelogen, wenn ich ihn darum gebeten hätte. Oder auch schon, wenn er nur vermutet hätte, dass ich ihn darum bitten könnte.

Deshalb hat er auf Ihre Frage hin erst einmal mich angeschaut, bevor er antwortete.«

Wank war nur ein bisschen lauter geworden, aber dass er
sehr aufgebracht war, konnte man ihm leicht ansehen. Auch
Hansen näherte sich allmählich seinem Siedepunkt, versuchte
sich aber zu beherrschen.

»Gut«, presste er hervor, »dann erzählen Sie mal, wann die
Sachen vom Regal in den Karton gelangt sind. Sie können
auch gern gemeinsam antworten – ich hätte nur gern endlich
mal eine Antwort!«

Drexel verfolgte den Schlagabtausch aufmerksam, als wollte
er dadurch etwas über den Charakter von Wank und den von
Hansen erfahren. Steffens fühlte sich sichtlich unwohl in dieser Situation und schaute erneut erst seinen Chef an, bevor
er etwas sagte. Wank nickte ihm nur knapp zu.

»Sie haben richtig vermutet, Herr Kommissar«, sagte er
nun bedächtig. »Roths Sachen waren bis gestern in dem Regal
unter den Fenstern der Dachkammer gelagert. Ich habe sie
durchgesehen und dann in den Karton gepackt, den Ihr Kollege von der Spurensicherung mitgenommen hat.«

»Das haben Sie vermutlich getan, nachdem ich gestern hier
war, richtig?«

»Richtig.«

Hansen wandte sich an Wank.

»Und warum haben Sie mir gestern nichts von den Unterlagen erzählt – und davon, dass Roth doch noch ein Zimmer
in Ihrem Haus hat?«

»Nun ja, er hatte nicht wirklich noch ein Zimmer hier, es
waren nur noch Sachen von ihm im Regal. Weil er nicht mehr

als Gärtner für mich arbeitete, musste er die kleine Gärtnerwohnung natürlich für seinen Nachfolger räumen. Hier im Haus dagegen hatte ich die Zahl der Zimmer für Mitarbeiter großzügig planen lassen – was dazu führte, dass immer zwei oder drei Zimmer leer standen. Den Raum, den ich Ihnen gezeigt habe, hatte ich Roth deshalb als neues Quartier angeboten. Ich hätte nie gedacht, dass er das mit der Waldhütte wirklich durchziehen würde. Ich hielt das am Anfang nur für die fixe Idee eines schrägen Vogels. Und deshalb ließ ich ihm die Dachkammer herrichten und alle seine Sachen dorthin bringen. Er hat dort auch tatsächlich eine Weile gewohnt, so lange eben, bis die Waldhütte fertig war. Dann ist er auf die Lichtung gezogen, hat nach und nach die Sachen abgeholt, die er dort brauchen konnte, und den Rest haben wir einfach im Zimmer gelassen. Irgendwann hat er noch den Kleiderschrank leer geräumt, und wir haben die Sachen, die er nicht mehr haben wollte, für ihn zur Kleiderkiste nach Füssen gebracht.«

Er schmunzelte.

»Um ehrlich zu sein: Die haben dort nur ganz wenig davon brauchen können, das meiste landete im Container. Jedenfalls war seit damals nur noch das Regal belegt, mit den Sachen, die Steffens in den Karton gepackt hat. Seit Roths Auszug habe ich das Zimmer so wenig gebraucht wie vorher, also konnte ich es genauso gut leer stehen lassen – und damit hatte der alte Roth, wenn es mal nötig war, immer ein freies Bett zur Verfügung.«

Wank schlug die Beine übereinander und rückte in eine noch bequemere Sitzposition.

»Wissen Sie, Roth war ein brillanter Gärtner, und ich hatte nie Grund, mich über ihn zu beklagen. Wenn er sich betrank, hatte ich deswegen keinen Ärger, und seine Arbeit litt auch nicht darunter – was sollte ich ihm also sein … nun ja … gewissermaßen sein einziges Hobby nehmen? Aber er war schon auch ein seltsamer Mensch, mit Schrullen und Eigenheiten. Und wenn ihm einer in die Arbeit pfuschte, konnte er richtig fuchsig werden. Sogar gegen mich hat er mal die Stimme erhoben, als ich ihm einen Auftrag gab, den er für unsinnig hielt. Zum Glück hat das kein anderer meiner Mitarbeiter mitbekommen, sonst hätte ich Roth natürlich sofort entlassen müssen.«

Steffens schwieg neben ihm mit unbewegter Miene und sah abwechselnd Hansen und Drexel an.

»Ich habe Roth nicht gern in den Ruhestand entlassen, das können Sie mir glauben. Aber er hat mich so lange darum gebeten, ihm diese Lichtung als Bleibe zur Verfügung zu stellen, dass ich irgendwann nachgegeben habe. Schon wenige Wochen nachdem er die Waldhütte bezogen hatte, ging es ihm deutlich besser. Er hat nach wie vor zu viel getrunken, aber er blühte trotzdem geradezu auf. Das hat mich gefreut für ihn, und wir haben uns dann ab und zu unterhalten, wenn er mich besucht hat.«

»Schön, Herr Wank«, sagte Hansen. »Aber das alles erklärt noch nicht, warum Sie mich gestern angelogen haben. Ich vermute, auch Ihre neue Gärtnerin war gestern nicht unterwegs, sondern sehr wohl hier auf dem Grundstück – und Sie wollten sie nur instruieren, bevor sie mit mir redete.«

Wank ließ ein leichtes Lächeln durchschimmern.

»Nun ja, Herr Kommissar ... Normalerweise würde ich jetzt sagen: Ich hatte meine Gründe. Und niemand würde sich herausnehmen, weiter nachzubohren. Aber ich fürchte, in Ihrem Fall wird das nicht reichen.«

Hansen nickte, sagte aber nichts.

»Ich hatte ja schon erwähnt, dass Roth seine Schrullen und Macken hatte. Ich hatte ihn schon während seiner Zeit als Gärtner ab und zu auf ein Gläschen eingeladen, um ihm die Zunge zu lockern. Ich habe den Verdacht, dass er früher nicht immer alle Regeln eingehalten hat, wenn Sie verstehen ...«

»Tut mir leid«, erwiderte Hansen und sah Wank forschend an. Was wusste der Freiherr von Roths Vorleben? »Da müssen Sie schon etwas konkreter werden.«

Aus dem Augenwinkel bemerkte Hansen, wie Steffens sein Gewicht auf dem Sessel leicht verlagerte. Aber das tat er vielleicht nur, um seinen Arbeitgeber besser sehen zu können.

»Ich könnte mir vorstellen, dass Sie als Kriminalbeamter das auch kennen: Man spricht mit einem Menschen, erlebt ihn, beobachtet ihn vielleicht auch mal – und irgendwann hat man das Gefühl, dass dieser Mensch ein Geheimnis mit sich herumträgt. Irgendetwas Düsteres, das ihn belastet, an manchen Tagen beinahe niederdrückt. Das weckt Ihr Interesse, und Sie achten fortan auf Kleinigkeiten im Gespräch und auf Reaktionen der Person. Und irgendwann ... wie soll ich sagen? Irgendwann kommt Ihnen der Verdacht, dass das Geheimnis dieses Menschen irgendetwas Kriminelles ist, was er in seinem früheren Leben begangen hat, verstehen Sie?«

Wank erhob sich, goss sich einen Brandy ein und trank einen ordentlichen Schluck, als er wieder auf seinem Sessel saß.

»Hat er Ihnen Hinweise auf so ein früheres Leben gegeben?«, fragte Hansen.

»Nicht direkt, leider. Obwohl ich zugeben muss, dass ich ihm manchmal noch ein Gläschen mehr eingeschenkt habe, in der Hoffnung, dass er sich vielleicht in etwas betrunkenerem Zustand mal verplappert. Manchmal, wenn wir schon eine Weile zusammengesessen waren, hatte ich den Eindruck, er stünde kurz davor, mir etwas über seine Vergangenheit zu verraten – aber dann hielt er sich doch noch im letzten Moment zurück.«

Wank zuckte mit den Schultern. Hansen konnte in seiner Miene nichts erkennen, was darauf hindeuten würde, dass der Freiherr ihm gerade etwas vorspielte.

»Und warum haben Sie gestern verschwiegen, dass Sie Roths Sachen im Haus haben?«

»Ich wollte sie erst noch sichten.«

»Das hätten Sie schon all die Jahre tun können, in denen sie in der Dachkammer lagen.«

»Ich schnüffle doch nicht in den privaten Dingen meiner Mitarbeiter herum!« Wank wirkte ehrlich empört, räusperte sich aber gleich und fuhr etwas ruhiger fort: »Ich habe Roths Privatsphäre immer respektiert – wie gesagt: bis auf die Versuche, ihn ein bisschen auszuhorchen, auf die ich übrigens nicht stolz bin. Aber als ich gestern erfuhr, dass Roth auf der Lichtung tot aufgefunden wurde, hatte ich recht schnell die Befürchtung, seine Vergangenheit könnte ihn eingeholt haben.«

Ein leichtes Knarren ließ Hansen aufhorchen, aber es war nur der Sessel des Butlers gewesen, der auf dessen erneut leicht verlagertes Gewicht reagiert hatte.

»Wie kamen Sie denn darauf?«, fragte Hansen. »Wussten Sie denn etwas über die Umstände seines Todes?«

»Nein, woher denn auch? Ihr Kollege sagte am Telefon nur, dass Roth tot aufgefunden wurde. Aber er hatte sich zu Beginn des Telefonats natürlich als Beamter der Kriminalpolizei vorgestellt – da dachte ich mir schon, dass Roth keines natürlichen Todes gestorben war.«

»Wir nehmen auch Ermittlungen auf, wenn die Todesumstände nur den Anschein erwecken, es könnte etwas nicht mit rechten Dingen zugegangen sein.«

Wank winkte ab. »Geschenkt! Jedenfalls haben Sie und Ihr Kollege sich danach so schnell zum Besuch angemeldet, dass ich nichts überstürzen und mir lieber erst mal alles anhören und danach Roths Habe sichten wollte. Deshalb wollte ich auch, dass Frau Schönberg gestern noch nicht mit Ihnen redet.«

»Warum wollten Sie die Sachen Ihres früheren Gärtners überhaupt durchstöbern?«

Seufzend hob Wank die Arme und ließ sie wieder sinken.

»Schauen Sie, Herr Hansen: Ein Haus wie meines, auch wenn es eine so bescheidene Dynastie wie die derer von Wank und Schweinegg ist, lebt von seinem guten Ruf. Während es früher um die Ehre ging, zahlt sich heute ein tadelloser Ruf in Form von besseren Geschäften aus. Ich wollte es mir nicht leisten, meinen Namen womöglich mit einem Verbrechen verbunden zu sehen, und mochte es noch so lange zurückliegen.«

»Und: Haben Sie was gefunden?«

»Nein, nichts. Die Unterlagen, die ich Ihnen überlassen habe, geben keinen Hinweis auf etwas Kriminelles in Roths

Vergangenheit. Sie geben, was ich eigenartig finde, überhaupt wenig Hinweise auf seine Vergangenheit, soweit sie mehr als sechzehn, siebzehn Jahre zurückreicht. Er scheint mit allem, was davor passiert ist, sehr gründlich abgeschlossen zu haben.«

Wank zuckte erneut mit den Schultern.

»Es scheint, als habe er Ballast abgeworfen. Eigentlich beneidenswert, wenn das jemand kann. Ich dagegen mit meiner jahrhundertelangen Familiengeschichte ...«

»Und was hätten Sie gemacht, wenn Sie etwas gefunden hätten?«, lenkte Hansen ihn wieder auf das eigentliche Thema.

Wank gönnte sich ein verschmitztes Grinsen.

»Ich fürchte, ich hätte die Fundstücke verschwinden lassen.«

Hansen nickte.

»Aber ich habe nichts Entsprechendes gefunden, ganz ehrlich!«

»Das kann ich Ihnen nun glauben oder nicht.«

»Stimmt, das liegt ganz bei Ihnen.«

»Und in welcher Hinsicht haben Sie Herrn Steffens und Frau Schönberg gebrieft?«

»Nachdem ich nichts Verdächtiges in Roths Sachen gefunden habe, war da gar nichts weiter nötig. Ich habe die beiden nur darum gebeten, in ihren Antworten eher vage zu bleiben, soweit es mich und mein Haus betrifft. Ich fand, dass Sie diese Informationen eher von mir direkt bekommen sollten.«

»Das fand ich auch, allerdings schon gestern.«

»Entschuldigung, aber nun ist ja alles geklärt, nicht wahr?«

»Nicht ganz«, sagte Hansen und nickte Roman Drexel zu.

Wank sah fragend zu dem Kriminaltechniker, wirkte dabei aber nach wie vor völlig entspannt.

»Zunächst einmal vielen Dank, dass Sie inzwischen so offen mit uns kooperieren«, setzte Drexel an. »Es wäre schön, wenn wir das auch für den Punkt beibehalten könnten, den ich ansprechen möchte.«

Hansen fand, dass der Kollege sich etwas weniger salbungsvoll ausdrücken könnte, aber Wank schien den Tonfall positiv aufzunehmen, also ließ er ihn gewähren.

»Wir haben alle Armbrüste auf Spuren untersucht, und Ihre Sammlerstücke können Sie wieder einlagern lassen.«

Wank nickte und lächelte, dann schaute er zur Wand, wo nur noch eine der beiden Armbrüste hing. Die zweite lag vor der Wand auf einer Plastikfolie, die groß genug war, um die Waffe vollständig darin zu verpacken. Der Freiherr sah Drexel fragend an.

»Mit der Waffe auf dem Boden wurde vor nicht allzu langer Zeit geschossen«, erklärte dieser. »Deshalb möchte ich die Armbrust gern für eingehendere Untersuchungen mitnehmen.«

»Damit soll geschossen worden sein? Aber das ist doch Unsinn!«

Wank wirkte ehrlich überrascht. Er warf seinem Butler einen fragenden Blick zu, aber Steffens zuckte nur mit den Schultern und schwieg.

»Mit dieser Armbrust wird nicht geschossen. Es muss schon fünfzehn Jahre her sein, dass ich sie zum letzten Mal benutzt habe«, fuhr Wank fort. »Mir fehlt inzwischen die Zeit, auch wenn das Schießen mit einer Armbrust oder einem Bogen ein guter Ausgleich wäre. Seit damals wurde damit jedenfalls nicht mehr geschossen! Völlig unmöglich!«

»Sie irren sich, Herr Wank, und ich nehme die Armbrust noch heute mit.«

»Meinetwegen, nehmen Sie sie mit. Ich gehe natürlich davon aus, dass ich sie unversehrt wiederbekomme.«

»Selbstverständlich, Herr Wank. Jemand hat sich im Übrigen viel Mühe gegeben, die Waffe nach Gebrauch abzuwischen. Wir werden uns sehr anstrengen müssen, um verwertbare Spuren zu finden.«

»Wie? Sie meinen, jemand hat mit der Armbrust geschossen und hinterher seine Fingerabdrücke abgewischt?«

»So in der Art, ja.«

»Das kann nicht sein! Wenn jemand sie von der Wand genommen hätte, wäre mir das natürlich aufgefallen.«

Drexel ließ eine kleine Pause, bevor er die nächste Frage stellte.

»Wo waren Sie denn am vergangenen Sonntag?«

Wank stutzte, dann öffnete er den Mund und schloss ihn wieder. Sein Gesicht nahm eine dunklere Färbung an, er beugte sich vor und stützte beide Hände auf den Oberschenkeln ab – und schließlich platzte es aus ihm heraus: »Sagen Sie mal, Mann, sind Sie verrückt?«

»Beantworten Sie bitte meine Frage«, wiederholte Drexel, ohne sich von dem Ausbruch beeindrucken zu lassen.

»Sie wollen mich doch nicht ernsthaft verdächtigen, meinen früheren Gärtner mit meiner Armbrust erschossen zu haben? Das glauben Sie doch selbst nicht!«

»Mit Glauben kommen wir in unserem Beruf nicht weiter, Herr Wank.«

Drexel saß seelenruhig in seinem Sessel und ließ sein

Gegenüber nicht aus den Augen. Auch Hansen, dem das Auftreten seines Kollegen zunehmend Respekt abnötigte, achtete auf jede Regung des Hausherrn. Wank war zwar wütend, doch er wirkte nicht wie jemand, den eine unerwartete Wendung der Dinge in die Enge getrieben hätte. Mit einer knappen Geste forderte er Steffens auf, den Terminkalender vom Schreibtisch zu holen. Der Butler sprang förmlich aus dem Sessel und stand schon kurz darauf neben seinem Chef und hielt ihm ein in schwarzes Leder gebundenes Buch hin. Wank blätterte bis zum Wochenende zurück und überflog noch einmal prüfend seine Notizen, bevor er Drexel das aufgeklappte Buch hinhielt.

»Von Freitag gegen zwölf Uhr mittags bis zum späten Sonntagabend war ich in Kochel am See. Den Kalender brauche ich natürlich nicht, um mich daran zu erinnern, was ich vor ein paar Tagen gemacht habe – aber ich nehme an, dass Sie einen Beweis für meine Behauptung haben möchten, und ich hoffe, die Kalendereinträge reichen Ihnen als erster Eindruck.«

Er deutete auf einen Eintrag am Freitag, blätterte dann um und zeigte die Notizen für Samstag und Sonntag.

»Einer meiner Geschäftspartner hat dort eine Jagd gepachtet. Wir haben am Abend zusammen gegessen und sind Samstag früh in den Wald gegangen, um anzusitzen – und bevor Sie fragen: Ich hatte keine Armbrust dabei, sondern ein Gewehr. Danach habe ich mich frisch gemacht und ein wenig geschlafen, bevor ich am Abend ins Franz-Marc-Museum gegangen bin, das mein Geschäftspartner gemietet hat, um einige Arbeiten seiner Frau in einem ganz besonderen Rahmen präsentieren zu können. Sie stellt Schmuck aus Holz, Stein und Silber her. Es gab Häppchen und Champagner, dazu haben wir uns einige Reden und fürchterlich fade klassische Musik angehört, und gegen halb elf habe ich mich entschuldigt und bin auf mein Zimmer gegangen. Am Sonntag gab es mittags noch ein Picknick auf einer schönen Terrasse mit Blick auf den Kochelsee, dann stellte mir mein Geschäftspartner noch einige Interessenten für Immobiliengeschäfte vor, und nach dem Abendessen bin ich nach Hause gefahren. Gegen zweiundzwanzig Uhr war ich wieder hier.«

»Darf ich?«, fragte Drexel, hielt sein Handy hoch und deutete auf die Kalenderseiten.

»Bitte schön.«

Drexel fotografierte die entsprechenden Kalenderseiten, während Wank sich an Hansen wandte.

»Nun kommen Sie doch noch zum Zug, nicht wahr, Herr Kommissar?« Er streckte ihm theatralisch beide Arme hin, als sollten ihm Handschellen angelegt werden.

»Das wird nicht nötig sein, Herr Wank«, versetzte Hansen ruhig. »Wir überprüfen Ihre Angaben, und selbst für den Fall, dass etwas davon nicht der Wahrheit entsprechen sollte, gehe ich davon aus, dass wir Sie für weitere Fragen hier in Rückholz antreffen würden.«

Wank ließ die Arme sinken.

»Wir tun nur unsere Arbeit, Herr Wank«, fuhr Hansen fort. »Wir wollen herausfinden, wer den Tod von Herrn Roth zu verantworten hat. Das ist alles.«

Er erhob sich, Drexel folgte seinem Beispiel. Und während der Kriminaltechniker die Armbrust einpackte und aufhob, stand Hansen dem Hausherrn gegenüber und musterte ihn.

»Sie haben die Armbrust seit Jahren nicht mehr benutzt?«, fragte er schließlich.

»Das stimmt.«

»Hing die Armbrust an der Wand, als Sie am Sonntag nach Hause kamen?«

Wank dachte nach, bevor er antwortete.

»Das kann ich gar nicht sagen. Mir war es zu spät, um noch zu arbeiten. Also habe ich meine Taschen im Flur im Erdgeschoss stehen lassen, nur das Jagdgewehr habe ich noch im Waffenschrank eingeschlossen. Der befindet sich im Keller, direkt neben dem Aufbewahrungsort für meine wertvolleren Armbrüste. Im Salon im Erdgeschoss habe ich mir anschließend noch ein Glas Wein eingeschenkt, danach bin ich schlafen gegangen. Steffens hat sich am nächsten Morgen um mein Gepäck gekümmert. Als ich mich um acht Uhr an den Schreibtisch setzte ... hm ... Ich kann es nicht beschwören, aber ich bin mir ziemlich sicher, dass alles an der Wand hing, was dort hängen sollte.«

»Gut, danke«, sagte Hansen. »Und Sie, Herr Steffens, haben also am frühen Montag Herrn Wanks Sachen weggeräumt?«

»Ja. Als er nach Hause kam, hatte ich mich schon zurückgezogen. Herr Wank hatte mir vorher eine Nachricht aufs Handy geschickt, dass er mich nicht mehr brauche. Am Montag gleich nach dem Aufstehen habe ich die Reisetasche mit der Wäsche in die Waschküche gebracht, die Tasche mit den Arbeitsunterlagen habe ich hier ins Arbeitszimmer gestellt.«

»Und die Armbrust hing an der Wand?«

»Ja, wie immer. Wobei ...« Er legte die Stirn in Falten. »Ich *glaube*, alles hing an seinem Platz – aber auch ich kann es nicht mit letzter Sicherheit beschwören. Man achtet ja nicht immer auf Dinge, die man nicht benutzt und die wie selbstverständlich über Jahre hinweg an ihrem Platz sind.«

Adalbert Creglinger war den ganzen Vormittag über nicht wirklich bei der Sache gewesen. Als ihm dann auch noch die Nähte eines neuen Jacketts unsauber gerieten, schloss er sein Geschäft schon um halb zwölf und streckte sich auf dem alten Sofa aus, das in dem kleinen Raum hinter der Ladentheke stand. Hier hielt er gewöhnlich ein kleines Nickerchen, nachdem er sich das Mittagessen vom Metzger um die Ecke hatte schmecken lassen. Doch heute hatte er weder Hunger, noch rechnete er sich ernsthafte Chancen aus, tatsächlich einzuschlafen.

Wie oft hatte er befürchtet, dass der alte Roth sein Geheimnis doch einmal aufdecken oder sich womöglich im Rausch verplappern würde … Und nun, da das Leben des Einsiedlers ein Ende gefunden hatte, empfand er alles Mögliche – nur keine Erleichterung.

Erpressen konnte Roth ihn nun zwar nicht mehr, aber das war ohnehin nur selten vorgekommen. Ein einziges Mal hatte er für sein Schweigen explizit Geld verlangt, später hatte er noch zweimal vage angedeutet, dass er gegen einen kleinen Nachschlag nichts einzuwenden hätte. Aber die Forderungen waren geradezu bescheiden gewesen im Verhältnis zu dem, worum es Creglinger ging.

Creglinger hatte ihm die Scheine seinerzeit einfach in die Hütte gebracht. Wenn er später zur Lichtung gewandert war, ohne Roth Geld bringen zu müssen, hatte er es anfangs vor allem getan, um den Mann im Blick zu behalten, der ihm gefährlich werden konnte. Doch mit der Zeit hatte er den Einsiedler eigentlich recht gern besucht und es genossen, ein Weilchen mit ihm in der freien Natur zusammenzusitzen.

Roth war ein angenehmer Mensch gewesen, und hätte nicht diese alte Geschichte zwischen ihnen gestanden, wären sie womöglich gute Freunde geworden. Doch nun war Roth tot, und Creglinger zermarterte sich das Hirn, was er tun konnte, um ihr gemeinsames Geheimnis ein für alle Mal unschädlich zu machen.

Auf der Autobahn hatte es in Richtung Süden einen Auffahrunfall gegeben, und durch Gaffer kam es auch auf der Gegenfahrbahn zu einem kleinen Stau, der Hansen auf der Fahrt nach Kempten zehn Minuten kostete. In der Stadt herrschte an diesem frühen Freitagnachmittag ebenfalls ordentlich Verkehr, aber schließlich konnte Hansen, wenn auch leicht genervt, seinen Wagen auf dem Hof der Kripoinspektion abstellen.

Drexel eilte sofort ins Gebäude, um mit der Arbeit an der Armbrust fortzufahren, die er mitgenommen hatte. Hansen lehnte sich an seinen Wagen, nestelte das Handy aus der Tasche und vergewisserte sich, dass ihm auf der Autofahrt kein Anruf entgangen war. Einen Moment lang überlegte er, ob er abwarten sollte, bis Resi ihn anrief – dann gab er sich einen Ruck und wählte ihre Nummer. Es klingelte einige Male, bevor ihre Mailbox ansprang. Hansen wusste nicht recht, was er als Botschaft hinterlassen sollte, also legte er auf.

Stattdessen begann er, ihr eine Textnachricht zu schreiben.

»Liebe Resi«, tippte er, um die Worte gleich wieder zu löschen und neu zu beginnen: »Hallo, Resi, ich hab schon mehrmals versucht, dich zu erreichen.« Er hielt inne, las den Satz und blieb dann auf der Löschtaste, bis nur noch »Hallo, Resi« übrig war. Warum musste seine Verlobte nur so stur sein? Und weshalb konnte er mit solchen Situationen, in die Resi ihn immer wieder brachte, so schlecht umgehen?

»Hallo, Herr Hansen!«

Er ließ das Handy sinken. Vor ihm stand Jana Vermijnen, die Beamtin des Bundeskriminalamts, mit der er im Fall des Toten in der Tegelbergbahn zusammengearbeitet hatte und die vom BKA als Unterstützung für den Mordfall Roth abgeordnet worden war.

Hansen schob das Handy in die Tasche, ohne die unfertige Nachricht abzuschicken. »Frau Vermijnen, freut mich sehr!«

»Mich auch«, sagte sie und gab ihm lächelnd die Hand.

Hansen betrachtete die ausnehmend attraktive Frau, die vor ihm stand. Seit sie im vergangenen Jahr noch vor den letzten Befragungen ohne persönlichen Abschied einfach verschwunden war, hatte er so gut wie nie an sie gedacht, doch jetzt war alles wieder da: ihr sportliches, unverschämt gutes Aussehen, ihre frische und unbekümmerte, manchmal auch etwas freche Art – selbst an den Duft ihres leichten, fruchtigen Parfüms erinnerte er sich. Leider hatte sich auch an Hansens Unfähigkeit, mit ihr ein entspanntes Gespräch zu führen, nichts geändert. Wenn er diese Frau vor sich hatte, kam er sich vor wie ein pickliger Pennäler, der zum beliebtesten Mädchen der Schule gern richtig coole Sachen sagen würde und dann doch nur albernes Gestammel hervorbringt.

»Na, zufrieden?«, holte sie ihn in die Gegenwart zurück und zwinkerte ihm schelmisch zu.

»Oh, entschuldigen Sie bitte, Frau Vermijnen ...« Hansen räusperte sich und fuhr sich mit der Hand über die Stirn. »Ich war gerade ganz in Gedanken. Der aktuelle Fall stellt sich bisher ein wenig seltsam dar. Aber da erzähle ich Ihnen ja nichts Neues ...«

Er lächelte und hoffte, dass sie ihm den Grund für seine Verwirrung abnahm.

»Das stimmt«, entgegnete sie leichthin. »Wie geht es Ihnen denn? Und Ihrer Verlobten ... Resi, richtig?«

Ganz kurz legte sich ein Schatten auf Hansens Lächeln, aber er fing sich schnell wieder.

»Wir haben jetzt endlich einen Termin für die Hochzeit.«

»Gut«, antwortete Jana Vermijnen. »Das ist gut. Und irgendwann können Sie mir ja erklären, warum Sie in dem Moment, in dem Sie mir das erzählen, nicht besonders glücklich aussehen.«

Hansen wich ihrem Blick aus.

»So, genug geplaudert«, sagte sie. »Gehen wir an die Arbeit. Die Kripochefin habe ich schon begrüßt, und die anderen werde ich bei der Besprechung kennenlernen oder wiedersehen. Wollen wir solange etwas essen gehen, und dabei bringen wir uns gegenseitig aufs Laufende?«

»Gegessen habe ich vorhin schon, aber wenn Sie einen guten Kaffee mögen ...?«

»Gern. Kennen Sie was in der Nähe?«

»Ja, nur ein paar Minuten Fußweg von hier gibt es ein Kaffeehaus, das ...«

»Guten Tag, Frau Vermijnen«, erklang in diesem Moment die Stimme von Haffmeyer.

Hansen unterbrach sich, um ihn und Hanna Fischer zu begrüßen. Während sich die beiden Frauen die Hand gaben, wunderte sich Hansen über den finsteren Blick, den Willy ihm zuwarf.

»Wir wollten gerade einen Kaffee trinken gehen«, erklärte Jana Vermijnen munter, »und bei dieser Gelegenheit die nötigsten Infos austauschen. Wollen Sie nicht gleich mitkommen?«

»Nein«, brummte Willy. »Ich muss hoch an den Schreibtisch, um die Soko-Besprechung vorzubereiten.«

»Kommen doch Sie mit nach oben«, schlug Hanna vor. »Unsere Sekretärin Rosi Schwegelin macht einen ganz wunderbaren Kaffee. Der hält den Vergleich mit jedem anderen in der Stadt aus, glauben Sie mir. Und ein paar Kekse habe ich ganz sicher noch in der Schublade. Kommen Sie?«

Jana Vermijnen nickte.

»Gut, dann flitz ich mit dem Willy schon mal hinauf und sag der Sekretärin Bescheid. Wir sehen uns gleich in deinem Büro, Chef?«

»Ja, bis gleich.«

Die beiden gingen bereits vor. Als auch Hansen sich zusammen mit Jana Vermijnen auf den Weg nach oben machte, stellte er fest, dass die BKA-Beamtin ihn süffisant ansah.

»Was ist?«, fragte er.

Sie musterte ihn noch einen Moment, dann wurde ihr Lächeln etwas breiter, und sie schüttelte langsam den Kopf.

»Nichts. Wollen wir?«

»So, bevor wir loslegen, möchte ich euch noch kurz Frau Vermijnen vorstellen, die uns bei unseren Ermittlungen unterstützen wird.«

Vroni Schliers hatte schon vor der Eröffnung der Soko-Besprechung schmunzelnd beobachtet, dass einige der anwesenden Männer der BKA-Beamtin immer wieder mehr oder weniger verstohlene Blicke zugeworfen hatten. Die Frauen nahmen ihr Erscheinen deutlich entspannter zur Kenntnis. Wer von den Mitgliedern der Soko schon im vergangenen Jahr mit Vermijnen zusammengearbeitet hatte, nickte ihr kurz zu, die anderen ließen sich von ihren Kollegen erklären, um wen es sich handelte.

Hanna Fischer hatte sie in den Besprechungsraum begleitet und saß nun neben ihr, Haffmeyer hatte sich ein paar Stühle entfernt hingesetzt. Trotzdem behielt er die Frau vom Bundeskriminalamt im Auge und warf Hansen gelegentlich prüfende Blicke zu. Deshalb entging ihm, dass Vroni Schliers ihm gleich nach Jana Vermijnens Vorstellung das Wort erteilt hatte.

»Herr Haffmeyer?«, hakte die Kripochefin nach, und jetzt endlich sah er sie einen Moment lang fragend an, bis der Groschen fiel.

»Kollegin Fischer und ich«, berichtete er, »waren heute in Pfronten-Röfleuten und haben die Kontaktdaten der Männer ermittelt, die am vergangenen Wochenende mit ihren Armbrüsten in den Wäldern bei Eisenberg unterwegs waren. Es handelt sich um eine Gruppe, deren Kern drei Jugendfreunde aus dem Raum Düsseldorf sind. Sie treffen sich seit Jahren mit weiteren Freunden in wechselnder Besetzung. Mal liefern sie sich Paintball-Duelle oder ballern in Hallen mit Laserwaffen, auch einen Escape-Room haben sie schon mal gebucht. Meistens aber streifen sie mit ihren Armbrüsten durch Wälder überall in Deutschland. Diesmal waren sie zu sechst, und ihre Wahl fiel auf die Wälder um die beiden Eisenberger Burgruinen.«

Haffmeyers Tonfall und seine Miene ließen keinen Zweifel daran, wie wenig er von diesen Hobbys hielt.

»Die Herrschaften mieten sich für gewöhnlich von Freitag bis Sonntag in einem Gasthof ein, verbringen den Samstag mit einem Geländespiel, das anscheinend eine Mischung aus Schnitzeljagd und Kriegsspiel darstellt – und am Samstagabend geben sie sich dann ordentlich die Kante. So sei es auch diesmal gewesen, haben die beiden Männer ausgesagt, mit denen Hanna und ich bisher telefoniert haben. Allerdings soll es im Gasthof in Röfleuten bis weit in die Nacht so feuchtfröhlich zugegangen sein, dass es keiner der Männer am Sonntagvormittag vor halb elf aus dem Bett schaffte. Der Gastwirt hat das bestätigt. Das Frühstücksbüfett war extra für diese Gäste länger aufgebaut, und mindestens zwei der Düsseldorfer waren auch danach noch so wacklig auf den Beinen, dass er ihnen anbot, ihr Zimmer ohne Aufpreis vor der Heimfahrt noch für ein zusätzliches Nickerchen zu nutzen. Das haben sie dann auch gemacht, während die anderen vier auf der Terrasse beisammensaßen und sich eine kleine Mahlzeit, Kaffee und Radler schmecken ließen. Gegen fünfzehn Uhr sind dann alle miteinander abgereist.«

»Kann der Gastwirt mit Sicherheit ausschließen, dass einer oder mehrere Männer aus dieser Gruppe am Sonntag noch einmal in der Nähe von Roths Waldlichtung waren?«

»Wir gehen ja davon aus, dass Roth am Sonntagvormittag starb. Weder der Wirt noch seine Frau oder die Angestellten, die am Sonntag Dienst hatten, haben einen der Männer vor halb elf zu Gesicht bekommen. Aber so ramponiert, wie die sechs zum Frühstück schlurften, kann sich der Wirt beim besten Willen nicht vorstellen, dass sie irgendwo anders gewesen sein könnten als in ihren Betten. Aber wir überprüfen das natürlich noch. Zwischen neun und elf Uhr am Sonntagvormittag war ein Nachbar damit beschäftigt, seine Holzhütte zu streichen, die direkt am Zerlachweg in Röfleuten steht. Wer vom Gasthof aus den Ort verlassen will, kommt zwangsläufig bei ihm vorbei – und er hat angegeben, dass den ganzen Vormittag über niemand da entlanggefahren sei. Erst gegen halb zwölf habe dort der Verkehr eingesetzt, allerdings in die Gegenrichtung: Da trafen die ersten Tagesgäste ein, die im Gasthof zu Mittag essen wollten.«

»Dann können wir diese Männer wohl vorerst mal beiseitelassen«, sagte Schliers und überflog ihre Notizen noch einmal. »Wissen wir, ob sie ihre Armbrüste die ganze Zeit bei sich hatten oder sie sicher in ihren Zimmern verwahrten?«

»Am Telefon haben wir die beiden nicht nach ihren Waffen gefragt – bisher scheinen sie noch nichts über den Toten auf der Waldlichtung zu wissen. Aber wir haben unsere Kollegen in Düsseldorf gebeten, die sechs Männer gleich heute zum Ablauf des Sonntags zu befragen. Ab morgen könnten sie manches über Roths Tod auch aus der Zeitung erfahren.«

Schliers machte ein verdrießliches Gesicht und erteilte dem neben ihr sitzenden Pressesprecher Christoph Ohser mit einer Geste das Wort.

»Die Kollegen Haffmeyer, Fischer und Hansen haben heute Vormittag erfahren, dass ein Reporter namens Ferry Hasselmann im Mordfall Roth herumrecherchiert. Dieser Mann hat mich inzwischen auch angerufen, und ich habe ihm das wenige gesagt, was wir schon freigeben wollten. Er wusste aber schon deutlich mehr und hat auf recht nassforsche Art versucht, mir weitere Details zu entlocken.« Ohsers süffisantes Lächeln machte deutlich, dass ihm das nicht gelungen war. »Trotzdem wird morgen ein großer Artikel über Roth erscheinen, vermutlich bundesweit.«

Einige Kollegen schimpften halblaut vor sich hin, bis Roman Drexel die Hand hob und von der Untersuchung der vier Armbrüste im Hause von Rupert Wank berichtete.

»Schon jetzt lässt sich sagen, dass eine der vier Armbrüste kürzlich im Einsatz war. Dabei wurde mindestens ein Bolzen verschossen, der in der Bauart dem in Roths Stirn entspricht. Es ließen sich nämlich Spuren des Gefieders sichern, wie es auch das tödliche Geschoss aufweist. Jemand hat sich nach dem Gebrauch der Armbrust viel Mühe mit der Reinigung gegeben, dennoch haben wir an schwer zugänglichen Stellen Spuren gefunden und gleichen die DNA gerade ab. Auch einige Fingerabdrücke wurden nicht vollständig abgewischt, mal sehen, ob wir zu den Resten noch irgendeine Übereinstimmung finden.«

Drexel blätterte in seinen Notizen, bevor er fortfuhr.

»Ihr erinnert euch an meine Theorie, dass an den verschossenen Bolzen kleine Zettel mit Nachrichten befestigt waren? Dazu könnte passen, dass sich an der Bogenrinne winzige Papierpartikel befanden.«

»Wurden denn auf Roths Lichtung inzwischen solche Nachrichten gefunden?«, hakte Vroni Schliers nach.

»Nein, aber nachdem wir den Umkreis, den wir untersuchen wollten, weiter gefasst hatten, sind wir auf zahlreiche neue Spuren gestoßen.«

Inzwischen hatte sich ein anderer Kriminaltechniker neben dem Beamer postiert und warf nun zwei Fotos auf die Leinwand. Beide zeigten das dichte Unterholz im Waldstück, in dem bei genauem Hinsehen kleine Hohlräume zu erkennen waren, die jemand mit Brettern abgedeckt hatte.

»Wir hatten ja schon vermutet«, fuhr Drexel fort, »dass Roth in der Umgebung der Lichtung Verstecke angelegt haben könnte – ähnlich, wie er sein Mofa samt Anhänger unter Buschwerk und Laub getarnt hatte. Wir werden erst heute Abend mit dem Absuchen der ganzen Fläche fertig sein, aber diese beiden Stellen haben wir schon gefunden.«

Er legte eine kurze Pause ein, um die Spannung zu erhöhen, aber als Vroni Schliers ihm einen warnenden Blick zuwarf, sprach er schnell weiter.

»Beide Verstecke wurden auf dieselbe Weise errichtet. Ihr seht auf den Fotos die Bretter, die den jeweiligen Hohlraum abdecken – darüber waren Laub und Moos geschichtet, sodass niemand zufällig auf die Verstecke stoßen konnte. Im ersten Hohlraum fanden wir mehrere Fünfzigeuroscheine – insgesamt vierhundert Euro –, einen Schlüssel, zwei ungeöffnete Flaschen Wodka und eine Plastikdose, in der sich mehrere unbeschriftete Papiertütchen mit Pflanzensamen befanden. Das Ganze war mehrfach mit Plastikfolie umwickelt, die an den Enden umgeschlagen war und in einer zugebundenen

Mülltüte steckte. Damit sollten vermutlich vor allem die Geldscheine vor Feuchtigkeit geschützt werden, was ganz gut geklappt hat.«

»Ich nehme an, das ist inzwischen alles im Labor«, sagte die Kripochefin.

»Selbstverständlich. Wir haben auch Bodenproben gemacht und die Abdeckung des zweiten Verstecks mitgenommen. Das war leider leer, aber vielleicht können wir noch Spuren sichern, die Rückschlüsse auf den früheren Inhalt zulassen.«

»Zum Beispiel auf Zettel mit Nachrichten und weitere Armbrustbolzen?«

»Zum Beispiel.«

»Wozu könnte der Schlüssel passen, den Sie gefunden haben?«

»Auf jeden Fall nicht zu einem Schließfach, etwa in einer Bank oder am Bahnhof. Der Schlüssel gehört zu einem Sicherheitsschloss, wie es für Haustüren üblich ist – allerdings zu keinem besonders neuen und offenbar zu keiner Schließanlage. Einer meiner Kollegen telefoniert nachher noch mit dem Hersteller, aber davon versprechen wir uns keine große Hilfe. Wie gesagt: Der Schlüssel scheint nicht zu einer registrierten Schließanlage zu gehören.«

»Könnte der Schlüssel zu einer Tür auf Wanks Anwesen gehören?«

»Eher nicht. Wanks Haustür hat ein Zylinderschloss modernster Bauart. Ich gehe davon aus, dass Wank dort eine Schließanlage hat einbauen lassen. In den Zimmern hingegen gibt es nur altmodische Schlösser mit Bartschlüsseln, und meine Kollegen, die sich im Garten und an den Nebengebäuden umsahen, teilten mir mit, dass das auch für die Türen dort gelte.«

»Haben Sie eine Vermutung, Herr Drexel?«

»Vielleicht passt der Schlüssel zum Schloss einer Garage oder eines Containers, den Roth zu Lagerzwecken angemietet hatte?«

»Könnte gut sein. Also, liebe Kollegen …« Vroni Schliers schaute in die Runde. »Uns steht die Fleißarbeit ins Haus, alle Mietgaragen und Lagerräume im Umkreis von … sagen wir: zunächst zwanzig Kilometern wegen des Schlüssels abzuklappern.«

»Sobald der Kollege mit dem Hersteller des Schlüssels telefoniert hat, lassen wir ausreichend Nachschlüssel anfertigen«, versprach Drexel, aber er hatte noch etwas anderes auf dem Herzen. »Wir haben alle vier Armbrüste untersucht, die uns Herr Wank bereitgestellt hat. Schon jetzt wissen wir: Zwei der Armbrüste sind alte und recht wertvolle Sammlerstücke – deshalb wollte Wank ja auch, dass wir sie vor Ort untersuchen. Die beiden anderen sind nicht viel wert – gut gearbeitete und voll funktionsfähige Nachbauten historischer Waffen, aber eben nur Nachbauten. Die eine, mit der geschossen wurde, ist übrigens eine recht genaue Nachbildung eines der beiden Sammlerstücke.«

»Und?«

»Wir haben am Original, das laut Wank zusammen mit dem anderen Sammlerstück stets separat in einem klimatisierten Behälter aufbewahrt wird, Kratzspuren entdeckt, die zur Wandaufhängung des Nachbaus passen. In seinem üblichen Aufbewahrungsort liegt die Armbrust dagegen in einem gepolsterten Untersatz, der für diese Waffe maßgefertigt wurde.«

Die Kripochefin stutzte. »Das hieße, dass zumindest eine Zeit lang das Original anstelle des Nachbaus an der Wand in Wanks Arbeitszimmer hing.«

»Ja, und das würde wiederum bedeuten: Sollte Wank nicht allzu genau hingeschaut haben, könnte sich der Nachbau durchaus eine Zeit lang außer Haus befunden haben – während an seiner statt das Sammlerstück an der Wand hing.«

Bald darauf war die Soko-Besprechung vorüber. Jana Vermijnen hatte die Erkenntnisse, die das BKA über Roths Vorleben hatte und mit der Kripo Kempten teilen wollte, in einem schriftlichen Bericht zusammengefasst, den sie an alle Anwesenden verteilte. Koller blätterte die Unterlagen sofort durch, zog die BKA-Beamtin nach der Besprechung gleich ins Gespräch und diskutierte mit ihr eifrig die Details der Zusammenfassung. Auch Haffmeyer überflog die Papiere. Dann sah er missmutig zu Koller hinüber, der sich an Jana Vermijnen ranwanzte, und strebte ohne ein weiteres Wort dem Ausgang zu.

Hanna sah ihm verwundert hinterher und warf dann Hansen einen fragenden Blick zu, den dieser mit einem Schulterzucken quittierte. Gemeinsam gingen sie Haffmeyer nach und holten ihn ein, als er sich gerade in seinen Bürostuhl fallen ließ und die BKA-Informationen auf seinen Schreibtisch warf.

»Was für eine Laus ist dir denn über die Leber gelaufen?«, fragte Hanna und ließ sich auf ihren Platz plumpsen. Sie deutete auf den Bericht, der vor ihm lag. »Gefällt dir nicht, was darin steht?«

»Passt schon.«

»Jetzt red halt, Willy!«

»Diese schneidige BKA-Jana hat gute Arbeit geleistet. Sie hat, soweit ich das auf die Schnelle erkennen konnte, manches weggelassen, was Koller schon herausgefunden hatte. Dafür steht anderes drin, was er noch nicht wusste. Ein geschickt ausgelegter Köder, die Frau ist ohne Zweifel sehr gut in ihrem Job.«

»Warum bist du dann so stinkig?«

Haffmeyer warf Hansen einen vielsagenden Blick zu, dann starrte er vor sich auf die Tischplatte.

»Mich nervt halt ein wenig, dass die Dame vom BKA allen Männern in der Soko den Kopf verdreht«, meinte er schließlich und sah Hansen direkt an. »Auch solchen, die eigentlich ganz andere Dinge im Kopf haben sollten.«

Hansen hob die Augenbrauen, aber Haffmeyer wich seinem Blick nicht aus.

»Was willst du damit andeuten?«, fragte Hanna, obwohl ihr langsam aufging, worauf Willy anspielte.

»Hast du eigentlich Resi schon angerufen, Chef?«, goss Haffmeyer noch etwas Öl ins Feuer. »Nach der Szene in Creglingers Schneiderei habt ihr sicher einiges zu besprechen.«

»Jetzt hör aber auf, Willy«, versuchte Hanna zu schlichten, doch ihr Kollege war nicht zu beruhigen.

»Ist dir denn gar nicht aufgefallen, wie diese famose Jana dem Chef schöne Augen macht?«, platzte es aus ihm heraus. »Die hat ihm doch schon voriges Jahr den Kopf verdreht, und jetzt macht sie grad dort weiter, wo sie aufgehört hat! Ich hab's schon mitbekommen, dass sie sich freiwillig für diesen Job gemeldet hat – die Rosemarie hat's mir zugetragen, als ich mir einen Kaffee geholt habe. Und kaum ist sie in Kempten angekommen, da will sie gleich mit ihm einen Kaffee trinken gehen, vielleicht abends noch ein Glas Wein und dann …«

»Willy, es reicht!«

Hansen hatte Mühe, nicht laut zu werden. Er mochte Haffmeyer, aber das ging entschieden zu weit. Allerdings ärgerte er sich insbesondere deshalb über die Unterstellungen seines Mitarbeiters, weil sie nicht ganz aus der Luft gegriffen waren. Ob Jana Vermijnen wirklich privates Interesse an ihm hatte oder doch nur flirtete und ihn dann abblitzen ließ wie im vorigen Jahr, konnte er nicht einschätzen. Aber dass er weiche Knie bekam, sobald sie ihn nur ansah, machte ihm durchaus zu schaffen.

»Ja«, knurrte Willy Haffmeyer und stand auf. »Es reicht wirklich! Außerdem hat es sich ausgewillyt! Ich muss jetzt los und melde mich, sobald ich etwas Neues herausgefunden habe. Ich empfehle mich – *Herr Hansen!*«

Er krallte sich den BKA-Bericht, donnerte seinen Bürostuhl gegen die Tischkante, riss die Zimmertür auf und schlug sie kurz darauf hinter sich zu. Hanna sah verblüfft auf die geschlossene Tür.

»Äh … das tut mir jetzt aber leid, Chef, ich … der Willy … so kenn ich ihn gar nicht. Vielleicht … ich meine: Lassen wir ihn halt mal in Ruhe, der kriegt sich wieder ein, und dann …«

Sie brach mitten im Satz ab, weil Hansen ihr offenbar gar nicht zugehört und den Raum ebenfalls verlassen hatte. Als sich Hanna Fischer ein wenig gefangen hatte und in den Flur hinaustrat, sah sie Hansen zum Treppenhaus eilen, und dann war er auch schon aus ihrem Blickfeld verschwunden.

»Was war das denn?«, fragte Rosemarie Schwegelin, die die eiligen Schritte im Flur gehört hatte und nun mit fragendem Blick in der Tür des Sekretariats stand.

Hanna Fischer zuckte mit den Schultern.

»Komm, Hanna, ich schenk dir erst mal einen Kaffee ein, ja?«

Der Kaffee war gut, und die Absicht der neugierigen Sekretärin offensichtlich. Aber Hanna wollte den Streit von eben möglichst unter der Decke halten, deshalb antwortete sie mit Ausflüchten, sprach von Nachforschungen, die der Kollege und der Chef auf eigene Faust anstellen wollten. Rosemarie Schwegelin war anzusehen, dass sie der Kollegin kein Wort glaubte, aber sie ließ es dabei bewenden.

»Ah, Frau Fischer!« Jana Vermijnen trat zu den beiden Frauen und lächelte. »Herr Koller ist extrem engagiert in diesem Fall. Er fragt mir Löcher in den Bauch, und ich konnte ihm nur schwer klarmachen, dass alle Informationen, die dem BKA bekannt sind, in meinem Bericht stehen.«

Sie seufzte.

»Sagen Sie mal, Frau Fischer: Wo ist denn Herr Hansen gerade?«

»Weg. Musste dringend los.«

Bei Hannas kühlem Tonfall horchte Jana Vermijnen auf. Ihr Blick fiel auf die beiden Bechertassen in den Händen der Frauen, und sie deutete in Richtung Kaffeemaschine.

»Ob ich wohl auch einen Kaffee haben könnte?«, erkundigte sie sich.

Die Sekretärin hatte Hannas Gereiztheit ebenfalls bemerkt und erwiderte knapp: »Ist leider aus.«

Jana Vermijnen schaute zur Maschine. Die Glaskanne war noch zur Hälfte gefüllt.

»Verstehe«, sagte sie und ging.

Während des Nachmittags hatte er noch mehrmals versucht, Resi zu erreichen, aber erst als er daheim die Schuhe abgestreift und sich auf das Sofa im Wohnzimmer hatte fallen lassen, ging sie dran.

»Sag mal, Resi, wo steckst du eigentlich die ganze Zeit?«, fragte er gereizt, was ihm schon leidtat, bevor er den Satz zu Ende gesprochen hatte.

»Ich freu mich auch, deine Stimme zu hören«, gab Resi missmutig zurück.

»Tut mir leid, ich wollte nicht so unfreundlich sein, aber ...« Hansen räusperte sich. »Wo bist du denn gerade?«

»In Roßhaupten, bei meinen Eltern.«

»Ich bin gerade nach Hause gekommen und wollte dich fragen, ob wir heute Abend miteinander essen gehen könnten. Wir sollten uns mal wieder in Ruhe unterhalten.«

Am anderen Ende der Leitung war es still.

»Resi? Bist du noch da?«

»Ja, sicher.«

»Und, was meinst du?«

Resis Stimme nahm einen lauernden Unterton an.

»Warst du heute bei Herrn Creglinger?«

»Wie?« Die Frage traf ihn unvorbereitet, und prompt stellte er den falschen Zusammenhang her. »Ich ... nein, heute nicht, aber das hätte ich auf jeden Fall noch gemacht, wahrscheinlich gleich morgen. Mein neuer Fall ...«

»Ich frage dich, ob du dich um deinen Hochzeitsanzug gekümmert hast – und du kommst mir schon wieder mit diesem blöden Fall, für den du mich in der Schneiderei hast stehen lassen wie bestellt und nicht abgeholt?«

»Moment mal, Resi, *du* bist aus dem Laden gestürmt und hast *mich* stehen lassen.«

»Ach so? Das verstehst du unter ›sich in Ruhe unterhalten‹? Dass du mit Haarspaltereien versuchst, dich zu rechtfertigen? Und am Ende bin ich womöglich auch noch schuld daran, dass du zu spät gekommen bist, wie?«

»Aber nein, das ist doch ...«

»Tut mir leid, essen gehen müssen wir ein andermal. Heute Abend habe ich keine Zeit.«

»Aber Resi, jetzt ...«

Er verstummte. Sie hatte aufgelegt.

Wie auf ein Zeichen schlich in diesem Augenblick Ignaz ins Wohnzimmer. Er streifte Staub und Grashalme, die sein Fell durchsetzten, am Sofa ab, dann sprang er auf das Polster. Dabei achtete er darauf, so weit von seinem Zweibeiner entfernt zu landen, dass dieser ihn nicht mit der Hand erreichen konnte. Nur Hansens bestrumpfte Füße schienen ihn zu stören. Ignaz sah streng auf sie hinunter, warf dann dem Zweibeiner einen warnenden Blick zu und fixierte wieder die Füße. Hansen, der diesen Blick kannte und wusste, was als Nächstes kommen würde, schwang seufzend die Beine vom Sofa und setzte sich aufrecht hin. Zufrieden mit seinem kleinen Sieg, schlug Ignaz erst mehrmals genießerisch seine Krallen in den Stoff des Polstermöbels, trippelte dann abwechselnd mit den Vorderpfoten auf der Sitzfläche herum und begann sich zu putzen.

Hansen stand auf und suchte im Kühlschrank nach etwas Brauchbarem fürs Abendessen. In der Tür klapperten die von seiner Vermieterin kalt gestellten Weißbierflaschen, auf der Anrichte neben dem Kühlschrank standen die warm gewordenen Flaschen mit dem Hannoveraner Bier, die dem Weißbier hatten weichen müssen. Frau Walburga, die fast täglich mit ihrem Zweitschlüssel hereinkam und in der Bleibe des alleinstehenden Preußen nach dem Rechten sah, hatte sich nicht nur um die Getränke gekümmert: Sie hatte Obst, Salat, Käse und Wurstaufschnitt vorbeigebracht – aber nichts davon inspirierte ihn zu etwas Selbstgekochtem.

Also schlüpfte er wieder in seine Schuhe und fuhr in die Füssener Innenstadt. Nachdem er seinen Wagen auf einem recht günstig gelegenen Parkplatz abgestellt hatte, schlenderte er zum Gasthof Woaze in der Schrannengasse. Er hätte den Namen eher mit einem chinesischen Restaurant in Verbindung gebracht, wusste aber inzwischen, dass mit »Woaze« Weizenbier gemeint war. Hansen mochte die rustikal eingerichtete Gaststube, und dass keine Haustiere erwünscht waren, wertete er nach seinem heutigen Erlebnis mit Kater Ignaz als weiteren Pluspunkt. Er fragte ein asiatisch aussehendes Pärchen an einem Sechsertisch, ob die übrigen Plätze noch frei seien, doch die winkten ihm nur fröhlich zu, lachten geziert und unterhielten sich dann weiter in einer Sprache, die er nicht verstand. Er setzte sich auf die Bank, bestellte ein Helles und eine Schweinshaxe und lehnte sich zurück.

Im Gastraum herrschte eine angenehm entspannte Atmosphäre. An den meisten Tischen unterhielt man sich angeregt, Gläser klirrten, und es wurde mit Besteck geklappert. Nur am Tisch nebenan wurde geschwiegen. Ein mürrisch wirkendes Paar mittleren Alters signalisierte der Bedienung, dass man gern schnell zahlen wolle – und kaum war die Rechnung beglichen, sprangen die beiden auch schon auf und verließen das Lokal. Jetzt kam Hansens Bier, und er nahm erst einmal einen ordentlichen Schluck, bevor er noch einmal zum Nachbartisch hinschaute.

Dort hockte nur noch ein älterer Mann vor seinem halb leeren Weißbierglas. Elend sah er aus, geradezu gramgebeugt, und er schien auch schon ziemlich betrunken zu sein. Durchaus verständlich, dass seine Tischnachbarn so überstürzt aufgebrochen waren.

Hansen kannte den Mann, wenngleich er ihn noch nie in einer solchen Verfassung gesehen hatte. Einen Moment lang zögerte er, dann nahm er sein Bier und rückte auf der Bank nach links, bis er nur noch eine Armlänge von dem angetrunkenen Adalbert Creglinger entfernt saß.

»Guten Abend, Herr Creglinger«, sagte er.

Der Herrenschneider rülpste und drehte sich langsam um. Aus feuchten Augen schaute er Hansen trübe an, als krame er ganz weit hinten in seiner Erinnerung nach dem Namen seines Banknachbarn.

Die Bedienung kam, steuerte zunächst auf den inzwischen verwaisten Platz zu, bog aber auf halbem Weg flugs in Hansens

Richtung ein und stellte einen gut gefüllten Teller mit knuspriger Haxe, Kartoffelknödel und Sauerkraut vor dem Gast ab. Creglinger streifte die dampfenden Speisen mit einem skeptischen Blick, wedelte theatralisch ein wenig Essensduft von sich weg und griff nach seinem Bierglas.

»Guten Abend, Herr Creglinger«, versuchte es Hansen erneut. Er streckte dem Mann die rechte Hand zur Begrüßung hin, aber der machte keine Anstalten, sie zu ergreifen, sondern sah ihn nur müde an und nickte langsam.

»Ja, ja«, lallte er, »der Herr Kommissar, ich weiß schon.«

»Na ja, heute Abend eher Ihr Kunde – irgendwann habe sogar ich Feierabend.«

»Schön.«

Creglinger wandte sich wieder seinem Bier zu und nahm noch einen Schluck. Hansen machte sich über sein Essen her. Er hatte eher Appetit als Hunger, und nachdem die halbe Portion vertilgt war, musste er mit Bier nachschwenken und bestellte sich gleich noch eins.

»Geht's Ihnen nicht gut, Herr Creglinger?«, unternahm er einen weiteren Anlauf.

Der Schneider wandte wieder den Kopf, recht langsam auch diesmal, und musterte Hansen ein weiteres Mal, als habe er ihn nie zuvor gesehen. Der Mann sah fürchterlich aus: die Haare zerzaust, die Augen blutunterlaufen mit dunklen Ringen, die Haut im etwas feisten Gesicht aschfahl, nur an den Wangen und an der Nase gerötet, vermutlich vom Alkohol.

»Das geht Sie einen Scheißdreck an, Herr Kommissar.« Er bekam Schluckauf, trank etwas Bier, hustete. »Oder halt ›Herr Hansen‹, wenn Ihnen das nach Feierabend lieber ist.«

»Meine Verlobte meinte, ich solle Sie fragen, wie es um meinen Anzug steht«, sagte Hansen in der Hoffnung, dieses Thema würde den alten Mann gesprächiger machen.

»Der muss noch ein wenig warten. Ich fühle mich im Moment nicht so besonders. Und der Anzug soll ja schön werden, nicht wahr?«

»Wird er sicher, da bin ich überzeugt – so, wie meine Verlobte von Ihnen geschwärmt hat …«

»Schleimen Sie hier nicht so rum, Herr Hansen«, knurrte Creglinger und wischte sich mit dem Ärmel die Nase. »Wie gesagt, mir geht's grad nicht so gut.«

»Deshalb hatte ich Sie ja gefragt«, erinnerte ihn Hansen.

»Und ich hab gesagt, dass Sie das nichts angeht.«

»Sie haben ja recht. Solange es nichts mit dem Fall Roth zu tun hat, ist das Ihre Privatsache.«

Hansen hatte einen versöhnlichen Ton angeschlagen und eigentlich gar nichts bezweckt mit seiner Bemerkung, aber Creglinger schnellte hoch wie von der Tarantel gestochen. Er blitzte Hansen böse an, trank sein Bier in einem Zug aus, legte zwei Scheine auf den Tisch und wankte aus der Gaststube.

Hannas Freund Thomas war mal wieder zu spät gekommen. Seitdem sie sich vor bald fünf Jahren kennengelernt hatten, versuchte er, von der Polizeiinspektion Memmingen nach Füssen versetzt zu werden – die dortige Dienststelle war nur drei Minuten Fußweg von Hannas Wohnung in der Füssener Pappenheimstraße entfernt. So aber hing der Beginn ihrer gemeinsamen Abende immer davon ab, ob Thomas Groß auf der Autobahn in einen Stau geriet oder nicht. Oder ob sein

Vorgesetzter die letzte Besprechung vor dem Schichtwechsel überzog – wie es an diesem Tag passiert war.

Nun hatte Thomas ein schlechtes Gewissen, weil er seine Freundin hatte warten lassen. Aber Hanna machte kein Drama draus, sondern nutzte die Gelegenheit, ihren Freund zu einem Besuch beim Chinesen in der Brunnengasse zu überreden. Thomas Groß mochte lieber Schweinshaxe oder Kässpatzen, aber heute traute er sich nicht zu widersprechen – also würde er eben mit Ente, Gemüse und Reis vorliebnehmen müssen.

Die beiden spazierten plaudernd in Richtung Innenstadt, ab und zu blieben sie stehen und hielten einen kleinen Schwatz mit jemandem, den Hanna aus der Nachbarschaft oder aus dem Eishockeyverein kannte. Auf einmal packte Hanna ihren Freund am Ärmel, ließ auch gar nicht mehr los und zog ihn ein wenig zur Seite. Das sah nicht nur kurios aus, weil der schlanke Thomas gut einen Kopf größer war als seine beleibte Freundin – er war auch so überrumpelt von der plötzlichen Richtungsänderung, dass er Mühe hatte, auf den Beinen zu bleiben. Hanna gab erst Ruhe, als sie halb hinter einem Mauervorsprung verborgen standen, mit dem Rücken zur Straße.

»Was ist denn jetzt los?«, fragte Thomas, aber Hanna legte ihren Zeigefinger auf die Lippen und schaute verstohlen hinter sich. Dort wankte ein älterer Herr am Rand der Gasse entlang, blieb alle paar Schritte stehen und atmete tief ein und aus, bevor er seinen Weg wieder fortsetzte.

»Herrschaften, der ist ja bedient!«, brummte Thomas, und es war ihm anzuhören, wie sehr er sich auf das erste Weißbier des Tages freute.

Hanna warf ihm einen tadelnden Blick zu und beugte sich ein wenig näher zu ihm hin.

»Das ist dieser Herrenschneider Creglinger, von dem ich dir erzählt habe.«

»Der sich nachts auf der Waldlichtung herumgetrieben hat und von dem ihr so gern wissen würdet, wonach er gesucht hat?«

»Genau der.«

Hanna sah sich weiter um. Ihr fiel ein Mann auf, der Creglinger in gemächlichem Tempo folgte. Sie nickte zu ihm hin. Er nickte kaum merklich zurück und setzte seinen Weg fort.

»Und das ist der Kollege, der ihn beschatten soll«, flüsterte Hanna ihrem Freund zu.

»Schön, dann können wir ja weiter.«

»Warte mal.«

Es war gerade ungewöhnlich ruhig in der Innenstadt. Nicht nur Creglingers unregelmäßige Schritte waren zu hören, sondern auch dessen Stimme.

»Der denkt ja laut«, bemerkte Thomas.

»Und deshalb folgen wir ihm jetzt und hören ein bisschen zu.«

Sie wartete gar nicht erst seine Antwort ab, und Thomas sparte sich jeden Einwand – wenn Hanna sich etwas in den Kopf gesetzt hatte, gab es kein Entrinnen. Sie wechselte auf Creglingers Straßenseite, gab dem Kollegen, der ihn beschattete, ein Zeichen und eilte dann so unauffällig wie möglich dem Herrenschneider nach. Thomas hatte sie bald eingeholt und legte den Arm um sie.

»So sieht das doch gleich viel unverdächtiger aus«, raunte

er ihr zu und küsste sie aufs Haar. »Nur für den Fall, dass sich der Mann umdrehen sollte.«

Sie lächelte, arbeitete sich aber auch im Gespann mit ihrem Freund immer weiter an den Betrunkenen heran, bis sie seine Stimme deutlicher hören konnte. Er sprach mal leise, mal etwas lauter, aber immer mit schwerer Zunge, und es dauerte ein wenig, bis sich Hanna so an die schleppende Aussprache gewöhnt hatte, dass sie zumindest einen Teil des Selbstgesprächs verstehen konnte.

»… nicht mal in Ruhe sein Bier …«, glaubte sie herauszuhören, und: »… fehlte mir noch, dass ich mich da verquatsche …«

Dann senkte sich das Lamento zum unverständlichen Gemurmel, bis Creglinger plötzlich stehen blieb. Hanna und Thomas verharrten mitten im Schritt. Der Alte ballte die Fäuste und legte den Kopf in den Nacken, dabei schwankte er leicht.

»Wenn ich nur wüsste, wo der Idiot das versteckt hat!«, brach es aus ihm hervor. »Wenn ich nur wüsste, wo ich suchen muss! Und *was* ich suchen muss!«

Ein Mofa knatterte qualmend an ihnen vorbei, die Fahrerin und ihr Sozius unterhielten sich lautstark und lachend. Creglinger wandte den Kopf zur Seite und schaute dem Gefährt missbilligend hinterher. Zum Glück hatte er nur neben und nicht hinter sich geblickt. So waren Hanna und Thomas unentdeckt geblieben.

»Stirbt dieser Trottel und nimmt sein Geheimnis mit ins Grab!«, rief Creglinger nach einer längeren Pause, dann setzte er sich schwankend wieder in Bewegung. Hanna blieb ihm auf den Fersen, ohne dass er sie bemerkt hätte, aber nichts von dem, was er auf dem restlichen Heimweg vor sich hin brabbelte, konnte sie auch nur ansatzweise verstehen. Vor seiner Haustür blieb Creglinger stehen, kramte umständlich in seiner Jacke nach dem Schlüssel und versuchte ihn, nachdem er ihn endlich hervorgeklaubt hatte, ins Schloss zu stecken. Das misslang ihm einmal, zweimal, dreimal, dann trat er einen Schritt zurück, fixierte das Schloss wütend und schimpfte: »Da erpresst mich dieser Saukerl, und ich weiß nicht mal, womit er mich drankriegen will!«

Nun endlich brachte er den Schlüssel im Schloss unter, nach zwei Versuchen hatte er es geöffnet. Creglinger verschwand im Treppenhaus und knallte die Haustür hinter sich zu, ohne sich noch einmal umzudrehen.

»Und jetzt?«, fragte Thomas.

Hanna zuckte mit den Schultern und drehte sich um, als sie Schritte hinter sich hörte.

»Wenn ich so dicht auf den Mann aufrücken würde, könnte ich mir einen ordentlichen Rüffel vom Chef abholen«, maulte der Kollege, der Creglinger verfolgen sollte.

»So betrunken wie der war, hat der uns auf keinen Fall bemerkt«, beruhigte ihn Hanna. »Aber auf so kurze Entfernung konnten wir wenigstens ein bisschen was von dem verstehen, was er im Suff von sich gegeben hat.«

»Was Hilfreiches?«

»Schaun wir mal. Am liebsten würde ich ihn jetzt rausklingeln und ordentlich in die Mangel nehmen – dann wüssten wir wahrscheinlich schon bald, was er mit seinen Andeutungen meinte.«

»Kann sein. Aber dass das vor Gericht keinen Bestand hat, so betrunken wie der ist ...«

»... weiß ich selbst. Eben, und deshalb lass ich das auch. Gute Nacht.«

Sie machte sich mit ihrem Freund wieder auf den Weg zum Chinarestaurant, während sich ihr Kollege eine Stelle suchte, von der aus er unauffällig Creglingers Haus im Blick behalten konnte.

Willy Haffmeyer war wütend aus dem Kommissariat gestürmt, weil es ihn wurmte, dass sein Chef, auf den er doch so große Stücke hielt, nicht erkennen wollte, dass diese BKA-Beamtin ihm schöne Augen machte. Oder, schlimmer noch, dass er es vielleicht sogar erkannte, es sich aber gefallen ließ – und damit womöglich riskierte, dass die Hochzeit mit Resi platzte. Die Rechtsmedizinerin und der Kripokommissar waren in Haffmeyers Augen das ideale Paar. Resi tat dem eher ruhigen Hansen mit ihrer impulsiven Art ganz gut, und wenn sie im Eifer des Gefechts mal übers Ziel hinausschoss, nordete er sie durch seine abgeklärte Reaktion wieder ein. Bei Zankereien nahm Hansens Fähigkeit zur Selbstironie der wütenden Resi häufig gerade noch rechtzeitig den Wind aus den Segeln – doch diesmal schien der Streit tiefer zu gehen. Resi hatte lange genug darauf gewartet, dass Hansen sich endlich ernsthaft um einen Hochzeitstermin kümmerte. Und ausgerechnet jetzt tauchte wieder diese ausnehmend attraktive Frau auf, die Hansen erkennbar sympathisch fand!

Noch weniger Verständnis für einen solchen Flirt hatte Willy Haffmeyer, weil er selbst seit einiger Zeit nicht recht weiterkam in seiner … nun ja … Beziehung zu Rosi Konner. Meistens erreichte er sie nicht, und falls sie doch mal ans Telefon ging, wenn er anrief, war sie immer in Eile und konnte nur ganz kurz mit ihm reden. So kurz, dass er erst gar nicht dazu kam, sie mal wieder zu sich einzuladen.

Auf dem Heimweg hatte Haffmeyer einen kleinen Umweg über den Getränkemarkt gemacht und den Kofferraum mit reichlich Bier und Schnaps und Wein beladen. Doch daheim in Zell angekommen, hatte er keine Lust, die Kästen und Flaschen alle ins Haus zu schleppen, also nahm er nur zwei Bierflaschen mit, stellte sie in den Kühlschrank und schaltete die Kaffeemaschine ein. Mit der ersten Tasse ging er in sein Atelier hinüber, wo er das Bild begutachtete, an dem er gerade arbeitete. Seit einigen Jahren schon fing er Stubenfliegen, steckte sie auf Nadeln und tunkte sie in Ölfarbe, um mit ihnen als »Farbpunkten« großformatige Nachbildungen berühmter Gemälde herzustellen. Das brachte ihn auch nach dem aufregendsten Tag im Kommissariat verlässlich zur Ruhe, doch heute hatte er keine Lust, sich seinem Hobby zu widmen.

Eine Weile stand er am Fenster und schaute aufs Dorf hinaus, nippte an seinem Kaffee und überließ sich seinen Gedanken. Am Ende war der Kaffee kalt. Haffmeyer schüttete den Rest weg und blieb eine Weile unschlüssig in der Küche stehen. Er schaute das Telefon an, aber zu einem weiteren Anruf in Österreich konnte er sich nicht aufraffen. Schließlich nahm er im Flur die Jacke vom Haken, zog die Haustür hinter sich zu und fuhr aus dem Ort hinaus. Er bog rechts in einen Feldweg ein und folgte diesem bis zur Kreuzung droben im Wald, wo er sein Auto hinter einem Streifenwagen parkte und zu Fuß zu Roths Hütte weiterging.

Bevor Haffmeyer unter den Bäumen hervortrat, machte er sich bemerkbar, um die Kollegen vorzuwarnen, die vielleicht noch den Tatort bewachten. Tatsächlich raschelte es am gegenüberliegenden Rand der Lichtung. Zwei Uniformierte schoben sich aus den Büschen hervor und kamen auf Haffmeyer zu.

»Na, Willy, was machst du denn um diese Zeit noch hier heraußen?«, erkundigte sich Polizeihauptmeister Winfried Abt, mit dem Haffmeyer früher regelmäßig kegeln gegangen war. Das war inzwischen schon einige Jahre her, mehr jedenfalls, als der grau melierte Kollege noch an Dienstjahren bis zur Pensionierung hatte.

»Ich wusste nichts mit mir anzufangen«, gab Haffmeyer zu. »Da dachte ich halt, ich schau hier mal nach dem Rechten.«

»Hier ist alles ruhig, und auch wir müssten eigentlich nicht mehr hier sein. Heute Nachmittag kam der Funkspruch, dass wir mit Sonnenuntergang Feierabend machen sollen. Die Spuren sind wohl alle gesichert, und falls dieser seltsame Herrenschneider wieder auf der Lichtung auftauchen sollte, hat er einen Kollegen in Zivil im Schlepptau, der ihn im Auge behält.«

»Und warum seid ihr dann immer noch hier?«

»Na ja, ein Rehbock treibt sich ab und zu dort drüben im Unterholz herum«, sagte Abt und deutete auf eine Stelle am Rand der Lichtung. »Vielleicht ein Tier, das Roth gefüttert hat und das inzwischen zutraulich geworden ist. Es kommt immer mal wieder etwas näher heran und haut gleich wieder ab, wenn wir uns ihm nähern. Jetzt haben wir halt noch etwas Futter für den Kerl in den beiden Holztrögen angerichtet.«

Abt schlug seinem Kollegen auf die Schulter.

»Außerdem hat er gerade Ärger mit seiner Frau, da zieht es ihn nicht so sehr nach Hause. Und ich leb ja eh allein, da ist es egal, wann ich heimkomme.«

»Tja«, brummte Haffmeyer und stopfte die Hände in die Hosentaschen, »und manchmal führt das eine zum anderen ...«

Die beiden Uniformierten sahen ihn fragend an, aber Haffmeyer machte keinerlei Anstalten, seine Bemerkung zu erklären.

»Dich beschäftigt doch etwas, Willy«, meinte Abt schließlich. »Willst du dich nicht zu uns setzen?«

Haffmeyer hob den Kopf und sah ihn an, dann zuckte er mit den Schultern.

»Warum nicht? Aber wir sollten am Feierabend nicht einfach trocken im Wald herumsitzen, finde ich. Kommt mal mit!«

Kurz darauf saßen sie hinter Haffmeyers Auto beisammen. Willy hatte die Heckklappe seines Kombis geöffnet und zwei Bierkästen auf den Feldweg gestellt. Auf den Kästen saßen nun die beiden Kollegen, auf der Ladefläche des Kofferraums er selbst, und die Männer prosteten sich mit ihren Bierflaschen zu. Aus dem leise gedrehten Autoradio dudelten Schlager, und wenn das Gespräch der drei einmal stockte, lauschten sie auf den Wind, der in den Blättern rauschte.

Einmal war es Haffmeyer, als hätte er ganz in der Nähe

einen Ast knacken hören, aber als er die anderen mit einer Geste zum Schweigen brachte und horchte, war alles still, nur Helene Fischer sang weiter. Also plauderten sie munter weiter und unterhielten sich prächtig. Natürlich redete Willy nicht über die Sorgen, die er sich wegen Hansens Beziehung machte, aber auch so hatten sie jede Menge Themen, die sie bis weit in die Nacht hinein beschäftigten.

Als sie schließlich häufiger gähnten als redeten, war ein Kasten Bier ganz und ein zweiter zur Hälfte geleert. Auch eine Flasche Rotwein und eine Literpulle Obstler waren bereit für den Altglascontainer. Haffmeyer wuchtete sich umständlich aus dem Kofferraum hoch und stellte sich etwas wacklig vor die beiden Kollegen hin.

»So, Männer«, nuschelte er, »jetzt nehm ich euch im Auto mit zu mir nach Hause, dort schlaft ihr euren Rausch aus, und eure Minna könnt ihr morgen früh wieder hier abholen.«

»Von wegen«, brachte Abt mühsam hervor. »Du setzt dich jetzt ganz bestimmt nicht mehr hinters Steuer! Schon gar nicht für die paar Hundert Meter bis zu deinem Haus! Stell dir mal vor, deine neugierigen Nachbarn schauen zum Fenster raus und sehen drei Polizisten voll wie die Haubitzen aus deinem Wagen torkeln – nein danke, den Anpfiff am Montag erspare ich mir lieber.«

Haffmeyer winkte schwungvoll ab, war aber schon so gut wie überredet. Abt erhob sich und half auch seinem Kollegen auf. Gemeinsam luden sie die Bierkästen ins Auto und drückten die Heckklappe zu.

»Du links, ich rechts«, kommandierte Abt, woraufhin Haffmeyer von den beiden uniformierten Kollegen untergehakt wurde. Das Trio machte sich auf den Weg zu Haffmeyers Haus, wobei es in Schlangenlinien die ganze Breite des Feldwegs auskostete.

Als die drei Polizisten nach den ersten zwanzig Metern auch noch anfingen zu singen, musste der Mann im Dickicht doch grinsen. Bis dahin waren ihm die Männer nur auf die Nerven gegangen und hatten seine Geduld arg auf die Probe gestellt. Er hatte ihnen beim Saufen zugeschaut und sich so nah an sie herangearbeitet, dass er alles hören konnte, was sie redeten – alles unnützes Zeug über alte Zeiten und neue Pflichten und vieles andere, was Kollegen halt so quatschen, wenn sie nicht viel mehr als die Branche verbindet, in der sie arbeiten.

Immer wieder hatte er überlegt, die drei allein zu lassen und zur Lichtung zurückzugehen, aber dann war er auf einen trockenen Zweig getreten – das laute Knacken hatte ihn zu Tode erschreckt und auch den hageren Polizisten in Zivil aufhorchen lassen. Also harrte er aus, bis die drei Männer genug getrunken hatten und endlich hinunter zum nächsten Dorf torkelten.

Er sah ihnen nach, bis sie außer Sichtweite waren, dann kehrte er zurück zur Lichtung. Dort angekommen, versuchte er sich erst einmal zu orientieren. Er kannte die Örtlichkeit recht gut, war auch schon nachts hier gewesen, aber heute war es dunkler als sonst. Am wolkenlosen Himmel funkelten die Sterne, aber der Mond war bereits untergegangen. Es dauerte einen Moment, bis sich seine Augen an die Sichtverhältnisse gewöhnt hatten.

Die Konturen der Hütte und des Toilettenhäuschens schälten sich aus der Nacht, allmählich konnte er auch den Brenn-holzstapel, den Spaltblock und einige der herumliegenden Gerätschaften ausmachen. Als er gerade seinen Rundgang beginnen wollte, war ein Rascheln zu hören. Er erstarrte, dann lauschte er und bohrte seinen Blick in das Unterholz, das im tiefen Dunkel des Waldes lag, doch er konnte nichts erkennen. Es raschelte erneut, diesmal schon ein wenig weiter entfernt. Danach herrschte wieder Stille.

Langsam setzte er sich in Bewegung, streifte dabei Einmal-handschuhe über, umrundete das Toilettenhäuschen und blieb schließlich vor der Herzerltür stehen. Er zog das Handy hervor, schaltete die Taschenlampenfunktion ein, atmete tief ein und riss die Klotür auf. Zügig leuchtete er den Innenraum aus, während er die Luft anhielt. Er machte einen Schritt hin-ein in das Häuschen, suchte mit dem Lichtstrahl die Wände, die Decke und den Boden ab, schließlich leuchtete er sogar in das Loch, das von der Klobrille umfasst wurde – aber nir-gendwo bekam er etwas zu sehen, das man in einem Toiletten-häuschen nicht auch erwartet hätte. Schnell machte er zwei Schritte zurück ins Freie, drückte die Tür zu und atmete ein paarmal tief durch.

Als Nächstes nahm er sich die Hütte vor, aber so gründlich er auch alles auf den Kopf stellte, fand er weder das Gesuchte noch einen Hinweis darauf, dass hier jemals etwas versteckt gewesen wäre.

Er streifte über die gesamte Lichtung, und gerade als er sich einredete, dass ja auch die Polizei nichts gefunden haben konnte, wenn ihm keinerlei Hinweise auf ein geeignetes Ver-steck auffielen, entdeckte er am Waldrand einige abgebrochene Zweige und geknickte Grashalme. Hier mussten vor nicht allzu langer Zeit mehrere Personen von der Lichtung in den Wald gegangen sein. Er folgte dem Pfad aus zertrampeltem Gras und stand bald vor einem Erdloch, das mit einer Holzklappe abgedeckt war. Er griff unter die Abdeckung und schob sie zur Seite. Das Loch war leer, aber den zahlreichen Fußspuren rund um das Versteck nach zu urteilen, hatte die Polizei dieses Versteck sehr gründlich untersucht – und anschließend den Inhalt an sich genommen.

Das zweite Loch fand er keine fünf Minuten später, doch auch dieses Versteck war leer. Drum herum befanden sich Fußspuren und andere Abdrücke. Außerdem klafften einige kleinere Löcher im Boden, aus denen jeweils etwa eine Handvoll Erde entnommen worden war. Hier fehlte die Abdeckung, die es aber offenbar einmal gegeben hatte. Auf dem Boden des Lochs lagen einige verwelkte Blätter, aber die hatte wohl eher der Wind in den vergangenen Stunden dahin geweht – hätte die Grube schon länger offen gestanden, hätten sich dort ganz sicher viel größere Mengen Laub und Staub angehäuft.

Damit konnte er seine Suche abbrechen. Seine schlimmste Befürchtung war eingetreten: Die Polizei hatte gefunden, was er unbedingt als Erster hätte finden sollen. Und wenn sich auf den Fundstücken DNA-Material von ihm fand, was er trotz aller Vorsicht und der Handschuhe nicht ganz ausschließen konnte, würde es nicht lange dauern, bis der Abgleich im Polizeisystem einen Treffer auswies – denn über Vergleichsproben, die ihm zugeordnet werden konnten, verfügte die Polizei schon seit Jahren.

Was musste Roth, dieser Idiot, seine Verstecke auch ausgerechnet so nahe bei seinem elenden Unterschlupf anlegen? Einmal umrundete er noch die Lichtung, stieß sich unterwegs an dicken Ästen und zog sich einige Schrammen zu, als er sich zu nah an einem Baumstamm vorbeizwängte, aber schließlich erreichte er den Weg, der von der Lichtung wegführte. Er schaltete das Handylicht aus, blinzelte ein paarmal, bis er auch im Dunkeln wieder genug sehen konnte, und folgte dem Pfad durch den Wald bis auf den nächsten größeren Feldweg. Nach wenigen Minuten hatte er sein Motorrad erreicht, das er nördlich des Waldes an die Wand einer Hütte gelehnt hatte.

Niedertourig fuhr er damit über die Wiese zum nächsten Feldweg und danach zu einem asphaltierten Sträßchen. Das Dröhnen des Motors wurde immer leiser. Und schließlich war kein Motorrad mehr zu hören. Der Wind rauschte durch Büsche und Bäume, und irgendwo rief ein Käuzchen.

Eike Hansen ließ sich nach der Schweinshaxe noch einen Kaffee schmecken, danach schlenderte er durch die Füssener Innenstadt. Ab und zu ergatterte er einen Blick auf das Schloss, das über der Innenstadt thronte. Er spazierte am Benediktinerkloster vorbei, und irgendwann stand er auf der Lechbrücke an der Spitalkirche und schaute über das Geländer auf den Fluss hinunter.

Resi und ihre Halsstarrigkeit kamen ihm in den Sinn. Haffmeyer und sein Aufbrausen heute im Kommissariat. Creglinger und die Frage, was der Alte auf der Lichtung gesucht haben konnte. Schubert und die Tatsache, dass der ehemalige Geheimdienstler seine Eltern und vor allem seinen Vater besser gekannt hatte als er selbst. Seine Gedanken schweiften zurück zur Kindheit in Wunstorf-Klein Heidorn, wo er eine glückliche Zeit verbracht hatte, wenn auch größtenteils allein mit der Mutter, weil der Vater als Jetpilot unterwegs gewesen war. Oder vielleicht als Agent in Schuberts Auftrag. Hansen lächelte wehmütig und erinnerte sich an die schönen Jahre als Kommissar in Hannover und Oldenburg. An seine Ehe, die so gut begonnen und letztlich mit einer Scheidung geendet hatte – und daran, wie übel ihm sein Schwiegervater die Trennung genommen hatte.

Das hatte ihn letztendlich dazu bewogen, sich auf den Posten als Leiter des K1 in Kempten zu bewerben. Und auch wenn er nach holprigem Start inzwischen als Kollege geachtet und als guter Ermittler geschätzt wurde: Was würde ihn noch im Allgäu halten, wenn er und Resi kein Paar mehr wären? Wenn das gute Verhältnis zu seinen beiden liebsten Mitarbeitern Willy Haffmeyer und Hanna Fischer getrübt würde? Die gelegentlichen Treffen mit seinem Vorgänger Rolf Hamann waren nett und Frau Walburga als Vermieterin eine Marke – aber reichte das, um sich hier heimisch zu fühlen?

So fremd, so entwurzelt wie heute Abend hatte er sich in seinen ersten Wochen und Monaten im Allgäu häufiger gefühlt, aber damals hatten eine gewisse Euphorie und sein Wille überwogen, sich in Kempten gegen alle Widerstände durchzusetzen. Und heute? Zwar ging ihm auch sein aktueller Fall durch den Kopf und gab ihm spannende Rätsel auf – aber solche Fälle gab es überall in Deutschland, nicht nur im Allgäu. Und wenn er sich schon vor Jahren erfolgreich auf den Posten in Kempten hatte bewerben können, um wie viel größer müssten seine Chancen dann beim nächsten Mal stehen, da er mittlerweile noch mehr Erfahrung als Kriminalbeamter vorweisen konnte? Vielleicht würde er dann sogar die Behörde wechseln? Warum sollte er sich denn vom Bundes- oder Landeskriminalamt ins Handwerk pfuschen lassen – warum sollte er sich nicht selbst dort bewerben? Vor allem das LKA bediente sich vorzugsweise bei der Kripo, wenn es um neue Mitarbeiter ging. Und zum BKA hatte er ja sogar persönliche Beziehungen.

Jana Vermijnens Bild tauchte vor seinem geistigen Auge auf. Sie lächelte ihn an, er spürte ein Kribbeln in der Magengegend, nicht unangenehm, aber doch beunruhigend, und er fuhr sich mit der Hand über das Gesicht, um die Gedanken an die attraktive Kollegin zu verscheuchen. Sie hatte sich freiwillig für diesen Fall gemeldet – weil sie ihn wiedersehen wollte?

»Ach was«, murmelte Hansen halblaut vor sich hin. Jana Vermijnen war Anfang dreißig, sah umwerfend aus und hatte alle Möglichkeiten – was wollte sie da mit einem langweiligen Mittvierziger wie ihm? Mit jemandem, der sich von seiner Vermieterin vorschreiben ließ, welches Bier er trank, und dem selbst der räudige Ignaz auf der Nase herumtanzte? Er lachte bitter und beugte sich noch etwas weiter über das Brückengeländer.

Und was sollte er von Jana wollen? Wo sie doch zu jung für ihn war, zu attraktiv, zu … Er rief sich in Gedanken zur Ordnung und dachte seine Argumente noch einmal neu: Was sollte er von Jana wollen – wo er doch Resi hatte und sie heiraten wollte?

»Ja«, rief er aus und drückte den Rücken durch.

Eine ältere Frau, die gerade die Brücke überquerte und nur wenige Schritte von Hansen entfernt war, zuckte erschrocken zusammen. Ihrem hektischen Schritt entnahm er, auch ohne sich umzudrehen, dass sie möglichst schnell viel Strecke zwischen sich und diesen seltsamen Mann auf der Brücke bringen wollte.

Er wandte sich der Stadt zu und lächelte der Frau hinterher, die erst jenseits des Flusses wieder in ein etwas langsameres Tempo verfiel. Um sie nicht noch mehr zu erschrecken, wartete er, bis sie in die Spitalgasse abgebogen war, erst dann machte er sich gemächlich auf den Weg zu seinem Auto.

Gemütlich lenkte er seinen Wagen nordwärts aus der Stadt hinaus. Am Waldfriedhof, auf dem Walburga Lederers Gatte in Frieden ruhte, überholte ihn ein aufgemotzter Kleinwagen, aus dessen heruntergelassenem Seitenfenster eine Mischung aus Heavy Metal und jugendlichem Gegröle drang. Der Rest der Fahrt verlief ohne besondere Vorkommnisse, bis er auf Höhe des Segelclubs sah, wie gut zweihundert Meter vor ihm ein Taxi aus Richtung seines Hauses heranfuhr, auf die Bundesstraße einbog und Kurs auf Füssen nahm. Der Taxifahrer beschleunigte, und im Vorüberfahren konnte Hansen nur einen kurzen Blick ins Innere des Fahrzeugs erhaschen – aber es war ihm, als hätte er auf dem Rücksitz Jana Vermijnen sitzen sehen.

Hatte die BKA-Beamtin ihn besuchen wollen? An einem späten Samstagabend, an dem Resi keine Zeit für ihn gehabt hatte? Nein, er täuschte sich ganz sicher. Vielleicht hatte er sich die Person im Taxifond nur eingebildet, oder es war eine fremde Frau gewesen, die Jana Vermijnen im Halbdunkel des Wageninneren ähnlich gesehen hatte.

Er ließ sein Auto vor dem Haus ausrollen und ging in die Küche, um sich noch ein letztes Bier einzuschenken. Ihm fiel Ignaz auf, der skeptisch vor seiner Futterstation stand. Frau Walburga hatte ihm ein Ungetüm aus hellgrauem Plastik gekauft, das zwei runde Aussparungen aufwies – eine für den etwas größeren Futternapf und eine für ein Wasserschälchen. Wenn das Trockenfutter zur Neige ging, füllte Hansen es nach. Außerdem hatte er es sich angewöhnt, jeden Morgen frisches Wasser in das Schälchen zu füllen. Nun schaute Ignaz eher angewidert auf die im Schälchen verbliebene Pfütze, in der einige seiner Fellhaare schwammen. Hansen löste die Wasserschale aus ihrer Umrandung, schüttete die Pfütze weg, wusch die Schale aus, füllte sie mit frischem Wasser und drückte sie vor den Augen des Katers in der Umrandung fest.

Ignaz betrachtete das Wasser und dann seinen Mitbewohner. Vorsichtig tunkte er die rechte Pfote ins Wasser, zog sie wieder heraus, hinterließ ein paar Bröckchen Katzenstreu und einige Fellhaare im Wasser und leckte sich die Pfote ab. Die Prozedur wiederholte er einige Male, bis das Wasser so gebraucht aussah wie vor dem Nachfüllen. Ignaz dagegen schien zufrieden und trippelte in den Flur hinaus, wobei er mit der rechten Pfote eine schmutzig-nasse Spur zog.

Hansen riss fluchend ein Blatt Küchenkrepp von der Rolle, ging in die Hocke und wischte die ärgsten Pfotenspuren auf. Anschließend nahm er sein Bier mit ins Wohnzimmer und zappte durch die Fernsehprogramme, ohne wirklich auf den Bildschirm zu sehen. Schließlich schaltete er den Fernseher aus, warf die Fernbedienung neben sich auf die Couch und ließ sich nach hinten sinken. So lag er eine Zeit lang da und starrte an die Decke, bis er das Gefühl hatte, beobachtet zu werden. Er stützte sich auf, und wirklich: Mitten im Wohnzimmer saß der Kater und sah ihn an. Das Tier wirkte nun eher nachdenklich als bösartig, und nach ein, zwei Minuten schien er das Blickduell mit seinem Mitbewohner verloren zu geben und trollte sich.

Sehr zufrieden mit seinem unerwarteten Sieg sank Hansen zurück in die Polster und versuchte an gar nichts zu denken, was aus zwei Gründen nicht klappte. Der erste war Jana Vermijnen, die ihm wieder und wieder in den Sinn kam. Den zweiten Grund steuerte der Kater bei. Ignaz war inzwischen ins Wohnzimmer zurückgekehrt und trug einen von Resis bequemen Pantoffeln im Maul, die sie bei Hansen deponiert hatte. Ignaz schleppte den Schuh langsam durchs Zimmer und legte ihn vor der Couch ab, wie er es manchmal mit jungen Mäusen tat, die er Hansen als Anteil an der Beute darbrachte.

Aber Resis Pantoffel? Hansen runzelte die Stirn und versuchte aus dem Verhalten dieses seltsamen Katers schlau zu werden. Ignaz legte den Kopf schief und sah Hansen ganz eigentümlich an. Dann senkte er den Blick und fixierte Resis Hausschuh, und danach wieder Hansen. So ging das einige Male, bis Hansen allmählich begriff …

Und als er ins Bett ging, träumte er nicht von einer ausnehmend attraktiven BKA-Beamtin, sondern von Resi, wie es sich gehörte.

Samstag, 9. März

Das Frühstück der drei Männer in Zell fiel schweigsam aus. Der starke Kaffee und die deftigen Wurstbrote brachten Willys Gäste wieder so weit in Schwung, dass sich die beiden Kollegen zutrauten, ihren Streifenwagen am Waldrand abzuholen und in der Dienststelle abzuliefern. Den Rest ihrer Müdigkeit würden sie daheim ausschlafen: Zur nächsten Schicht mussten sie erst am Abend antreten. Haffmeyer bot ihnen an, sie zu der Stelle zu fahren, an der sie ihren Wagen gestern Nacht hatten stehen lassen, aber Winfried Abt lehnte dankend ab und riet Haffmeyer lachend, lieber zweimal zu duschen und noch etwas Kaffee zu trinken, bevor er das Haus verließ.

Willy Haffmeyer sah den beiden durchs Fenster nach, wie sie auf der Dorfstraße davonmarschierten, dann duschte er, bis das heiße Wasser fast aufgebraucht war. Er tappte durch den dichten Dunst zum Waschbecken, wischte mit dem Handtuch den Spiegel leidlich frei und betrachtete das ramponierte Gesicht, das ihm aus dem feuchten Glas entgegensah. Die Unschärfe ließ Augenringe und Falten gnädig im Ungewissen, aber auch so war nicht zu übersehen, dass ihm die vergangene Nacht ordentlich zugesetzt hatte.

In seinem Kopf lieferten sich ein Vorschlaghammer und ein Bienenstock ein schmerzhaftes Duell, mal gewann das Pochen die Oberhand, mal das Surren und Schwirren. Für einen Moment erwog er, sich aus dem Arzneischrank ein, zwei

Kopfschmerztabletten zu nehmen, doch dann riss er sich zusammen und ging ohne Medikamente aus dem Bad. Wer nachts zu viel trinken konnte, sagte sich Haffmeyer, musste am nächsten Tag auch Kopfweh aushalten können.

Er räumte den Küchentisch ab, brach zwei Stücke von der Schokoladentafel im Kühlschrank und trank dazu seinen vierten Kaffee. Das Radio, das er nach dem Duschen ganz leise hatte dudeln lassen, war längst wieder ausgeschaltet – nicht einmal Blasmusik mochte er in seinem Zustand hören, von dem, was heute für Schlager gehalten wurde, ganz zu schweigen. Irgendwann erhob er sich ächzend und holte die Zeitung herein, blätterte sie durch, ohne auch nur einen einzigen Artikel wirklich zu lesen, faltete sie wieder zusammen und warf sie in den bereits überfüllten Holzkorb, der neben der Küchenbank als Zeitungsarchiv diente.

Nach dem fünften Kaffee war Haffmeyer endlich wach genug, um seinen Tag zu planen. Er hatte keine große Lust, an der Soko-Besprechung teilzunehmen, die für zehn Uhr angesetzt war. Denn dann würde er Hansen erklären müssen, warum er ihn so heftig angegangen war – und nach der halb durchzechten Nacht war er sich auch gar nicht mehr so sicher, dass seine Sorgen gerechtfertigt waren. Natürlich machte diese Jana dem Chef schöne Augen, davon ließ er sich nicht abbringen – aber Hansen würde doch wohl vernünftig genug sein, nicht seine Beziehung zu einer Frau wie Resi Meyer aufs Spiel zu setzen!

Angestrengt dachte Haffmeyer darüber nach, welche Ermittlung oder Befragung er als Ausrede verwenden konnte, um erst etwas später am Tag ins Kommissariat zu fahren. In seiner direkten Umgebung hatten, soweit er wusste, nur der Wirt der Schloßbergalm, Bauer Rampoldt mit seiner Familie und Freiherr Wank samt seinen Angestellten mit dem Fall Roth zu tun – und alle waren schon befragt worden. Nachdem die Kriminaltechnik ihre Arbeit rund um Roths Einsiedelei eingestellt hatte, war dort nicht mehr mit weiteren Spuren zu rechnen – also konnte er es sich genauso gut sparen, noch einmal hinzugehen. Gestern Abend hatte er auf Roths Lichtung nur ein wenig Ablenkung gesucht, er wollte auf andere Gedanken kommen, und das war ihm mithilfe der Kollegen ja auch gründlich gelungen, wenn auch anders als erwartet.

Schneider Creglinger wurde bereits beschattet, und auch die umliegenden Lokale, in denen Roth gelegentlich etwas getrunken oder gegessen hatte, waren von Soko-Beamten abgeklappert und die Wirtsleute zu allem, was mit dem Alten zu tun hatte, befragt worden. Aus den Recherchen zu Roths Vorleben, die den Infos aus dem BKA weitere Details hinzufügen sollten, wollte sich Haffmeyer aus verständlichen Gründen heraushalten. Für die Untersuchung der Bodenproben aus dem Wald konnte die Kriminaltechnik keine Hilfe brauchen. Und die Ermittlungen zur möglichen Herkunft der Tatwaffe hatte der Innendienst übernommen – sie waren, wie befürchtet, zwar nicht besonders weit gekommen damit, aber hier konnte Willy Haffmeyer sie auch nicht unterstützen.

Schließlich fiel ihm doch noch etwas ein, wo er sich nützlich machen konnte, ohne nach Kempten zu müssen: Einige Mitglieder der Soko waren mit der ungeliebten Fleißarbeit betraut worden, rund um Roths Lichtung einen Radius festzulegen, den der Alte mit seinem Mofa problemlos erreichen konnte, und in diesem Gebiet nach Mietgaragen und Lagercontainern zu suchen, zu denen der Schlüssel aus dem Erdloch im Wald passen konnte. Solche Aufgaben waren bei den Kollegen unbeliebt, daher würde seine Hilfe dankend angenommen werden – und mit seiner Ortskenntnis konnte er vielleicht wirklich eine entscheidende Spur auftun.

Haffmeyer rief Rosemarie Schwegelin an und ließ sich bei der Kripochefin Vroni Schliers für die Besprechung entschuldigen, da er sich an der Suche nach dem passenden Schloss beteiligen wollte. Ein Gespräch mit dem Beamten, der für den Innendienst gerade Telefonate entgegennahm, ergab, dass bisher vier Stellen ermittelt worden waren, die für Roths Schlüssel infrage kamen: zwei Garagenanlagen, ein Lagerplatz mit mehreren Mietcontainern und eine Baracke in der Nähe des Füssener Bahnhofs, die ein findiger Kleinunternehmer in mehrere winzige Kammern zur Aufbewahrung von Kleinmöbeln und anderen Dingen umgebaut hatte. Überall dort hatten die Beamten mit Schlüsselkopien ihr Glück versucht – bisher vergeblich.

Willy versprach, sich wegen weiterer Örtlichkeiten umzuhören und sich zu melden, sobald er etwas herausgefunden hatte. In seinem Arbeitszimmer startete er den Computer, klickte das Kartenprogramm an und wechselte auf die Satellitenansicht. Dann nahm er sich Dorf für Dorf, Weiler für Weiler vor, zoomte die jeweilige Ortschaft näher heran und suchte nach Gebäuden oder Containern, die sich als mögliche Lagerplätze anboten. Das war ein fades Geschäft, und als ihm nach kaum zwanzig Minuten der Gedanke kam, dass auch der

Soko-Innendienst genau so gesucht haben dürfte, war er froh, dass er damit wieder aufhören konnte.

Nun scrollte er hierhin und dorthin, zog die Ansicht eines Ortes größer und nahm dort eine Hütte im Außenbereich unter die Lupe – allerdings dachte er dabei vor allem darüber nach, wem dieses oder jenes Gebäude gehörte und ob er sich womöglich daran erinnerte, dass dort Lagerräume vermietet wurden. Das ging eine ganze Weile so, ohne dass Haffmeyer auf eine vielversprechende Stelle gestoßen wäre. Dann aber klickte er sich durch Satellitenbilder der Gegend zwischen Füssen und Pfronten, und irgendwann fiel ihm ein, dass ein Bauer aus Roßmoos ihm früher mal sein finanzielles Leid geklagt und nach Möglichkeiten gesucht hatte, einige seiner Nebengebäude für Nebeneinkünfte zu nutzen. Haffmeyer hatte ihm damals von Städtern erzählt, die gutes Geld dafür bezahlten, ihre Möbel irgendwo trocken und sicher in einem abgeschlossenen Raum abstellen zu können. Er hatte keine Ahnung, ob der Bauer etwas aus seinem Tipp gemacht hatte, aber einen Versuch war es sicher wert. Haffmeyer suchte das weitläufige Gehöft und stellte fest, dass der Bauernhof auf dem Computerbildschirm deutlich besser aussah als in Wirklichkeit.

Roßmoos war ein kleiner Weiler, der zu Füssen gehörte und etwa einen Kilometer westlich vom Weißensee an der Bundesstraße lag. Haffmeyer gab in den Routenplaner Roßmoos und Roths Waldlichtung ein und wählte als Fortbewegungsmittel das Fahrrad. Für die etwa sechs Kilometer brauchte ein Radler gut zwanzig Minuten. Damit hatte der Hof durchaus in Reichweite von Roths Motorrad gelegen.

Er machte sich eine Notiz und suchte weiter. Aber sosehr er sich auch in die Ansichten der Ortschaften rund um Roths Lichtung vertiefte, er fand nur noch einen weiteren Kandidaten: drei ältere Steinhütten im Außenbereich von Weizern, einem zu Eisenberg gehörenden Weiler, nordöstlich von Roths Waldlichtung. Wenn er sich richtig erinnerte, hatte ein junger Mann aus Seeg dort den Bauernhof seiner Großtante geerbt. Da es ihm an Zeit, Lust und Geschick fehlte, um den Hof selbst zu betreiben, hatte er die Felder und Wiesen an einen benachbarten Landwirt verpachtet, das heruntergekommene Wohnhaus als Lagerstätte an einen Entrümpler vermietet und versucht, in den noch leidlich erhaltenen Steinhütten urige Ferienwohnungen einzurichten. Aus den Ferienwohnungen war offenbar nichts geworden, zumindest hatte Haffmeyer nie wieder davon gehört.

Er rief den Kollegen vom Soko-Innendienst an und bat ihn um die Adresse des Bauernhofbesitzers aus Seeg. Einen Moment lang erwog er, doch kurz nach Kempten zu fahren, um eine der Kopien von Roths Schlüssel zu holen, aber dann verwarf er den Gedanken wieder. Er wollte Hansen dort nicht begegnen, und vielleicht fand er schon im Gespräch etwas heraus – und die Kollegen konnten, falls nötig, hinterher überprüfen, ob Roths Schlüssel zum Schloss passte. Dann machte Haffmeyer sich auf den Weg nach Roßmoos.

In Hansens letztem Traum am frühen Morgen hatte sich dann doch noch ein Auftritt von Jana Vermijnen gemogelt, allerdings musste sie sich das wirre Geschehen mit einer wütenden Resi, einem fauchenden Kater und einer zeternden Frau

Walburga teilen, die kopfschüttelnd vor seinem Kühlschrank stand und unablässig Weißbier hinein- und Hannoveraner Pils herausräumte. Plötzlich stand im Traum auch sein Vorgänger Rolf Hamann im Zimmer und stritt sich mit Hanna Fischer und Willy Haffmeyer darum, wer das klingelnde Telefon abheben durfte. Doch im Traum hob niemand ab, und das Läuten wollte nicht enden.

Schließlich wachte Hansen auf und stellte fest, dass sein Telefon wirklich klingelte. Er tappte in den Flur und nahm den Hörer aus der Ladeschale.

»Endlich!«, sagte Hanna Fischer. »Sag mal, Chef, hast du verschlafen?«

»Wieso verschlafen?«

Hansen schaute auf die Uhr. Es war kurz nach neun, und es war, wenn er sich nicht täuschte, Samstag.

»Um zehn trifft sich die Soko in Kempten«, erinnerte sie ihn.

»Mist, das hatte ich doch tatsächlich vergessen«, gab Hansen zu. »Aber das schaffen wir noch. Ich spring nur noch schnell in die Dusche, dann hol ich dich ab – das wird zwar knapp werden, aber es sollte schon reichen.«

»Ich wollte dir etwas anderes vorschlagen, Chef«, sagte sie und erzählte von ihrer Beobachtung am Vorabend.

Hansen lachte. »Wenige Minuten zuvor habe ich mit ihm noch im Woaze in der Schrannengasse zusammengesessen.«

Hanna glückste.

»Was ist denn?«, fragte Hansen etwas irritiert.

»Man spricht das etwas anders aus, Chef. Aber egal: Hat er dir etwas Interessantes erzählt?«

»Nein, er war überhaupt nicht sehr gesprächig. Creglinger hat sich regelrecht zugeschüttet, und als ich ihn angesprochen habe, reagierte er ziemlich gereizt. Kein Wunder, wenn ich das, was du mitangehört hast, richtig interpretiere.«

»Was hältst du davon, Chef, wenn wir uns heute Vormittag den Creglinger mal vorknöpfen? Bei seinem gestrigen Zustand hätten wir das, was er vielleicht preisgegeben hätte, nicht verwenden können – aber wenn wir ihn jetzt ausfragen ...«

»Okay, so machen wir das. Rufst du bitte in Kempten an und sagst Bescheid, dass wir nicht kommen werden? Und ich hol dich dann ab.«

»Ach was, Chef, das kleine Stück von meiner Wohnung bis zur Innenstadt kann ich genauso gut laufen. Treffen wir uns doch lieber gleich vor Creglingers Laden.«

Hanna fing ihren Chef einige Schritte von der Schneiderei entfernt ab, damit Creglinger sie vom Laden aus nicht sehen konnte.

»Willy hat sich übrigens auch von der Soko-Besprechung abgemeldet«, berichtete sie.

Die beiden legten sich eine grobe Strategie zurecht, doch an der Eingangstür der Schneiderei mussten sie feststellen, dass sie abgeschlossen war. Hanna lugte durch die Glastür nach innen, aber es schien niemand im Laden zu sein.

»Gut, dann halt zu seiner Wohnung«, schlug Hanna vor. »Die Haustür ist gleich hier um die Ecke.«

Sie ging voraus und drückte die Klingel zur Wohnung des Herrenschneiders. Eine ganze Weile regte sich nichts, erst auf das dritte Läuten hin schwang im ersten Stock ein Fenster auf.

Creglinger sah fürchterlich aus. Die Haare standen wirr vom Kopf ab, die grauen Bartstoppeln und die dunklen Augenringe ließen ihn noch älter wirken, als er eh schon war, und auch seine Laune schien nicht die beste zu sein. Immerhin bemühte er sich um eine halbwegs versöhnliche Miene – vermutlich erwartete er, einen Kunden auf der Straße stehen zu sehen, den er zwar vertrösten, aber nicht vergraulen wollte. Als er aber Hansen erkannte, entgleisten ihm die Gesichtszüge.

»Meine Güte, können Sie mich nicht einfach mal in Ruhe lassen?«

»Erst wenn der Fall Roth geklärt ist, tut mir leid.«

»Ja, glauben Sie vielleicht, dass ich ihn umgebracht hätte? Haben Sie irgendwo in meinem Laden eine Armbrust gesehen? Jetzt schauen Sie, dass Sie den richtigen Täter finden, und lassen mich unbescholtenen Bürger in Frieden!«

»Armbrust?«, fragte Hansen seine Kollegin leise und deutete auf die Tageszeitung, die noch im Schlitz von Creglingers Briefkasten steckte. »Aus der Zeitung weiß er das offenbar noch nicht. Hat die Staatsanwältin ihm gegenüber eine Armbrust erwähnt? Oder du?«

Hanna schüttelte den Kopf.

Eine ältere Dame spazierte heran. Sie war mit zwei vollen Einkaufstaschen beladen und schaute sehr interessiert mal zu dem Pärchen unten auf der Straße und dann wieder zu Creglinger hinauf, der die beiden zusammenstauchte.

»Äh … guten Morgen, Frau Wiebenreuther«, stammelte der Alte, als er die Frau erkannte.

»Guten Morgen, Herr Creglinger.«

»Schon ... äh ... fertig mit den Einkäufen?«

»Ja. Sie wissen doch, dass ich gern früh dran bin.«

»Stimmt, stimmt. Und wieder frischen Fisch und Hackfleisch gekauft?«

»Selbstverständlich, es ist ja Wochenende!«

»Gut, gut. Dann sollten Sie lieber schauen, dass Sie alles schnell in den Kühlschrank packen, nicht wahr? Nicht, dass die gute Ware noch verdirbt, hier draußen in der Sonne.«

Er hatte sehr verbindlich geklungen, und die Sonne stand wirklich strahlend über Füssen und wärmte für einen Märzvormittag schon recht ordentlich – aber die Nachbarin verstand natürlich, was er eigentlich meinte. Etwas eingeschnappt raffte sie ihre beiden Taschen zusammen, nahm ihren Weg wieder auf und war kurz darauf im übernächsten Hauseingang verschwunden. Creglinger sah ihr schweigend nach, bis die Tür hinter ihr ins Schloss gefallen war.

»Und Sie warten kurz«, zischte er zu Hansen und Fischer hinunter. »Ich zieh mir was an, und dann lass ich Sie rein. Nicht, dass Sie mich noch vor meiner ganzen Nachbarschaft blamieren!«

Damit knallte er das Fenster zu. Hansen sah gespannt auf die Haustür. Hanna zog die Tageszeitung aus dem Briefkasten, überflog die Titelseite und faltete die Zeitung wieder zusammen. Nach etwa fünf Minuten riss Adalbert Creglinger die Haustür auf. Ohne ein Wort wandte er sich sofort wieder um, kraxelte die Stiege in den ersten Stock hinauf und erwartete seine Besucher in einem altmodisch eingerichteten Wohnzimmer, in dem ruhig mal wieder hätte gelüftet werden dürfen. Der Herrenschneider saß in einem Sessel, vor ihm auf dem Couchtisch dampfte eine Tasse Tee, sonst standen weder Gläser noch Becher bereit.

»Setzen Sie sich«, bot er den beiden Beamten notgedrungen Platz an. »Sie erwarten hoffentlich nicht, dass ich Ihnen was auftische.«

»Nein, lieber nicht«, versetzte Hanna. »Vor allem keine Lügengeschichten.«

Creglinger rang sich ein dünnes Lächeln ab.

»Ein paar Antworten auf unsere Fragen wären schön«, sagte Hansen. »Sonst brauchen wir nichts, danke.«

»Also, dann wollen wir mal«, begann Creglinger und wartete die erste Frage gar nicht erst ab: »Am vergangenen Sonntag war ich den ganzen Tag in Augsburg. Eine Cousine von mir hat ihren achtzigsten Geburtstag gefeiert. Ich kann die eigentlich nicht besonders gut leiden, aber diesmal hatte ihr Fest wirklich etwas Gutes: Ich konnte mich ordentlich satt essen, und ein Alibi hat sie mir auch beschert.«

Hansen wollte etwas sagen, aber der Schneider brachte ihn mit einer Geste zum Schweigen.

»Die Feier ging in Augsburg morgens um zehn Uhr mit einem Gottesdienst los«, fuhr er fort, »deswegen musste ich furchtbar früh aus den Federn. Um halb sieben bin ich aufgestanden, kurz vor acht bin ich losgefahren und gerade noch rechtzeitig dort angekommen. Früher mal habe ich die Strecke locker in knapp eineinhalb Stunden geschafft, aber ich fahre seit einigen Jahren nicht mehr so gern schnell. Nach einem späten Nachmittagskaffee war Schluss mit der Feier, da war es auch höchste Zeit, weil die Verwandtschaft allmählich genervt hat – und gegen halb acht Uhr am Abend war ich wieder daheim.«

»Danke. Und schön, dass Sie das alles so genau wissen«, sagte Hansen und rief sich in Erinnerung, dass die Polizei dem Schneider bisher nicht mitgeteilt hatte, an welchem Tag Roth gestorben war. »Aber warum erzählen Sie uns eigentlich ausgerechnet davon, was Sie am Sonntag unternommen haben?«

»Na, ist der Roth denn nicht am Sonntag getötet worden? Das stand jedenfalls so auf der Homepage der Zeitung.«

Hansen stutzte. Hanna schlug die Zeitung in ihrer Hand auf und hielt ihrem Chef die Titelseite hin.

»Der Reporter hat es mit seiner Sensationsgeschichte tatsächlich auf die erste Seite des Blattes geschafft.«

Hansen überflog den Text. Er war nicht besonders lang, aber sehr knallig aufgemacht. Dann sah er den Schneider prüfend an.

»Wir haben Sie doch vorhin aus dem Bett geklingelt, oder?«, hakte er nach.

»Ja, und?«

»Sie kommen erst nach langem Klingeln aus dem Bett, sind noch ganz verschlafen – und trotzdem wollen Sie da schon diesen Artikel gelesen haben?«

»Wenn Sie mal in meinem Alter sind, werden Sie das vielleicht besser nachvollziehen. Ich muss fast jede Nacht raus, manchmal auch zweimal – die Blase, Sie verstehen? Und weil ich dann meistens nicht gleich wieder einschlafen kann, klappe ich meinen Laptop auf und schau nach, was so an Neuigkeiten gemeldet wird. Dabei bin ich heute Nacht auf die Geschichte von Roths Tod gestoßen – und weil ich Roth ja kannte, habe ich den Artikel natürlich aufmerksam bis zum Ende durchgelesen.«

»Und stand was drin in dem Artikel, das Sie noch nicht wussten?«

»Roths Todestag und einige Details zum Tathergang. Dass er auf dem Klo saß, als es ihn erwischt hat, dass der Bolzen einer Armbrust ihn mitten in die Stirn getroffen hat – solche Details eben.«

Hansen musterte den Alten noch einmal, bevor er die nächste Frage stellte. Prompt wurde Creglinger nervös, und zwar schon, bevor die Frage ausgesprochen wurde.

»Sie sind uns zum ersten Mal in die Quere gekommen, als wir Sie auf der Waldlichtung erwischt haben, Herr Creglinger, wie Sie sich dort umgesehen haben. Angeblich haben Sie Herrn Roth zufällig in der Schloßbergalm kennengelernt und sich hinterher ohne besonderen Grund immer mal wieder mit ihm getroffen, meistens auf seiner Lichtung.«

»Nein«, korrigierte Creglinger, »nicht meistens, sondern immer und ausschließlich auf dieser Lichtung!«

»Aha? Und warum ist Ihnen diese Feststellung so wichtig?«

»Weil … äh …« Creglinger wand sich ein wenig, bevor er weiterredete. »Das ist mir aus keinem bestimmten Grund wichtig. Aber wenn Sie hier schon auf jeder Kleinigkeit herumreiten, sollten wir auch das genau nehmen. Nicht, dass Sie mir später noch einen Strick daraus drehen, nicht wahr? Ich habe Roth ein einziges Mal außerhalb des Waldes getroffen, und das war bei unserem Kennenlernen in der Schloßbergalm. Ganz genau so, wie ich es Ihnen auch schon erzählt habe.«

»Okay, dann eben nur auf der Lichtung. Wir gehen inzwischen aber davon aus, dass Sie dort nicht grundlos hingegangen sind.«

»Also bitte, genau genommen geht man nirgendwo grundlos hin. Ich wollte diesen eigenartigen Typen halt wiedersehen, ich fand ihn interessant und sympathisch und konnte mich gut mit ihm unterhalten.«

In diesem Augenblick gaben die Handys von Hanna Fischer und Hansen synchron ein Signal von sich.

»Einen Moment, bitte, Herr Creglinger«, entschuldigte sich Hansen und zog das Handy hervor, um die eingegangene Nachricht zu lesen.

Als Haffmeyer in Roßmoos eintraf, klingelte sein Handy. Er nahm das Gespräch über die Freisprechanlage entgegen. Der Beamte, der für die Soko Telefondienst hatte, war dran.

»Du, Willy, die Adresse des Mannes aus Seeg, dem der alte Bauernhof in Weizern gehört, kann ich dir gern geben – aber ein Kollege meinte, das könnte ich mir auch sparen. Er kennt den Entrümpler, der das Hauptgebäude gemietet hat. Inzwischen lagert der auch in den kleinen Steinhütten sein Zeug, da ist für niemanden sonst Platz. Ich drück dir die Daumen, dass du in Roßmoos mehr Glück hast.«

Zunächst einmal hatte Haffmeyer das Glück, dass der Bauer, zu dem er wollte, auf einer Bank vor seinem Haus saß: Alois Hebenstetter, Ende fünfzig und nicht ganz schlank, streckte die Beine von sich und war augenscheinlich eingedöst. Neben ihm auf dem Boden stand eine halb leere Sprudelflasche, und auf der Bank saß eine schöne schwarze Katze, die gerade die letzten Reste eines Wurstbrots aus einer aufgeklappten Tupperdose verputzte.

Haffmeyer scheuchte die Katze weg und setzte sich aufs

freie Ende der Bank. Entweder hörte Hebenstetter die alte Bank knarren, oder er merkte, dass sich die Sitzfläche ein wenig stärker durchbog, jedenfalls schlug er die Augen auf. Er erschrak nur ein kleines bisschen, als er Haffmeyer sah. Dann kniff er die Augen zusammen und schien Haffmeyer zu erkennen, denn er nickte ihm zu und schaute schließlich überrascht auf die leere Tupperdose neben sich.

»Haben Sie mir mein Wurstbrot weggegessen?«, fragte er verdattert.

»Nein«, sagte Haffmeyer und zeigte seinerseits grinsend auf den schwarzen Kater, der ohne Eile auf eines der Nebengebäude zustromerte. »Das war der da.«

»Saukerl!«, entfuhr es dem Bauern, dann setzte er sofort ein entschuldigendes Lächeln auf. »Ich meine natürlich den Kater, das elende Vieh, nicht Sie, Herr Kommissar.«

»Kriminalmeister, noch immer.«

»Oje, noch immer? Ist das nicht schon ein paar Jahre her, dass wir uns unterhalten haben?«

Haffmeyer zuckte mit den Schultern und fragte so beiläufig, wie er konnte: »Sie haben mir damals erzählt, dass Ihr Hof nicht so läuft, wie er sollte. Hat sich das inzwischen gebessert?«

»Na ja, ein bisschen«, brummte Hebenstetter.

»Immerhin. Freut mich. Und was haben Sie sich einfallen lassen?«

»Erst wollte ich Ferienwohnungen anbieten, wie meine Nachbarn.« Er deutete erst links und dann rechts an seiner Scheune vorbei, wo jenseits der schmalen Hauptstraße des Weilers schön hergerichtete Gebäude zu sehen waren. »Einige hier in Roßmoos haben das prima gemacht und fahren wohl auch ganz gut damit. Aber wir hier ...« Er schnaubte. »... wir liegen halt doch etwas zu verkehrsgünstig. Alle Zimmer, die für eine Vermietung infrage kämen, gehen zur Bundesstraße raus, und bei dem Verkehr, der da immer herrscht, muss ich erst gar nichts zur Vermietung anbieten.«

»Und was haben Sie stattdessen gemacht?«

»Das, was Sie mir damals geraten haben: Ich habe eins der Nebengebäude innen neu gipsen und weißeln lassen, habe ein paar Trockenbauwände eingezogen, um kleine Räume abzuteilen, dann kam vor jedes Kämmerchen eine Tür mit Sicherheitsschloss, und anschließend habe ich Lagerflächen angeboten. Ich habe ein paarmal im Blättle inseriert, nur ganz klein, damit es nicht so teuer wird – aber das hat gereicht. Und als in dem Gebäude alles vermietet war, habe ich nach und nach eine Scheune und einen ehemaligen Stall genauso umgestaltet. Inzwischen stehen in den drei Gebäuden zwar immer mal wieder zwei oder drei der Räume leer, aber die anderen bringen Geld ein. Jeder Raum für sich bringt nicht viel, aber es läppert sich.«

»Schön, dass ich Ihnen helfen konnte. Ehrlich gesagt habe ich sogar gehofft, dass Sie meinen Rat befolgt haben.«

»Ach ja? Warum das denn?«

»Weil ich auf noch etwas hoffe: Dass ein ganz bestimmter Mann aus der Gegend bei Ihnen einen der Räume gemietet hat.«

Hebenstetter seufzte.

»Ach, Sie haben schon eine Ahnung, worauf ich hinauswill?«, fragte Willy.

»Ich fürchte, ja.«

Hebenstetter erhob sich und schlurfte ins Haus. Wenig später kehrte er mit einer zusammengerollten Zeitung in der Hand zurück. Er setzte sich auf seinen alten Platz und warf Haffmeyer das Blatt in den Schoß. Sofort stach Willy die Überschrift ins Auge: »Toter im Toilettenhaus«, stand dort in großen Lettern und darunter, kleiner: »Der Einsiedler von Eisenberg wird von einer Armbrust tödlich getroffen«.

»Der Einsiedler von Eisenberg.« Haffmeyer sah Hebenstetter prüfend an. »Sie wissen, wer damit gemeint ist?«

»Ja, der alte Roth.«

»Und woher kennen Sie den? War der hier so berühmt, wie dieses Geschmiere es nahelegt?«

»Nein, das kann ich mir nicht vorstellen«, entgegnete Hebenstetter. »Ich vermute mal, dass die Zeitung etwas dick aufträgt.«

»Woher kannten Sie Roth?«

»Er hat bei mir ein kleines Lager gemietet.«

»Ach? Er hat auf Ihrem Hof einen Raum gemietet und …«

»Nein, keinen Raum. Ich habe in dem ehemaligen Stall außer den kleinen Kammern auch ein paar … sagen wir … größere Schubfächer eingebaut, die ebenfalls abschließbar sind. So was wie ein Bankschließfach, nur dass ein bisschen mehr reinpasst. So eines hatte der Roth. Das war halt auch das Billigste, was ich ihm anbieten konnte – er hatte ja nicht viel Geld.« Unvermittelt lachte Hebenstetter auf. »Dachte ich damals zumindest …«

Haffmeyer beschloss, im Moment noch nicht auf diese Bemerkung einzugehen.

»Aber wenn Sie doch wissen, dass Roth tot ist und offenbar ermordet wurde«, fragte er stattdessen, »warum rufen Sie dann nicht die Polizei an und sagen uns, dass er ein Fach bei Ihnen gemietet hat?«

»Ja, ich …«

Hebenstetter sah betreten auf den Boden, scharrte mit dem linken Fuß und verstummte.

»Ja?«

»Ich …« Der Bauer atmete tief durch und sah Haffmeyer treuherzig an. »Wenn was Wichtiges drin gewesen wäre, hätte ich Sie natürlich sofort angerufen, ehrlich!«

Haffmeyer schüttelte den Kopf. »Wollen Sie mir damit sagen, dass Sie von Roths Tod aus der Zeitung erfahren haben – und gleich danach erst einmal nachgeschaut haben, was er so in seinem Schließfach hatte?«

»Ich hab natürlich für alle Fächer und Kammern einen Nachschlüssel.«

»Ach, und dann schauen Sie ab und zu mal nach, was bei Ihnen so alles gelagert wird?«

Hebenstetter hob abwehrend die Arme.

»Nein, nein, Herr Haffmeyer, da haben Sie mich falsch verstanden. Ich schau nie nach, Ehrenwort, nur weil der Roth halt tot war und er das Fach ja nun nicht mehr brauchte …«

»Auf die Idee, dass Sie damit vielleicht wichtige Spuren verwischen, sind Sie nicht gekommen?«

»Aber bitte, Herr Haffmeyer! Ich schau schließlich auch Fernsehkrimis! Natürlich habe ich mir vorher Gummihandschuhe übergezogen!«

»Na dann …«, rang sich Haffmeyer ab und stöhnte, bevor er sich erhob und den Bauern auffordernd anschaute.

»Auf geht's, Sie Krimiprofi! Wir gehen jetzt rüber in Ihren ehemaligen Stall, und Sie zeigen mir Roths Schließfach!«

Hebenstetter stand auf, holte einen Schlüsselbund aus dem Haus und trottete voran zu dem Nebengebäude, in dem sich Roth ein Fach gemietet hatte. Ein Flur zog sich längs durch das Gebäude, erhellt von Leuchtstoffröhren an der Decke. Nach links und rechts gingen einfache Türen mit Sicherheitsschlössern ab. Im hinteren Teil des Flurs zweigte ein schmalerer Gang nach links ab. Hier waren an beiden Wänden fünf Reihen von je vier Luken übereinander eingelassen. Am Ende des Flurs stand ein einfacher Holztisch, auf dem man den Inhalt seines Schließfachs bei Bedarf ausbreiten konnte. Hebenstetter blieb vor einer der Luken stehen, öffnete sie mit dem passenden Schlüssel, schaltete eine kleine Lampe an der Decke des Fachs an und trat zur Seite.

Haffmeyer hatte unterwegs Einmalhandschuhe aus der Tasche gezogen und übergestreift. Er warf einen Blick in das offene Fach, das bis auf zwei bauchige Umschläge aus braunem Papier vollkommen leer war.

»War sonst nichts drin?«, fragte er und sah Hebenstetter durchdringend an.

»Nein, ganz ehrlich, das ist alles, und ich habe auch nichts rausgenommen!«

Haffmeyer gab sich mit der Antwort fürs Erste zufrieden. Er fotografierte das Fach samt Inhalt mit dem Handy, dann griff er nach den Umschlägen und nahm sie mit zu dem Holztisch. Sie waren unverschlossen und enthielten mehrere

Bündel Papiergeld, hauptsächlich kleine Eurobanknoten, Fünfer, Zehner und Fünfziger, die durchweg gebraucht, teilweise schmutzig, zerknickt oder eingerissen waren.

Haffmeyer schätzte die Geldmenge, die er vor sich hatte, auf etwas mehr als tausend, vielleicht auch auf zweitausend Euro. Die Summe war so klein, dass es sich kaum um einen nennenswerten Anteil aus den Banküberfällen handeln konnte. Offenbar hatte Roth hier Geld gebunkert, das er in den vergangenen Jahren zusammengespart oder nebenbei verdient hatte.

»Wie viel musste Roth denn für dieses Lagerfach bezahlen?«, frage er.

Hebenstetter nannte einen niedrigen Betrag und fügte dann noch hinzu: »Im Jahr!«

»Mit solchen Preisen kommen Sie aber nie auf einen grünen Zweig, Herr Hebenstetter!«

»So billig war's nur für den Roth. Ich hatte Mitleid mit dem armen Kerl.«

»Nett von Ihnen«, brummte Haffmeyer. »Und dafür wollten Sie sich jetzt schadlos halten, was?«

Hebenstetter zuckte mit den Schultern, schwieg und musterte sehr interessiert seine Schuhspitzen.

»Ich rufe jetzt meine Kollegen von der Spurensicherung, die werden sich alles ganz genau ansehen – und Sie fassen hier jetzt erst einmal nichts mehr an, verstanden?«

Der Bauer nickte.

»Und jetzt frag ich Sie noch einmal ...«

Hebenstetter hob den Kopf.

»Außer diesen beiden Umschlägen war ganz sicher nichts drin in Roths Fach?«

»Nein, gar nichts.«

»Und das Geld in den Umschlägen ... davon haben Sie auch noch nichts für sich abgezweigt?«

»Natürlich nicht!«, rief Hebenstetter und lief rot an. Er schien aufbrausen zu wollen, beruhigte sich aber wieder, sobald Haffmeyer die Hand hob.

Die beiden Männer verließen das Lagergebäude und traten auf den Hof hinaus.

»Sie halten sich bitte für weitere Fragen zur Verfügung«, wandte sich Haffmeyer an Hebenstetter.

Dann telefonierte er mit dem Kollegen vom Innendienst und forderte die Kriminaltechnik an. Er schickte ihm die Fotos von Roths Lagerfach und dessen Inhalt mit einigen Kommentaren und leitete beides – nach kurzem Zögern – an seinen Chef und seine Kollegin weiter.

Hansen und Hanna Fischer saßen in Creglingers Wohnzimmer, betrachteten die Fotos, die Haffmeyer ihnen soeben geschickt hatte, und lasen seinen Kommentar.

»Sie haben Roth also ausschließlich auf seiner Waldlichtung getroffen?«, hakte Hansen nach.

»Ja.«

»Dann wollen wir Ihnen mal glauben. Wir gehen übrigens davon aus, dass Sie für Ihre Besuche auf der Lichtung nicht nur die üblichen Mitbringsel eingepackt hatten.«

Creglingers Augen wurden etwas schmaler.

»Was soll denn das nun wieder heißen?«, fragte er gereizt.

»Wir glauben, dass Herr Roth Sie erpresst hat«, fuhr Hansen fort und beobachtete, wie sich die Miene seines Gegenübers veränderte. Creglingers Augen zuckten, er presste die Lippen kurz aufeinander, dann schnaubte er, lehnte sich in seinem Sessel zurück und winkte ab.

»Blödsinn! Warum sollte Roth mich denn erpressen, bitte schön?«

»Wann immer Sie ihn auf seiner Lichtung besuchten, haben Sie ihm Geldbeträge in alten Euroscheinen mitgebracht«, fuhr Hansen fort, um zu überspielen, dass er auf Creglingers Gegenfrage noch keine Antwort hatte. »Das Geld haben Sie vermutlich gebündelt und in braune Briefumschläge gesteckt.«

Jetzt weiteten sich Creglingers Augen ein wenig, und als er nach der Teetasse griff, um von seiner Anspannung abzulenken, zitterten seine Finger.

»Wir haben drei Verstecke gefunden, in denen Herr Roth die unterschiedlichsten Dinge aufbewahrt hat. In einem dieser Verstecke haben wir Reste des Geldes gefunden, das Sie ihm gebracht haben.«

»Ich?«, spielte Creglinger den Empörten. »Woher wollen Sie denn wissen, dass das Geld von mir stammt?«

»Fingerabdrücke, DNA-Spuren – wir haben unsere Möglichkeiten, glauben Sie mir.«

Hansen hoffte, dass der alte Schneider nicht wusste, wie beschränkt diese Möglichkeiten in Bezug auf Bargeld letztendlich waren. Creglinger erblasste, räusperte sich und wich Hansens Blick aus – der Bluff hatte gewirkt. Hanna sah ihren Chef kurz an, der nickte unmerklich.

»Jetzt reden Sie schon, Creglinger!«, fuhr Hansen ihn daraufhin so barsch an, dass der Alte zusammenzuckte und den Kommissar ganz erschrocken ansah.

»Aber ...«, setzte er an, verstummte aber wieder.

»Mann, Sie machen doch alles nur noch schlimmer! Roth hat Sie erpresst, und Sie haben ihm Schweigegeld gezahlt. Wenn man bedenkt, dass das vermutlich nicht mehr aufgehört hätte, solange Roth am Leben war, dann muss man doch nur noch eins und eins zusammenrechnen, Creglinger! Sie haben uns Ihr schönes Alibi ungefragt auf dem Silbertablett serviert – offenbar haben Sie damit gerechnet, dass wir von Ihnen wissen wollten, wo Sie waren, als Roth starb! Wir werden natürlich nachprüfen, ob Sie in Augsburg waren. Aber vielleicht hat es sich nach Jahren der Erpressung ja allmählich gerechnet, jemanden anzuheuern, der dem ein Ende macht. Dann wäre es natürlich kein Zufall, dass Sie für den Tag, an dem Roth sterben sollte, eine Einladung zu einem Familienfest annehmen – und dann noch die Einladung einer Cousine, die Sie nicht mal leiden können!«

Hansen war laut geworden, und der alte Schneider, der anfangs noch hatte widersprechen und protestieren wollen, aber nicht zu Wort gekommen war, sackte immer mehr in sich zusammen. Nun starrte er verzweifelt auf die Tischplatte und kaute auf seiner Unterlippe herum. Hanna Fischer beugte sich ein wenig vor und legte eine Hand auf den Tisch. Wie erhofft, bemerkte Creglinger die Bewegung und sah die Kommissarin fragend an.

»Schauen Sie, Herr Creglinger«, begann sie in ruhigem, sanftem Tonfall. »Roth hat Sie erpresst, und Sie haben gezahlt, immer wieder. Das bringt uns natürlich auf allerlei Gedanken, während wir den Mord an Roth untersuchen. Sie werden vermutlich nicht abstreiten wollen, dass das

Geld, das in den braunen Umschlägen steckte, von Ihnen stammt.«

Sie lächelte ihm ermunternd zu. Creglinger wirkte völlig verunsichert, aber er sah sie weiterhin an und wartete schweigend, was sie als Nächstes sagen würde.

»Sie haben ein Alibi für Roths Todestag, und einem Mann wie Ihnen muss man nun auch nicht zwingend unterstellen, dass er eben mal einen Killer anheuert, um sich einen Erpresser vom Hals zu schaffen. Wenn wir also fürs Erste davon ausgehen, dass Sie mit dem Tod vom Roth nichts zu tun haben, wäre es dann nicht besser für Sie, wenn Sie die Karten offen auf den Tisch legten?«

In Creglinger arbeitete es.

»Wissen Sie«, fuhr sie fort, immer noch in einem freundlichen, zugewandten Ton. »Wir fragen oft nach Dingen, die wir schon wissen – einfach, um den Befragten die Gelegenheit zu geben, uns Details und Zusammenhänge mehr oder weniger aus freien Stücken zu erzählen. Wir suchen den Mörder von Hansjörg Roth, und wir werden keine Ruhe geben, bis wir ihn gefunden haben. Aber inwieweit alles andere für Sie Folgen haben wird – das hängt auch davon ab, wie offen und wie ehrlich Sie sich uns gegenüber verhalten.«

Hanna machte den Eindruck, als wolle sie ihn geradezu beschwören, doch endlich das Richtige zu tun. Nun ergriff Hansen wieder das Wort.

»Wenn Sie in dieser Geschichte noch den Kopf aus der Schlinge ziehen wollen, Creglinger, dann legen Sie jetzt am besten alles offen, was Sie zu Roth wissen! Ich will's mal so sagen: Selbst wenn Sie den Mord weder begangen noch in

Auftrag gegeben haben sollten, dann bleibt doch der Grund für Roths Erpressung bestehen.«

Auf Creglingers blassem Gesicht zeichnete sich deutlich ab, dass er verstand, worauf der Kommissar hinauswollte.

»Wir wissen Bescheid«, schob Hansen noch einen weiteren Bluff nach. »Aber wie meine Kollegin schon sagte: Im Moment lassen wir Ihnen noch die Chance, von sich aus zu erzählen, weswegen Roth Sie erpresst hat!«

Creglinger war nervös und schien Hansens Miene entnehmen zu wollen, wie viel der Beamte wirklich wusste. Hansen behielt seinen strengen Blick bei und hoffte, dass der Schneider ihn nicht durchschaute.

»Besonders bitter ist ja«, merkte Hanna Fischer an und klang dabei, als könne sie Creglingers Situation gut verstehen, »dass Sie nicht einmal wissen, womit Roth Sie erpresst hat.«

Er sah sie verblüfft an.

»Im Gegensatz zu uns!«, riskierte Hansen noch einen Schuss ins Blaue.

Der Schneider erschrak zwar erneut, aber noch schien er zu zweifeln, ob die Kripo wirklich so viel wusste, wie sie behauptete. Hansen musste nun auch noch seinen letzten Trumpf ausspielen – und anders als gerade eben musste er diesmal zu Haffmeyers Schutz so tun, als wisse er weniger, als sein Mitarbeiter ihm anvertraut hatte. Außerdem war ihm selbst nicht so ganz klar, wieso ein Einbrecher sein Opfer erpressen konnte anstatt umgekehrt.

»Vor einigen Jahren wurde in Ihren Laden eingebrochen«, begann Hansen vorsichtig und musterte Creglingers Miene. »Das lasse ich jetzt mal als Andeutung so stehen, um Ihnen deutlich zu machen, wie viel wir schon wissen. Aber glauben Sie mir, Creglinger: Noch eine weitere Chance, reinen Tisch zu machen, bekommen Sie nicht!«

Einen kurzen Blick zu Hansen und einen zu Hanna, dann brach Creglingers Widerstand zusammen.

»Gut ... ich ...«

Er wischte sich mit beiden Händen über das Gesicht und strich die Haare nach hinten.

»Ja, Roth hat mich erpresst, und ich weiß tatsächlich bis heute nicht, womit er seine Anschuldigung eigentlich beweisen wollte. Er hat immer nur Andeutungen gemacht, und ich habe lieber gezahlt, als es drauf ankommen zu lassen. Roth ist nie wirklich unverschämt gewesen in seinen Forderungen – die Beträge waren finanziell kein Problem für mich, und er hat mich auch nicht ständig erpresst, wie Sie das ausgedrückt haben: Einmal wollte er Geld haben, und dann noch zweimal ein bisschen was obendrauf. Ich habe ihm die Scheine in braunen Briefumschlägen gebracht, genau so, wie Sie es vorhin gesagt haben. Aber ich habe ihn auch besucht, wenn er kein Geld von mir gefordert hat. Ich fand ihn wirklich ganz nett – und ich habe die Besuche auf der Lichtung natürlich auch dazu genutzt, mich in der Hütte und drum herum ein wenig umzusehen.«

Creglinger unterbrach sich und sah Hanna fragend an.

»Wo waren denn seine Verstecke?«

»Unter anderem im Wald – er hat nahe der Lichtung Erdlöcher ausgehoben.«

Creglinger stöhnte und senkte den Blick.

»Da hätte ich ja lange suchen können.«

Er schüttelte den Kopf, dann sah er erneut gespannt zu Hanna.

»Und was hatte er nun gegen mich in der Hand?«

»Sie verstehen sicher, dass wir Ihnen das im Moment nicht sagen dürfen«, überspielte Hanna den Umstand, dass sie selbst nicht die geringste Ahnung hatte. »Wollen Sie nicht lieber die Gelegenheit ergreifen, von sich aus alles ausführlich zu schildern?«

Creglinger seufzte.

»Meinetwegen ... Vielleicht ist das ja auch alles verjährt, und wenn Sie ohnehin schon alles wissen ... Vor gut zwölf Jahren, am zweiten Weihnachtsfeiertag, wurde in meinen Laden eingebrochen. Ich hatte damals immer viel Bargeld in einer Kassette im Hinterzimmer, was ich nach dem Einbruch natürlich nicht mehr gemacht habe – jedenfalls hat der Einbrecher alles mitgenommen. Den genauen Betrag kannte ich gar nicht, aber es müssen so um die dreißigtausend Euro gewesen sein. Der Versicherung ...«

Er unterbrach sich und zögerte einen Moment, bevor er weiterredete.

»Der Versicherung gegenüber habe ich angegeben, dass mir fünfzigtausend Euro gestohlen worden seien. Es ging eine Zeit lang hin und her, aber schließlich wurde mir der gesamte Betrag ersetzt.«

Creglinger zuckte mit den Schultern und sah die beiden Kommissare mit einem entschuldigenden Lächeln an.

»Das hat die Versicherung sicher nicht arm gemacht, und ich hatte ja auch einigen Aufwand durch den Einbruch. Da finde ich, dass ...«

Hansen warf ihm einen tadelnden Blick zu.

»Gut, dann also weiter ... Ich hielt die Geschichte für erledigt, und dass der Einbrecher nie geschnappt wurde, fand ich anfangs zwar etwas beunruhigend, aber dann sagte ich mir, dass es doch sehr unwahrscheinlich ist, dass ein solcher Ganove zweimal in denselben Laden einbricht ... Irgendwann war das alles ausgestanden, und ich hatte lange nicht mehr an den Einbruch gedacht, bis ich Herrn Roth zufällig in der Schloßbergalm traf.«

Hansen hob die Augenbrauen.

»Doch, ehrlich«, beteuerte Creglinger, »das war der pure Zufall. Es war nur noch neben Roth Platz am Tisch, wir kamen ins Plaudern – und wie das halt so ist, stellt man sich irgendwann vor und erzählt auch ein bisschen von sich. Als ich hörte, dass Roth in einer Waldhütte lebt, fand ich das richtig spannend. Er hat mich eingeladen, ihn mal zu besuchen – und das habe ich dann auch gemacht. Wir haben Bier getrunken, saßen vor seiner Hütte am Lagerfeuer, das war sehr nett. Irgendwann hat er mich ausgefragt, was mir anfangs gar nicht aufgefallen ist. Aber schließlich hatte er mich so weit, dass ich ihm von dem Einbruch erzählt habe. Das Bier hat mich wohl gesprächig gemacht, jedenfalls habe ich ihm an diesem Abend anvertraut, dass mir die Versicherung die fünfzigtausend Mark, die mir gestohlen worden waren, voll ersetzt habe.«

Creglinger atmete tief durch.

»Da ist er ganz ernst geworden und meinte, dass mir doch damals nur etwa dreißigtausend Mark an Bargeld gestohlen worden seien. Sie können sich vorstellen, wie ich ihn angeschaut habe, aber Roth hat nur gegrinst und gemeint, dass ich der Versicherung damit ja beinahe so viel gestohlen hätte wie der Einbrecher mir. Ich fragte ihn geradeheraus, wie er auf die dreißigtausend komme – er behauptete, dass ihm das ein entfernter Bekannter gesagt habe, der den Einbruch damals verübt habe. Ich habe ihm natürlich nicht geglaubt, und ich bin mir nach wie vor sicher, dass Roth der Einbrecher war – aber das konnte ich ihm natürlich nicht beweisen. Außerdem war der Einbruch auch damals schon verjährt.«

»Genau wie Ihr Betrug der Versicherung gegenüber.«

»Das schon, aber stellen Sie sich vor, Roth hätte den Betrug öffentlich gemacht! Da hätte ich als Geschäftsmann doch kein Bein mehr auf den Boden bekommen!«

»Und wie hätte er Ihrer Meinung nach beweisen sollen, dass Sie die Versicherung betrogen haben?«, mischte sich Hanna ein. »Roth hätte ja wohl kaum eine eidesstattliche Erklärung abgegeben, dass er damals weniger geklaut hat, als Sie angegeben haben.«

Creglinger sah sie irritiert an, dann begann es wütend in seinen Augen zu funkeln.

»Sie haben mich reingelegt!«, knurrte er. »Sie haben gar nichts gefunden, womit Roth mich hätte bloßstellen können, richtig?«

Hanna schwieg. Creglinger musterte sie noch einen Moment lang, dann schaute er Hansen an. Schließlich stand er auf, verschränkte die Arme vor der Brust und nickte zur Tür hin.

»Raus hier, Sie beide, sofort!«, rief er mit bebender Stimme. »Und falls Sie noch einmal mit mir reden wollen, sagen Sie vorher Bescheid, dann will ich einen Anwalt dabeihaben!«

In Kempten angekommen, führte Hansens erster Weg zu Kripochefin Vroni Schliers. Dort erfuhr er, dass sich Jana Vermijnen dadurch nützlich machte, dass sie den Kollegen im Innendienst der Soko lästige Telefonate abnahm – und dass sie dabei das BKA nutzte, wann immer Informationen anders nicht schnell oder unkompliziert genug zu beschaffen waren.

»Wenn Sie Frau Vermijnen nachher treffen, Herr Hansen, dann seien Sie doch bitte so nett und schicken Sie sie zu mir«, bat ihn die Kripochefin. »Ich finde, dass sie das prima macht, und das sollte ihr ja auch mal jemand sagen, nicht wahr?«

Hanna hoffte, Willy Haffmeyer in ihrem gemeinsamen Büro anzutreffen, um mit ihm in Ruhe zu klären, was sich derzeit zwischen ihm und dem Chef abspielte. Tatsächlich hatte der Kollege seinen Stuhl in Richtung Fenster gedreht und starrte in die Ferne. Als Hanna eintrat, nickte Haffmeyer ihr kurz zur Begrüßung zu, bevor er sich wieder abwandte.

»Was ist denn los mit dir, Willy?«

»Mit mir? Nichts ist, was soll sein?«

»Jetzt hör aber mal auf!«

Haffmeyer zeigte keine weitere Reaktion, sondern sah so beharrlich aus dem Fenster, als würden dort draußen gerade zwanzig chinesische Ballerinen an Fallschirmen über Kempten abspringen. Hanna wartete noch einen Moment, dann wuchtete sie sich aus ihrem Sitz hoch, packte die Rückenlehne von Willys Bürosessel mit einer Hand und ließ den Drehstuhl samt Kollege schwungvoll um hundertachtzig Grad rotieren. Dann griff sie mit beiden Händen nach den Armstützen und beugte sich zu Willy hinunter. Jetzt hatte sie Haffmeyers volle

Aufmerksamkeit: Er blickte zu ihr auf und wirkte fast ein wenig erschrocken, als er sie so wutdampfend direkt vor sich stehen sah.

»Du sagst jetzt sofort, was mit dir los ist, Willy!«

»Der tote Roth geht mir halt nicht aus dem Kopf«, antwortete er lahm und versuchte ihre Hände von seinen Armlehnen zu lösen. Aber gegen Hannas Kraft kam er nicht an.

»Und was ist mit deiner Österreicherin? Hast du sie jetzt mal ans Telefon bekommen?«

»Woher weißt du …?«

»Hat der Chef mir gesteckt.«

»Pfff … der Chef! Der soll mal lieber vor der eigenen Tür kehren!«

»Du hast schlechte Laune, vielleicht auch Liebeskummer – und deshalb benimmst du dich dem Chef gegenüber wie ein Depp? Unterstellst ihm mehr oder weniger offensichtlich, dass er etwas mit dieser BKA-Tante anfangen würde? Geht's noch?«

Er zuckte mit den Schultern, was Hanna noch mehr in Rage brachte. Sie schob Haffmeyers Stuhl so heftig zur Seite, dass er ziemlich unsanft gegen den Schreibtisch krachte, und stapfte zu ihrem eigenen Platz zurück. Schwer ließ sie sich auf die Sitzfläche ihres Bürostuhls fallen und blitzte ihren Kollegen wütend an.

»Ich mach mir halt Sorgen«, brachte Haffmeyer kleinlaut hervor. »Diese Jana baggert den Chef ganz schön an, das ist dir sicher nicht entgangen. Und das jetzt, wo er eigentlich seine Hochzeit mit Resi vorbereiten sollte.«

»Da bildest du dir nur was ein, Willy, glaub mir.«

»Wenn du meinst ...«

»Du solltest dir mal selbst zuhören! Der Chef ist doch kein kleiner Junge mehr, der sich eben mal den Kopf verdrehen lässt. Reiß dich zusammen, Willy, und hör auf mit deinem albernen Verhalten! Da ist nichts, da wird nichts sein – und wir drei müssen zusammenarbeiten. Übrigens ... deine Nachricht vorhin wegen der braunen Briefumschläge mit den Geldscheinen kam genau im richtigen Moment.«

Die Tür wurde geöffnet. Bevor Hansen ins Zimmer trat, drehte er sich noch einmal um und sagte in den Flur hinaus: »Das können wir gern machen, Frau Vermijnen. Ich meld mich, aber jetzt muss ich dringend los.«

»Soll ich mitkommen?«, erkundigte sich die BKA-Kollegin von draußen.

»Nein, lieber nicht. Außerdem wollte Frau Schliers mit Ihnen reden. Also dann bis später, ja?«

Draußen entfernten sich Schritte, und Willy warf Hanna einen vielsagenden Blick zu. Hansen stützte sich schwer auf Hanna Fischers Schreibtisch und sah seine beiden Mitarbeiter an.

»Wir sollten jetzt sofort nach Schweinegg fahren. Ich erzähl euch alles unterwegs.«

»Ich komme, Chef!«, rief Hanna und sprang auf.

»Geht klar, Chef!«, sagte auch Haffmeyer und tat es ihr gleich.

Hansen musterte Willy.

»Sind wir wieder per Du?«, fragte er ihn.

»Ja«, kam die Antwort nach kurzem Nachdenken. »Und ich wollte mich auch noch ...«

»Geschenkt«, unterbrach ihn Hansen. »Kommt lieber schnell mit. Ich fürchte, wir müssen uns beeilen.«

Unterwegs erzählte Hansen seinen Mitarbeitern, was er von Vroni Schliers erfahren hatte. Die Kriminaltechnik hatte am Holzdeckel des leeren Erdlochs im Wald Fasern von grobem Stoff gefunden, wie er zum Beispiel für Tragetaschen verwendet wird. Außerdem hatte man Bestandteile sehr dichter Wurzelballen ausfindig gemacht, die von Pflanzen stammen könnten, die in engen Blumentöpfen zum Verkauf angeboten werden. Die Resultate waren von KT-Chef Ulf Kayserling, der nach seinem Faschingsurlaub wieder an den Schreibtisch zurückgekehrt war, und seinem Stellvertreter Roman Drexel gemeinsam präsentiert worden. Daraufhin hatte sich Hardy Koller zu Wort gemeldet, der Hansen in der Soko-Besprechung vertreten musste.

»Was wäre denn«, hatte er laut gedacht, »wenn dieser Fund auf ein Beet hindeuten würde, in das Roth immer wieder Pflanzen mit ebensolchen Wurzelballen gesetzt hat? Die Fasern könnten von einer Tasche stammen, in der das Paket mit dem Geld transportiert worden ist. Womöglich war das Paket zunächst in einem solchen Beet vergraben, bevor es im Erdloch landete. Vielleicht hat Roth das Erdloch aber plötzlich doch nicht mehr als sicher genug empfunden und das Paket wieder dort vergraben, wo es lange unbemerkt gelegen hatte?«

Da war es nicht mehr weit gewesen zur Annahme, dass genau das von Roth so eifersüchtig bewachte Blumenbeet neben der Kapelle St. Rasso in Schweinegg jenes Versteck war.

Hanna hatte Hansens Auto am schnellsten erreicht und

sich auf den Beifahrerplatz gesetzt, weil sie ihren fülligen Körper nicht gern auf die Rückbank quetschte, die schon für Normalgewichtige nicht besonders bequem war. Also hatte Haffmeyer seine langen Haxen so gefaltet, dass er hinten einigermaßen angenehm sitzen konnte. Hansen sah im Rückspiegel, wie das Gesicht seines Mitarbeiters eine ungesunde rote Farbe annahm.

»Sag mal, Willy, hältst du es denn nicht auch für denkbar, dass Roth einen Teil der Beute aus den Banküberfällen in diesem Beet vergraben hat, wie es Koller vermutet?«, hakte Hansen nach. »Immerhin ist er doch fuchsteufelswild geworden, sobald sich ein anderer als er selbst an dem Beet zu schaffen machte. Als die Rampoldt-Kinder mit ihrem Ball ein paar Blumen platt gemacht haben, schien das für ihn allerdings keine große Sache zu sein. Das passt doch alles zu Kollers Theorie, oder nicht?«

»Koller ist ein ehrgeiziges Arschloch«, knurrte Haffmeyer.

»Was nichts über seine berufliche Qualifikation aussagt«, gab Hansen zu bedenken.

»Außerdem hat Roth mir gegenüber Stein und Bein geschworen, dass er dort nichts vergraben hat.«

»Ist das nicht ein bisschen naiv, Willy? Roth ist in seinem früheren Leben in eine Schneiderei in Füssen eingebrochen, er war an zwei Banküberfällen beteiligt, und zuletzt, als er deiner Meinung nach eigentlich einen Heiligenschein verdient hätte, hat er den Schneider erpresst, den er früher mal bestohlen hatte. Und du glaubst, er hat dir immer die Wahrheit gesagt?«

Haffmeyer sah stumm zum Seitenfenster hinaus.

»Soll der Koller ebendieses blöde Beet umgraben lassen, dann wissen wir es mit Sicherheit«, fuhr Hansen fort, während links vor ihnen der Kögelweiher auftauchte und Hansen die folgende Rechtskurve so sportlich nahm, dass sich Hanna gut festhalten musste. Nun war es nicht mehr weit bis zu ihrem Ziel.

»Das Beet ist Roth zuletzt wirklich sehr wichtig gewesen«, murmelte Haffmeyer, und Hansen musste genau hinhören, um ihn auch zu verstehen. »Und das hatte einzig und allein mit den Blumen zu tun, die er dort gepflanzt hatte. Es sind nämlich ein paar seltene darunter, die ein anderer vielleicht gar nicht so zum Wachsen und Gedeihen gebracht hätte ...«

Hansen blickte in den Rückspiegel. Haffmeyer sah noch immer aus dem Fenster, seine Kiefer mahlten, er wirkte aufgebracht.

»Auf wen bist du denn wütender, Willy?«, fragte Hansen leise. »Auf Koller, der das Lieblingsbeet des Alten umgraben lässt – oder auf Roth, der dich womöglich eiskalt an der Nase herumgeführt hat?«

Schweigen.

»Kann jedem mal passieren, Willy.«

Haffmeyer zuckte mit den Schultern.

»Weißt du, Chef, ich kenn Gott und die Welt im Allgäu, ich versteh mich gut mit Hanna und dir, aber richtige Freunde habe ich nicht so viele. Der Roth war ein Sonderling, und ich bin, genau genommen, auch einer, mit meinem losen Mundwerk und meinem seltsamen Hobby. Da hat das ganz gut gepasst mit dem Alten und mir.«

»Was ist denn mit deiner österreichischen Freundin?«

»Na ja, Freundin …« Haffmeyer lachte bitter. »Ich würd schon wollen, aber die Rosi ziert sich noch. Sie hat mich schon lange nicht mehr besucht, und wenn ich sie anrufe, ist sie in letzter Zeit meist recht kurz angebunden – falls ich sie überhaupt ans Telefon bekomme.«

»Kenn ich.«

»Ach, Chef, das kannst du doch nicht mit Resi und dir vergleichen! Ihr beide seid das perfekte Paar. Wenn ihr euch nur endlich wieder vertragen würdet!«

Hansen ging vom Gas, ließ den Wagen am Rand der schmalen Straße ausrollen und stellte den Motor aus.

»Was ist denn jetzt los, Chef?«, fragte Willy. »Ich dachte, wir wollen schnell zur Kapelle?«

»Koller ist dort und überwacht persönlich die Arbeiten am Beet. Du willst ihm sicher nicht den Triumph gönnen, ihm in dieser trüben Stimmung entgegenzutreten.«

»Ach, der Koller kann mich mal!«

»Mag sein, aber auf die paar Minuten kommt es nun auch nicht mehr an. Das Blumenbeet kannst du eh nicht mehr vor Kollers Arbeitseifer retten.«

»Apropos retten …«, setzte Haffmeyer an, verstummte aber gleich wieder. Es wurde still im Wagen. Hansen sah in den Rückspiegel und erwiderte Haffmeyers fragenden Blick.

»Falls du jetzt auf Resi und mich angespielt hast …«, begann Hansen und brach mitten im Satz ab. Haffmeyer grinste, und Hansen seufzte.

»Machen wir es so, Willy: Du rufst deine Rosi an und ich meine Resi – dann schauen wir mal, wie weit wir kommen.«

»Meinetwegen.«

»Männer!«, stöhnte Hanna, schüttelte lachend den Kopf und deutete nach vorn. »Vielleicht können wir dann weiterfahren?«

Noch bevor sie Schweinegg erreicht hatten, sahen sie einen Bagger seine Schaufel in das schlagen, was noch von Roths Blumenbeet übrig war. Das letzte Stück Weg mussten sie gehen, weil alles mit Streifenwagen und anderen Autos vollgestellt war. In der Einfahrt des Rampoldt-Hofs war die ganze Familie versammelt, und Altbäuerin Agnes schlug sich wieder und wieder die Hände vors Gesicht und schluchzte hemmungslos. Als sie Hansen herankommen sah, machte sie zwei schnelle Schritte nach vorn und zischte ihm zu: »Dem, der das zu verantworten hat, soll Sankt Rasso ganz besonders große Nierensteine bescheren!«

Auf der Wiese neben der Kapelle standen zwei Lastwagen. Die Ladefläche des einen war schon gut zur Hälfte mit Erdreich gefüllt, in dem vereinzelte zerdrückte Blumen zu sehen waren.

»Wo hat dieser Koller nur so schnell einen Bagger herbekommen?«, raunte Haffmeyer.

Hardy Koller stand wie ein Feldherr auf der untersten Sprosse der Leiter, die zum Führerhaus des einen Lkws hinaufführte, und beobachtete die Arbeit des Baggers. Das sah allerdings ein wenig lächerlich aus, weil er die Halterung des Außenspiegels mit dem rechten Arm umklammert halten musste, um nicht von der Stufe herunterzurutschen.

»Und, Herr Koller, schon was gefunden?«

Hansen stellte sich zu ihm und schaute ebenfalls zu dem Bagger hinüber. Hanna hatte Willy direkt an den Rand des ehemaligen Beets begleitet, wo dieser nun mit hängenden Schultern stand und angesichts der zerstörten Blumenpracht um Fassung rang.

»Nein, aber das kommt schon noch«, erwiderte Koller. »Ich lasse den Aushub in eine leer stehende Halle in der Nähe bringen. Dort warten schon einige uniformierte Kollegen, die alles durchstöbern werden.«

Haffmeyer sprach kurz mit Hanna, dann drehte er sich zu Hansen und Koller um. Hanna hielt sich direkt hinter ihm.

»Woher haben Sie eigentlich so schnell einen Bagger bekommen?«, erkundigte sich Hansen.

»Da staunen Sie, was?« Koller glühte vor Stolz. »Schauen Sie mal nach dort drüben!« Er deutete auf eine Grube, die keine zweihundert Meter entfernt lag. »Da soll ein Lagerplatz betoniert werden. Gerade wurde die Grube ausgehoben, und ich habe den Baggerfahrer sofort hierherbeordert.«

Sein Tonfall triefte vor Selbstzufriedenheit, und Hansen konnte Willys Abneigung gegen Koller gut nachempfinden. Was er dagegen nicht dulden wollte, war der Umstand, dass Haffmeyer in diesem Moment umstandslos auf Koller zuging, keine Handbreit vor ihm entfernt stehen blieb und ihn zornig anfunkelte. Damit waren der lange, hagere Haffmeyer und der ein wenig untersetzte Koller auf seiner Leitersprosse exakt auf Augenhöhe.

»Ohne Bagger wäre es Ihnen nicht schnell genug gegangen, was? Typisch Koller! Gleich mit dem großen Besteck, und natürlich erst mal alles kaputt machen!«

Hansen trat einen Schritt nach vorn, aber der Versuch, sich zwischen Haffmeyer und Koller zu drängen, schlug fehl.

»Ach, da haben wir ja wieder den guten, alten Willy Haffmeyer!«, höhnte Koller und schaute sich dabei um, ob auch
alle seinen Spott goutierten. »Retter der Blumen, Freund aller
Einsiedler!«

Koller lachte böse, und Hansen befürchtete schon, dass
ihm Haffmeyer an die Gurgel gehen würde – doch der
beherrschte sich mit einiger Mühe.

»Sie wissen doch selbst, dass es Quatsch ist, in diesem Beet
nach der Beute von Roths Kumpanen zu suchen! Sie werden
nichts finden! So wenig, wie Sie drüben auf der Lichtung etwas
gefunden haben! Roth hat Geld in zwei braunen Briefumschlägen aufbewahrt, und zwar in einem Lagerraum in Roßmoos – und dieses Geld stammt gewiss nicht aus einem Banküberfall!«

»Ach, stimmt ja, Ihr Busenfreund war ja nicht nur Bankräuber, sondern auch noch Einbrecher und Erpresser!«

Wieder lachte Koller, und diesmal war es zu viel für Haffmeyer. Er hob beide Hände, krümmte die Finger wie ausge-
fahrene Krallen und schnellte nach vorn – gleich würde er den
stellvertretenden Leiter des K1 der Kripo Kempten würgen,
und wer wusste schon, ob ein Haffmeyer außer Rand und
Band seinen Griff rechtzeitig wieder lösen würde?

Doch dann ging alles ganz schnell. Willy Haffmeyer wurde
zur einen Seite geschleudert und landete unsanft auf dem Hinterteil, während Hardy Koller in die andere Richtung flog und
der Länge nach in die bereits ausgehobene Grube plumpste.
Hanna Fischer stand nun neben dem Lastwagen und warf mal
dem einen, mal dem anderen wütende Blicke zu.

»Reicht das jetzt, ihr Deppen? Wir haben einen Mord aufzuklären, und ihr beiden habt nichts Besseres zu tun, als euch zu benehmen wie zwei ungezogene Buben im Kindergarten!«

Hanna machte nicht den Eindruck, als hätte es sie allzu sehr aus der Puste gebracht, die beiden Männer zu trennen. Einige der umstehenden Beamten lachten, manche von ihnen machten sich wenigstens noch die Mühe, ihre Heiterkeit hinter vorgehaltener Hand zu verbergen. Koller bekam es trotzdem mit, und er schäumte, als er sich aufrappelte und auf Hanna losstapfte.

»Das wird ein Nachspiel haben!«, drohte er ihr, aber sie zeigte sich nicht beeindruckt.

»Wissen Sie, Herr Koller, wenn Sie die ganze Geschichte erzählen, wird mir Frau Schliers eher noch dankbar sein, dass ich Schlimmeres verhütet habe. Ich weiß allerdings nicht, ob sie Ihr Verhalten gegenüber dem Kollegen Haffmeyer ebenso gutheißen wird.«

»Lass mal, Hanna«, meldete sich Willy zu Wort, der inzwischen ebenfalls aufgestanden war und sich an ihr vorbeidrängen wollte.

»Nix da«, rief Hanna. »Du bleibst weg vom Koller!« Dann warf sie Hansens Stellvertreter einen strengen Blick zu. »Und Sie bleiben weg vom Willy!«

»Oha, wir haben eine neue Chefin!«, rief Koller aus, aber keiner lachte. »Wollen Sie nicht auch mal was sagen, *Chef*?«

Hansen wusste, dass Koller das letzte Wort nicht ohne Grund so eigenartig betont hatte, aber er ließ sich nicht provozieren.

»Ich finde, Frau Fischer hat recht«, sagte er ruhig. »Wir sollten unsere Arbeit tun, anstatt uns wie kleine Kinder aufzuführen. Und wenn wir hier fertig sind, erwarte ich die Herren Koller und Haffmeyer in meinem Büro. Noch Fragen?«

Er wollte sich abwenden und sonst einstweilen kein Wort mehr über den Zwischenfall verlieren, aber Koller wollte sich wohl einen besseren Abgang verschaffen. Er baute sich vor Hansen auf und stemmte beide Fäuste in die Seiten.

»Ach, auch der Herr Haffmeyer muss zum Rapport? Immerhin … Ich dachte schon, der Kollege und Frau Fischer sind Ihnen heilig …«

»Sie hören jetzt besser auf«, riet ihm Hansen mit gefährlich leiser Stimme, und endlich merkte Koller, dass er sich auf dünnem Eis bewegte. Langsam trat er einen Schritt zurück und ließ die Arme sinken. Dann sah er Haffmeyer hinter Hanna Fischer stehen, und ein hämisches Grinsen legte sich auf sein wütendes Gesicht.

»Sie sind sich also sicher, dass wir nichts finden werden?«

»Ja«, antwortete Willy und presste gleich wieder die Lippen aufeinander.

»Und warum sind Sie sich da so sicher? Weil Ihr krimineller Freund es Ihnen erzählt hat?«

Willy schwieg.

»Ach so«, sagte Koller und klatschte sich theatralisch gegen die Stirn. »Sie haben ja gar nicht gewusst, dass er ein Verbrecher ist! Der gute Willy saß einfach nur mit einem alten Mann am Lagerfeuer, der genauso ein Freak ist wie er selbst. Und auf die Idee, dass er da mit einem zusammenhockt, der Banken um Millionen erleichtert hat, ist unser guter Willy gar nicht erst gekommen!«

Koller lachte freudlos.

»Mensch, Haffmeyer, was sind Sie bloß für ein Polizist? Mich hat das nur ein paar Telefonate gekostet, dann wusste ich alles über das Vorleben Ihres sauberen Waldschrats! Aber Sie? Zu blind, zu naiv – da ist es natürlich kein Wunder, dass Sie noch immer ein einfacher Kriminalmeister sind und auch für alle Zeiten bleiben werden!«

Hansen wollte dazwischengehen, aber Hanna gab ihm ein Zeichen, das wohl bedeuten sollte, dass Willy mit dieser Situation auch gut allein fertigwurde. Das stellte sich leider als Fehler heraus.

»Aber, ganz ehrlich«, zündelte Koller weiter. »Selbst wenn Sie gewusst hätten, was der Roth für einer war, hätten Sie doch im Leben nicht daran gedacht, in diesem Blumenbeet nach seiner Beute zu suchen!«

In Haffmeyer arbeitete es, und Koller merkte, dass er Oberwasser hatte.

»Na, wie lebt es sich so als Blumenfreund, der in der Kripo absolut fehl am Platz ist? So ein bisschen Menschenkenntnis sollte sich doch in all den Jahren angesammelt haben, auch wenn Sie die meiste Zeit im KI im Innendienst versauern mussten.«

Koller wandte sich wieder an seinen Vorgesetzten.

»Unter uns, Herr Hansen, dass Sie den Haffmeyer für Befragungen auf die Leute loslassen, verstehe ich bis heute nicht. Wenn ich das Sagen hätte ...«

»Es reicht, Herr Koller.«

Hansen war noch etwas leiser geworden, und nun endlich fing sich auch sein Stellvertreter. Er schluckte und räusperte sich.

»Koller, dass Sie ein Arschloch sind, wissen Sie wahrscheinlich selber!«

Haffmeyer war etwas näher gekommen, seine Stimme war schneidend, aber im Moment sah er nicht so aus, als wolle er Koller noch einmal tätlich angreifen. Wütend war er aber nach wie vor.

»Wir sollten jetzt wirklich wieder an unsere Arbeit gehen«, sagte Hansen eindringlich und berührte Haffmeyer am Oberarm, doch der war zu sehr in Fahrt, um darauf einzugehen.

»Und auch wenn Sie lachen werden, Koller: Ja, ich habe Roth geglaubt, als er mir erzählt hat, dass hier im Beet nichts versteckt liegt!«

Hansen warf ihm beschwörende Blicke zu, und auch Hanna fuhr erschrocken herum. Koller bemerkte zuerst die Reaktionen der beiden – was Haffmeyer gesagt hatte, begriff er gleich danach. Er machte große Augen und sah alle drei erst staunend, dann mit grimmiger Freude an.

»Ach, so ist das? Der Haffmeyer wusste die ganze Zeit Bescheid, kannte Roths Vorleben – und hat trotzdem mit ihm im Wald Bier und Schnaps gesoffen? Ja, sauber! Und die Frau Fischer und der Herr Hansen wussten davon und haben ihn gedeckt?« Er nickte mehrmals. »Verstehe. Verstehe!«

Die Umstehenden wussten nicht recht, wie sie sich angesichts der überraschenden Wendung verhalten sollten. Koller dagegen ergriff die Gelegenheit beim Schopf.

»Ich fürchte, Herr Hansen, dass jetzt eher Sie zum Rapport müssen als ich!«

Und damit wandte er sich ab und wählte die Nummer von Kripochefin Vroni Schliers.

Dreihundert Meter östlich der Kapelle St. Rasso in Schweinegg kraxelte ein Mann von einem Baum herunter, hing kurz mit ausgestreckten Armen am untersten Ast, ließ sich dann die letzten eineinhalb Meter bis zum Boden fallen und federte den Aufprall geschickt in den Beinen ab.

Er war am frühen Morgen auf die Idee gekommen, die drei miteinander zechenden Polizisten noch einmal aufzusuchen. Auf der Lichtung hatte er nichts entdeckt, was ihn weiterbrachte – aber vielleicht ließ sich etwas über ein weiteres Versteck vom alten Roth herausfinden, wenn er die Kripobeamten verfolgte. Also war er am frühen Morgen zu der Stelle gefahren, wo das Trio in der Nacht beisammengesessen hatte. Der Streifenwagen stand noch an Ort und Stelle, also ging er auf das nahe gelegene Dorf zu, das die betrunkenen Männer angepeilt hatten, und legte sich am Ortseingang auf die Lauer. Er musste nicht lange warten, bis die beiden Uniformierten aus einem Haus an der Dorfstraße traten und sich auf den Weg zu ihrem Dienstwagen machten.

Er zog das Fernglas hervor und entdeckte den dritten Mann, der am Fenster des Hauses stand und ihnen hinterherschaute. Etwas später brach der hagere Kerl nach Roßmoos auf, und es war mit dem Motorrad ein Leichtes, ihm dorthin zu folgen. Es gelang ihm sogar, von seinem Versteck hinter der nächsten Häuserecke aus ein Telefonat des Polizisten aufzuschnappen, in dem er von einem Lagerfach berichtete, das Roth angemietet habe und in dem er zwei Briefumschläge mit etwas Geld entdeckt habe.

Als der Hagere sich wieder ins Auto setzte, fuhr er ihm unauffällig bis zum Kommissariat in Kempten hinterher und

wartete vor dem Gebäude auf ihn. Gerade erwog er weiterzu-
fahren, weil sich nichts tat, da kam ein Auto aus dem Hof des
Kripogebäudes gebraust. Auf der Rückbank saß ausgerechnet
der Polizist, den er verfolgt hatte. Nun konnte er genauso gut
auch noch herausfinden, wohin dieser Wagen fuhr.

Als Ziel entpuppte sich ein Weiler, in dem ein Bagger ein
Loch aushob, während die halbe Allgäuer Polizei zuschaute.
Er schlug einen größeren Haken, stellte sein Motorrad hinter
einem kleinen Waldstück ab und wählte einen großen Baum
am Waldrand als Beobachtungsposten.

Erst wurde er nicht recht schlau daraus, dass die Polizei ein
Blumenbeet ausheben und auf Lastwagen verladen ließ, aber
dann fiel ihm wieder ein, dass Roth ein begnadeter Gärtner
gewesen war und ein Beet neben einer kleinen Kapelle ihm
geradezu heilig gewesen sei. Ob hier versteckt gewesen war,
was er nun schon so lange suchte? In diesem Fall war er zu spät
gekommen, und die Polizei hatte ihn um den Lohn seiner
Arbeit gebracht.

Fluchend stapfte er durch den Wald, schimpfend startete er
das Motorrad, und wütend verschickte er eine Textnachricht
an zwei Empfänger, mit der dringenden Bitte um ein baldiges
Treffen.

»Hier, bitte«, sagte Koller und grinste verschlagen, als er
Hansen sein Handy hinhielt. »Frau Schliers ist dran, und sie
möchte gern hören, was Sie zu dem sagen, was ich der Chefin
gerade berichtet habe.«

Hansen nahm das Handy entgegen, ging ein paar Schritte
von der Kapelle weg und winkte Hanna Fischer und Willy

Haffmeyer, mit ihm zu kommen. Koller, der zunächst Anstalten gemacht hatte, seinem Vorgesetzten zu folgen, fing Haffmeyers warnenden Blick auf und blieb stehen.

»Herr Hansen, sagen Sie mir bitte, dass Koller durchdreht und dass alles, was er erzählt hat, völlig aus der Luft gegriffen ist«, begann Vroni Schliers ohne Umschweife.

»Tut mir leid, aber soweit ich mitgehört habe, ist er vollkommen bei der Wahrheit geblieben.«

»Scheiße!«, entfuhr es der Kripochefin, und dann, nach einer Pause, fragte sie: »Und wieso haben Sie es nicht wenigstens mir gesagt?«

»Das ist das Einzige, was mir wirklich leidtut, Frau Schliers. Dafür könnte ich mich ohrfeigen, aber alles andere würde ich ein zweites Mal genauso machen, fürchte ich.«

»Ja, das fürchte ich auch …«

»Und jetzt?«

»Jetzt? Jetzt werden Sie Ärger kriegen, Herr Hansen, und Hanna Fischer natürlich auch.«

»Und Haffmeyer?«

»Na, was denken Sie denn? Den ziehe ich selbstverständlich sofort von diesem Fall ab! Und am besten wird es sein, er geht heim nach Zell und denkt erst einmal gründlich über den Mist nach, den er gebaut hat!«

»Dem Willy ist der Tod dieses Einsiedlers an die Nieren gegangen, Frau Schliers. Und als er gesehen hat, wie Koller es genoss, dessen liebstes Blumenbeet zu zerstören, ist ihm wohl eine Sicherung rausgesprungen. Koller hat ihn übrigens so provoziert, dass ich an Willys Stelle auch nicht anders reagiert hätte.«

Am anderen Ende der Leitung war ein Schnauben zu hören.

»Also bitte, Hansen! Es ehrt Sie, dass Sie nach Entschuldigungen für Willy, den alten Sturkopf, suchen, aber er kann nicht einfach einem Vorgesetzten an die Gurgel gehen! Und die Ermittlungen hat er auch behindert, weil er nicht offen gesagt hat, was er alles längst wusste!«

»Das hat Koller aber auch so schnell herausgefunden – und darauf hatte ich gehofft. Schauen Sie, ich habe den Koller ja extra auf Roths Vorleben angesetzt, weil ich ihm zugetraut habe, dass er alles aufdeckt. Dann hätte Haffmeyer sein Geheimnis für sich behalten können, und die Arbeit der Soko hätte letztlich nicht darunter gelitten. Finden Sie nicht auch, dass das im Grunde genommen sogar geklappt hat?«

»Meine Güte, Hansen, jetzt hören Sie doch mal auf, Haffmeyer zu verteidigen. Das kann ich ihm unmöglich durchgehen lassen!«

Hansen hätte gern noch einen letzten Versuch unternommen, sie umzustimmen, aber er wusste ja selbst, dass sie recht hatte.

»Gut, Sie haben es endlich eingesehen«, meinte die Kripochefin aufatmend. »Und jetzt geben Sie mir bitte noch den Willy.«

Er reichte das Handy weiter. Haffmeyer hörte zu, die Lippen zu einem schmalen Strich zusammengepresst. Dann schien Vroni Schliers mit ihrer Ansage fertig zu sein. Ohne ein Wort drückte Haffmeyer das Gespräch weg, atmete tief durch und schaute noch einmal in die Runde. Dann straffte er sich, warf im Vorübergehen Koller dessen Handy zu und machte sich auf den Fußweg nach Hause.

Auf sein erstes Treffen musste Jupp Kistenburger nicht lange warten. Er hatte sein Motorrad am Rand des Seeparks am Schwaltenweiher abgestellt und lehnte nun an einem Baumstamm. Die Daumen hatte er lässig in die Taschen seiner Jeans eingehakt. Was für ein Kontrast zu dem Mann, der sich ihm jetzt näherte und der über das Gras ging wie ein Storch im Salat.

»Nicht ganz dein Geläuf, was?«, rief Jupp dem anderen entgegen und grinste breit. »So nennt man doch den Boden bei diesen Pferderennen, oder?«

Steffens verzog keine Miene und blieb wortlos vor dem Motorradfahrer stehen.

»Jetzt hör mal zu, du Superbutler«, schnarrte Jupp. »Die Bullen haben ein Versteck von Roth entdeckt. Der hatte in einem Nest bei Füssen ein Fach gemietet, und da waren zwar Briefumschläge drin – aber scheint's nicht das Geld, das ich suche. Und jetzt hat die Kripo ein Blumenbeet neben so einer mickrigen Kapelle umgegraben und das ganze Zeug auf Lastwagen verladen. Klingelt da was bei dir?«

»Ich hatte Ihnen ja schon gesagt, dass Herr Roth einen grünen Daumen hatte. Mit dem Beet, das Sie ansprechen, meinen Sie vermutlich das neben der Kapelle St. Rasso in Schweinegg – das durfte immer nur Herr Roth pflegen, da war er sehr eigen, bis zum Schluss.«

»Glaubst du, die Kohle ist dort vergraben?«

»Das weiß ich nicht, tut mir leid. Aber falls es so war, dann hat es jetzt die Polizei, und Sie können Ihre Suche abbrechen.«

Jupp trat einen Schritt auf Steffens zu. Er war ein vierschrötiger Kerl und sah so furchterregend aus, dass man nicht sicher sein konnte, ob er seine Emotionen zu jeder Zeit unter Kontrolle hatte – aber Steffens schaute ganz ruhig zu ihm auf und schien sich keine Sorgen zu machen. Kistenburger blieb einen Moment so stehen und blickte finster drein, dann hellte sich seine Visage auf, er trat wieder etwas zurück und grinste den anderen anerkennend an.

»Eins muss man dir lassen: Nerven hast du!«

»Nun, wir haben ja ein gemeinsames Interesse, nicht wahr? Auch ich möchte, dass Sie das Geld finden, damit ich den vereinbarten Anteil bekomme.«

»Hast du denn gar keine Angst, dass ich das Geld finde, einfach abhaue und mich einen Dreck um das kümmere, was wir ausgemacht haben?«

Nun spielte doch ein leichtes Lächeln um Steffens Mund.

»Was grinst du denn so blöd?«, fuhr Jupp ihn an.

»Lieber Herr Kistenburger«, begann Steffens, und das Lächeln wurde etwas breiter, »Sie dürfen davon ausgehen, dass ich hinreichend Erkundigungen über Sie eingezogen habe, um mich abzusichern.«

»Wie, du kennst meinen Nachnamen?«

»Sie haben sich mir ja immer nur als Jupp vorgestellt, das fand ich eben nicht ausreichend – und Ihr Motorrad haben Sie ja meistens in der Nähe abgestellt, wenn wir uns getroffen haben. Damit Ihren Namen Josef Kistenburger herauszubekommen war nicht schwer.«

»Na und? Dann kennst du halt meinen Namen, was macht das schon? Du wirst mich schon nicht verpfeifen, sonst bist du selbst dran. Und vielleicht …« Er grinste. »Vielleicht mach ich dich auch einfach kalt, bevor ich verschwinde.«

»Davon kann ich natürlich nur abraten. Auch in Ihrem Interesse, Herr Kistenburger.«

»Wieso in meinem Interesse?«

»Sie fragen sich doch sicherlich, was Herr Roth in diesem Lagerfach bei Füssen aufbewahrt hat, oder?«

Kistenburger stutzte und kniff die Augen zusammen.

»Nun«, fuhr Steffens ungerührt fort, »ich weiß zumindest, was *nicht* drin war.«

»Hä? Jetzt red endlich mal Klartext!«

»Alles zu seiner Zeit, aber Sie dürfen davon ausgehen, Jupp, dass die Polizei interessante Dinge in die Hände bekommen wird, falls mir etwas zustößt. Interessante Dinge, die Sie selbst lieber verschwinden lassen würden.«

Kistenburger legte die Stirn in Falten und funkelte den anderen böse an, doch der gönnte sich nun ein sehr selbstgewisses Lächeln, und das verunsicherte Jupp nun doch. Dieses Problem, so viel war klar, würde er mit bloßer Muskelkraft nicht lösen können. Deshalb riss er sich zusammen, gab sich freundlicher und klatschte dem Butler seine rechte Pranke auf die Schulter.

»Jetzt mach dich mal locker, Steffens! Ich hab ja nur Spaß gemacht! Natürlich werd ich dir kein Härchen krümmen, und deinen Anteil kriegst du auch, wie besprochen. Nur muss ich halt die Scheißkohle noch finden – sonst kann ich dir auch keinen Anteil zahlen.«

»Das versteht sich, Herr Kistenburger, und das müsste ich dann auch so akzeptieren.«

»Siehst du, Steffens, so gefällst du mir schon viel besser.«

»Und was kann ich nun für Sie tun?«

»Nicht viel, wahrscheinlich. Ich wollte nur, dass du das mit den beiden Verstecken weißt, die wo die Bullen jetzt gefunden haben.«

Steffens seufzte innerlich. Wie sehr er es doch genoss, in seinem Beruf meistens mit kultivierteren Menschen zu tun zu haben, die mit der deutschen Sprache nicht so deutlich auf Kriegsfuß standen. Kistenburger bemerkte nichts, sondern redete einfach weiter.

»Sag mal, dein Chef hat doch sicher irgendwann mal einen Hinweis von Roth bekommen, wo das Geld stecken könnte. Du hast mir ja erzählt, dass die beiden immer wieder mal zusammen einen gepichelt haben.«

»Das wäre möglich, aber bisher konnte ich Herrn Wank nichts in dieser Richtung entlocken. Ich bleibe aber natürlich dran.«

»Gut. Denk dran: keine Kohle, kein Anteil.«

Damit wandte sich Kistenburger ab, zog einen altmodischen schwarzen Schalenhelm über, schwang sich auf seine Maschine und fuhr davon.

Rupert Freiherr von Wank und Schweinegg kehrte nicht besonders frohgemut von seiner Geschäftsbesprechung zurück. Der Unternehmer, dem er einige seiner Wohnungen am Stadtrand von Marktoberdorf verkaufen wollte, versuchte immer noch, seinen Preis zu drücken, und vermutlich musste er sich mit einer geringeren Marge zufriedengeben als erhofft. Entsprechend ruppig fuhr er die Strecke, und mehrere Male überholte er so riskant, dass der Gegenverkehr abbremsen und er sich ein Hupkonzert anhören musste. Als er bei Seeg nach Westen abbog, hatte er sich einigermaßen beruhigt, und die letzte Abzweigung zum Ostufer des Schwaltenweihers nahm er recht entspannt.

Umso mehr fiel ihm deshalb der Motorradfahrer auf, der mit Getöse vom Seepark aus direkt vor ihm auf die Uferstraße einbog, seinen Motor aggressiv aufheulen ließ, aber keine hundert Meter weiter schon wieder abrupt abbremste und seine Maschine brachial in eine scharfe Linkskurve zwang. Wank hielt sicherheitshalber Abstand zu dem Verrückten und fuhr entsprechend langsam. Das Motorrad schoss auf den Feldweg, dass es nur so staubte, und Wank sah ihm kopfschüttelnd hinterher. Der Fahrer brachte die Maschine neben einer Scheune zum Stehen. Dort wartete eine große kräftige Frau auf ihn, die Wank nur allzu bekannt vorkam.

Was hatte seine Gärtnerin Ina Schönberg mit diesem Mann zu besprechen? Und hatte er diesen Motorradfahrer und seine bullige Maschine nicht schon einmal irgendwo gesehen?

Nachdenklich fuhr Wank weiter. Wenig später hatte er seinen Wagen zu Hause in der Garage abgestellt und war in den ersten Stock hinaufgegangen. In seinem Arbeitszimmer schenkte er sich einen Brandy ein. Er ging in Gedanken die Gärtner durch, die er als Roths Nachfolger eingestellt hatte. Auch diesen seltsamen Heiner Achtke, der immerzu auf dem Anwesen herumgeschnüffelt hatte, von Pflanzen aber nicht allzu viel Ahnung zu haben schien. Natürlich hatte er ihn schnell wieder entlassen, aber das fiese Grinsen, mit dem der Mann seine Papiere entgegennahm, hatte ihn darin bestärkt, dass Achtke hier alles Mögliche gesucht haben mochte, aber sicher keine Anstellung für längere Zeit. Ina Schönberg wiederum hatte fast so viel Talent fürs Gärtnern wie Roth – aber auch sie schien sich für mehr zu interessieren als nur für ihren Job.

Rupert Wank stellte das Glas beiseite, nahm die Visitenkarte des Kripokommissars zur Hand und wählte dessen Handynummer.

Hansen war seinem Mitarbeiter noch ein kleines Stück hinterhergegangen, aber Haffmeyer schlug einen so strammen Schritt an, dass er ihm nur mit Mühe hätte folgen können. Also blieb Hansen stehen und schaute ihm nach, wie Willy unbeirrt die schmale Straße entlangmarschierte.

Das Klingeln seines Handys riss ihn aus seinen Gedanken.

»Hansen?«, meldete er sich und wappnete sich schon für das nächste Gespräch mit Vroni Schliers. Doch am Apparat war nicht die Kripochefin, sondern Rupert Wank. Hansen hörte ihm kurz zu, dann bedankte er sich für den Anruf und versprach, so schnell wie möglich zu kommen. Kurz erwog er, Haffmeyer zurückzurufen, entschied sich aber dagegen und eilte stattdessen zu seinem Wagen. Unterwegs kommandierte er zwei Uniformierte ab, mit ihrem Streifenwagen hinter ihm her nach Rückholz zu fahren.

Hanna stieg zu Hansen ins Auto, und während sie auf Wanks Anwesen fuhren, brachte er sie rasch aufs Laufende, damit sie über Funk mit den Kollegen im Streifenwagen das weitere Vorgehen absprechen konnte.

Wanks Gärtnerin traf sich offenbar gerade mit einem Motorradfahrer, den Wank schon mehrfach in der Nähe seines Hauses gesehen haben wollte. Auch Roth habe den Mann während eines seiner Besuche bemerkt, und er habe daraufhin sehr ängstlich gewirkt, hatte Wank erzählt. Anschließend habe Roth noch ein Glas Brandy getrunken und sei über Nacht auf dem Schlösschen geblieben, anstatt auf seine Waldlichtung zu fahren.

Wank hatte den Motorradfahrer als sehr muskulös beschrieben, und auch die Gärtnerin war nicht aus Zuckerwatte, also entschied sich Hansen, die beiden zu überrumpeln. Sie würden zügig an sie heranfahren, dem Motorrad den Fluchtweg abschneiden und sie mithilfe der beiden Streifenbeamten in die Zange nehmen. Hansen warf einen kurzen Seitenblick auf Hanna Fischer, ob sie wohl nervös war angesichts der drohenden Auseinandersetzung – aber wenn Hanna etwas umzutreiben schien, war es höchstens Vorfreude.

Dann rasten sie auch schon an der Zufahrt zu Wanks Anwesen vorbei, und gleich danach war der Feldweg erreicht, den Wank am Telefon beschrieben hatte. Hansen nahm die Rechtskurve etwas zu sportlich, der Wagen kam ins Schleudern und rutschte mit den Hinterrädern vom Weg in die benachbarte Wiese – was aber ganz gut passte, weil das Auto dadurch quer zur Fahrtrichtung zu stehen kam und den Feldweg blockierte. Der Fahrer des Streifenwagens hatte die Abzweigung besser gemeistert, er stoppte seinen Wagen ein paar Meter entfernt. Die Gärtnerin und der Motorradfahrer befanden sich zwischen beiden Fahrzeugen und sahen verblüfft auf die drei Männer und die Frau, die nun aus ihren Autos sprangen und sie umstellten. Der Staub hatte sich noch nicht gelegt, als Ina Schönberg sich zu dem Mann neben ihr beugte und auf Hansen deutete.

»Das, mein lieber Jupp, ist Kriminalhauptkommissar Hansen vom Kommissariat 1 der Kripo Kempten. Er will den Mörder von Hansjörg Roth finden.«

Kistenburger hatte beim Anblick des heranbrausenden Streifenwagens offenbar einen Schreck bekommen, hatte sich aber schon wieder im Griff.

»Welcher Roth?«, fragte er lautstark in die Runde. »Und was hab ich mit der Kripo zu schaffen?«

»Die Personalien bitte«, erwiderte Hansen ruhig.

Kistenburger musterte die vier Beamten einen nach dem anderen, ehe er seinen Ausweis aus der Lederjacke zog und ihn Hansen überreichte.

»Josef Kistenburger«, las Hansen vom Personalausweis ab.

»Meine Freunde nennen mich Jupp«, korrigierte der Motorradfahrer.

»Meinetwegen, aber mich würde eher interessieren, was Sie denn so Dringendes mit Frau Schönberg zu besprechen haben. Warum besuchen Sie sie dafür nicht einfach an Ihrem Arbeitsplatz, sondern treffen Sie stattdessen heimlich hier neben dieser Scheune?«

»Wüsste nicht, dass das verboten ist.«

Kistenburger hatte die mächtigen Arme vor der Brust verschränkt. Ina Schönberg war etwas von ihm abgerückt und stand nun fast direkt neben den Streifenbeamten.

»Sie wurden beobachtet, wie Sie um das Anwesen von Herrn Wank herumgeschlichen sind.«

Er verzog sein Gesicht zu einem überheblichen Lächeln.

»Alles nur wegen meiner süßen Ina.«

Er nickte zur Gärtnerin.

»Ich steh auf die, das ist mein Mädel.«

Ina Schönberg erweckte nicht den Anschein, als würde sie das genauso sehen. Kistenburger stellte sich etwas breitbeiniger hin und grinste Hanna Fischer an.

»Ich mag's halt gern etwas handfester«, sagte er und zwinkerte ihr zu. »Je handfester, desto besser.«

Hanna ließ sich nicht provozieren, aber dass sie die blöde Bemerkung nicht gut aufnahm, konnte zumindest Hansen ihr ansehen.

»Herr Kistenburger, ich habe den Eindruck, dass Sie unser Gespräch nicht so ernst nehmen, wie Sie sollten.«

»Ach, Herr Kommissar, was wollen Sie denn von mir? Ich habe mich hier mit meinem Mädel getroffen, wir haben uns unterhalten, alles ganz privat – da kommen wir ganz gut ohne Kripo zurecht.«

»Wie Ihnen Frau Schönberg schon sagte: Wir ermitteln in einem Mordfall. Es geht um den Tod von Hansjörg Roth.«

»Sagt mir nix, der Name.«

»Das glaube ich Ihnen nicht.«

»Ihr Problem.«

»Sind Sie sicher? Schauen Sie, Herr Kistenburger, ich will es Ihnen gern ein bisschen ausführlicher erklären: Sie treffen sich heimlich mit der Gärtnerin von Herrn Wank, um dessen Anwesen Sie schon herumgeschlichen sind. Einmal hat Herr Roth Sie dabei zu Gesicht bekommen. Er war gerade in Herrn Wanks Haus zu Gast und bekam es daraufhin so sehr mit der Angst zu tun, dass er über Nacht dort blieb, anstatt nach Hause zu fahren.«

Kistenburger hörte scheinbar ungerührt zu, aber Hansen

bemerkte, dass der bullige Motorradfahrer zuletzt seinem Blick auswich.

»Und jetzt ist Herr Roth tot. Wir gehen davon aus, dass Sie Herrn Roth kannten – und dass Sie etwas mit seinem Tod zu tun haben könnten.«

Hanna räusperte sich. Hansen sah zu ihr hin, und sie deutete mit dem Kinn in Richtung Straße. Dort ging Steffens mit schnellen Schritten auf Wanks Anwesen zu und hielt den Kopf gesenkt, als wolle er nicht gesehen werden.

»Ach«, sagte Hansen, »mit Steffens haben Sie sich also auch ...«

Weiter kam er nicht, denn Kistenburger nutzte den Umstand, dass zwei der vier Beamten gerade nicht auf ihn achteten, und machte einen Satz auf sein Motorrad zu. Einer der Streifenpolizisten reagierte sofort und bekam ihn an der Jacke zu fassen, aber Kistenburger schubste ihn um, schwang sich auf seine Maschine, startete den Motor und legte krachend den Gang ein. Das alles geschah so schnell, dass weder Hansen noch der andere Streifenpolizist rechtzeitig reagieren konnten. Hanna dagegen war schon auf dem Sprung, noch bevor das Motorrad richtig vom Fleck gekommen war. Mit zwei, drei weiten Sätzen hatte sie eine Stelle näher an der Straße erreicht, genau in dem Augenblick, als Kistenburger mit seiner Maschine dort vorbeibrausen wollte. Hanna hechtete aus vollem Lauf und erwischte den Oberkörper des Fliehenden, riss ihn um und hob ihn mit ihrem Schwung zugleich aus dem Sattel.

Das herrenlose Motorrad kippte um, kreiselte mit blubberndem Motor auf dem Feldweg, prallte gegen das Heck von

Hansens Wagen und blieb schließlich liegen. Hanna und Jupp rollten ineinander verkeilt über die Wiese, sie knufften und würgten einander, und schließlich schien Kistenburger die Oberhand zu gewinnen. Er kam auf die Füße, während Hanna noch vor ihm lag und sich nicht so schnell aufrappeln konnte. Die beiden Streifenbeamten versuchten, ihn zu überwältigen, aber erneut schüttelte er sie ab.

Hansen stand erst unschlüssig herum – doch als er sah, wie Kistenburger sich wieder Hanna zuwandte, die noch immer hilflos wie ein strampelnder Käfer auf dem Rücken lag, und mit dem rechten Fuß zu einem Tritt ausholte, kam endlich Bewegung in ihn.

Aber er hatte erst zwei Schritte gemacht, als der Motorradfahrer seinen versuchten Tritt schon wieder bereute. Hanna hatte das Bein kommen sehen, hatte Fuß und Schienbein zu fassen bekommen und verdrehte Kistenburgers Bein so schnell und kräftig, dass es hässlich knackte, woraufhin der bullige Schläger mit einem Schmerzensschrei zur Seite kippte und jammernd ins Gras fiel. Hanna dagegen erhob sich, klopfte sich einige Halme von der Kleidung und sah finster auf ihn hinunter.

»Na«, knurrte sie, »war das handfest genug?«

Damit gab sie den beiden Uniformierten ein Zeichen, dass sie Kistenburger abführen sollten. Sie betrachteten die mollige Kollegin erstaunt und machten sogar einen kleinen Umweg zu dem Verletzten, um ihr den Weg zu Ina Schönberg frei zu machen.

»Das ist nicht Ihr Freund, stimmt's?«, fragte sie die Gärtnerin.

»Um Gottes willen, nein!«

»Was hatten Sie dann mit ihm hier zu besprechen?«

Ina Schönberg schaute zu Kistenburger hinüber, dem gerade von den beiden Polizisten aufgeholfen wurde. Sie nahmen ihn in ihre Mitte und brachten ihn zum Streifenwagen.

»Und, Frau Schönberg, worum ging es in Ihrem Gespräch?«

»Na ja ... ein Gespräch würde ich das nicht nennen. Er hat auf mich eingeredet.«

Eine Pause entstand, und Hanna seufzte.

»Jetzt lassen Sie sich doch nicht alles aus der Nase ziehen! Weswegen hat er auf Sie eingeredet?«

»Ich ... kann ich da nicht die Aussage verweigern?«

»Besser wär's schon, wenn Sie mir einfach erzählen, was Sie wissen.«

»Ich weiß nicht recht ...«

Hanna schaute zu ihrem Chef, der nickte nur.

»Gut«, sagte sie. »Dann machen wir das anders. Wir nehmen Sie mit ins Kommissariat und befragen Sie dort, Sie können gern Ihren Anwalt dazurufen.«

Hansen bat die Polizeiinspektion Füssen, einen Wagen vorbeizuschicken, der Ina Schönberg nach Kempten bringen konnte – so wollte er verhindern, dass sich die Gärtnerin und der Motorradfahrer unterwegs absprechen konnten. Als schließlich der Streifenwagen mit Kistenburger und das Füssener Auto mit Ina Schönberg in Richtung Kempten verschwunden waren, fuhren Hanna und ihr Chef zu Wank.

Steffens war mittlerweile längst wieder dort eingetroffen, und er öffnete ihnen die Tür mit derselben gleichmütigen Miene, die er im Dienst immer aufsetzte. Allerdings warf er den beiden Beamten zwischendurch kurze taxierende Blicke zu und schien herausfinden zu wollen, ob sie ihn vorhin wohl gesehen hatten. Weder Hanna noch Hansen ließen erkennen, dass sie von seinem kleinen Ausflug wussten, und der Butler entspannte sich ein wenig.

Rupert Wank kam ihnen aufgeregt entgegen, als Steffens sie in sein Arbeitszimmer führte.

»Und, haben Sie herausgefunden, was dieser Kerl mit meiner Gärtnerin heimlich zu besprechen hatte?«

»Sie sind beide gerade zur Befragung nach Kempten gebracht worden«, antwortete Hansen. »Aber jetzt würden wir gern auch noch mit Ihnen reden.«

Steffens war neben der Tür stehen geblieben. Nun wandte er sich ab und wollte in den Flur hinaus.

»Würden Sie bitte bleiben, Herr Steffens?«, rief Hanna ihm zu. »Wir würden gern mit Ihnen und Herrn Wank reden.«

Steffens kam mit erhobenen Augenbrauen zurück. Wank wirkte ebenfalls erstaunt, aber aus Gewohnheit bot er allen Platz an.

»Nein danke, so lange wird es nicht dauern, vermute ich«, entgegnete Hansen. »Wie Sie mir vorhin am Telefon gesagt haben, Herr Wank, haben Sie diesen Motorradfahrer schon einmal dabei beobachtet, wie er um Ihr Grundstück schlich?«

»Nicht nur einmal«, sagte Wank. »Und ich kann nicht ausschließen, dass er auch mal auf dem Gelände war. Ich habe in die Mauer ein paar kleine Nebentüren einbauen lassen, weil ich solche Türchen irgendwie romantisch finde. Eine führt hinten raus zu meinem Bootssteg, zwei weitere münden in einen schmalen Pfad, der außen an der Mauer entlangführt.

Da könnte er natürlich mal reingeschlüpft sein. Ich bin der Sache nicht weiter nachgegangen, weil es mir nicht so wichtig vorkam. Um so etwas kümmert sich dann ja auch immer Steffens.«

Der nickte und schwieg.

»Aber sind diese Nebentüren in der Mauer denn nicht abgeschlossen?«

»Doch, normalerweise schon. Aber vielleicht kann er Schlösser knacken, ohne dass man es merkt?«

»Oder jemand hat ihn eingelassen, Frau Schönberg zum Beispiel. Er behauptet, sie sei seine Freundin.«

Wank lachte.

»Was finden Sie daran denn so lustig?«

»Frau Schönberg hatte in der Zeit, in der sie für mich arbeitet, zwei Freunde. Beide waren langhaarig und eher vom Typ Philosophiestudent, verstehen Sie? Mit einem wie diesem Motorradfahrer kann ich sie mir beim besten Willen nicht vorstellen.«

»Aber sie trafen sich heimlich.«

»Ja, das wundert mich. Was hat eine wie sie mit diesem Gorilla zu schaffen?«

»Sie ist hier im Haus nicht die Einzige.«

»Wie meinen Sie das?«, fragte Wank irritiert. »Ich habe mit diesem Kerl auf jeden Fall nichts zu tun. Ich kenne ihn auch nicht, ich habe ihn nur ums Haus schleichen sehen. Kein Wort habe ich jemals mit dem gewechselt!«

Hansen sah Steffens an, auch Wank folgte seinem Blick, und der Butler presste die Lippen zusammen.

»Wie ... Sie, Steffens? Was ...?«

»Der Herr Kommissar muss sich irren«, brachte Steffens hervor. Er war blass geworden. »Ich weiß nicht, was Sie meinen.«

»Sie behaupten also, den Mann, mit dem sich Frau Schönberg getroffen hat, noch nie gesehen zu haben?«

»Doch, natürlich habe ich ihn schon einmal gesehen – Herr Wank hat mich einmal auf ihn aufmerksam gemacht und hat ihn mir auch gezeigt. Ein … ein etwas derb aussehender Mensch, der draußen herumschlich. Ich bin dann auch gleich zu den erwähnten Türen geeilt, fand aber alle verschlossen vor. Und der Mann war zu diesem Zeitpunkt auch schon verschwunden.«

»Ich könnte mir im Gegenteil gut vorstellen, dass Sie ihn eingelassen haben oder dass Sie zu ihm hinausgegangen sind, um etwas mit ihm zu besprechen.«

»Warum sollte ich?«

»Aus demselben Grund wie vorhin, als Sie ihn drüben im Seepark getroffen haben.«

Steffens schwieg.

»Ich frage mich nur«, fuhr Hansen fort, »warum Sie sich nicht gleich zu dritt im Seepark getroffen haben. Wissen Frau Schönberg und Sie womöglich gar nicht, dass der jeweils andere Kontakt mit diesem Mann hat?«

Als der Butler schwieg, herrschte Wank ihn an: »Jetzt reden Sie schon, Mann! Haben Sie etwas mit dem Tod von Roth zu tun? Immerhin hatte er große Angst vor diesem Motorradfahrer!«

»Ich würde jetzt gern mit einem Anwalt sprechen«, erklärte Steffens.

Die Befragungen in Kempten waren zäh. Steffens besprach sich mit einem Anwalt, den ihm ein befreundeter Kollege empfohlen hatte – und der riet ihm, erst einmal gar nichts zur Sache zu sagen. Ina Schönberg hatte keinen Anwalt und wollte sich auch keinen leisten, schwieg aber ebenfalls eisern. Und Jupp Kistenburger hockte trotzig auf seinem Stuhl im Vernehmungsraum, und wenn er sich nicht gerade in Beschimpfungen der Beamten erging, die ihn befragten, schwieg er ebenfalls. Irgendwann am Abend beschloss Hansen, die Befragungen bis zum nächsten Morgen auszusetzen und die drei über Nacht in Zellen bringen zu lassen.

Er fuhr Hanna nach Hause, wo schon ihr Freund Thomas auf sie wartete. Auf ihn selbst wartete nur Ignaz. Der Kater lag ausgestreckt auf dem Esstisch, und als Hansen in die Küche kam, hob er zwar kurz den Kopf, sah aber keine Notwendigkeit, seinen Platz zu räumen, nur weil sich sein Zweibeiner vielleicht daran stören konnte.

Hansen schaute in den Kühlschrank, hatte aber auch heute keine Lust, sich etwas zu kochen. Nach kurzem Zögern wählte er Resis Handynummer, doch sie nahm nicht ab. Er entschied sich für ein Feierabendbier im Garten, wo er sich mit einer dicken Jacke gegen die noch kühle Abendluft schützen musste. Als er später sein leeres Glas in die Spülmaschine stellte, nervte Ignaz das Geklapper dann doch, und ohne große Hast streckte er sich, gähnte und sprang dann vom Tisch auf die Bank und von dort auf den Boden. Überall hinterließ er einige Bröckchen Katzenstreu, was ihn aber natürlich nicht kümmerte.

Noch einmal wählte Hansen Resis Nummer, auch diesmal ging sie nicht dran, aber er hatte sich inzwischen eine Nachricht zurechtgelegt, die er ihr hinterlassen wollte. Doch gerade als der Anrufbeantworter ansprang, hörte er ein Auto vorfahren. Er legte auf. Nun knallte eine Autotür, und dann klingelte es.

Hansen riss freudig die Tür auf, in der Erwartung, dass sich Resi vielleicht einen Ruck gegeben hatte und ihn besuchen kam. Er malte sich schon die bevorstehende Versöhnung aus, die diesen Abend zu einem besonders schönen machen würde.

Doch es war nicht Resi, die vor der Tür stand.

Ihm stand Jana Vermijnen gegenüber, die erst gelächelt hatte, nun aber doch eine etwas betrübte Miene machte.

»So enttäuscht?«, fragte sie nach einer kleinen Schrecksekunde.

»Nein, ich … tut mir leid, ich …«

»Sie haben jemand anderen erwartet, stimmt's?«

»Ja, ich dachte, dass meine Verlobte … aber …«

»Dann komme ich vielleicht ein anderes Mal vorbei. Ich meine, wie sieht das denn aus, wenn Ihre Resi kommt und ich bin gerade zu Besuch?«

Sie lachte, doch es wirkte ein wenig aufgesetzt.

»Nein«, sagte Hansen, »sie kommt heute nicht. Um ehrlich zu sein: Ich weiß noch nicht einmal, wo sie gerade steckt.«

Jana Vermijnen sah ihn nachdenklich an.

»Das klingt nicht gut.« Ihre sanfte Stimme ging ihm durch Mark und Bein. »Lust, darüber zu reden?«

»Eigentlich nicht, aber …« Er deutete in den Hausflur. »Vielleicht wollen Sie trotzdem hereinkommen. Ich mach uns einen Kaffee, oder mögen Sie Bier? Ich kann uns was kochen, und Wein habe ich auch ganz guten im Haus.«

Jetzt lächelte sie wieder, und Hansen hatte Angst, dass seine Wangen glühten, so verlegen fühlte er sich im Moment.

»Wir machen es anders, Herr Hansen. Sie ziehen sich eine Jacke über, empfehlen mir ein schönes Restaurant in der Nähe, und ich fahre und lade Sie ein.«

»Aber …«

»Keine Widerrede! Ich bin beim BKA und Sie nur bei der Kripo, schon vergessen?«

Sie lachte, und Hansen zuckte lächelnd mit den Schultern.

Jana Vermijnen fuhr zügig und sicher, und Hansen lotste sie nach Schwangau, wo sie im Schlossbrauhaus einen kleinen freien Tisch fanden. Haffmeyer hatte ihm das Lokal mal empfohlen, aber mit Resi war er noch nie hier gewesen. Er musste sich eingestehen, dass er nicht zufällig keines der Restaurants ausgewählt hatte, die Resi und er häufiger besuchten.

Jana Vermijnen fand die Einrichtung jedenfalls schön gemütlich, das Essen schmeckte ihr, und als das erste Bier halb ausgetrunken war, bot sie Hansen das Du an, und sie tranken Brüderschaft. Ihr Gespräch drehte sich zunächst um Berufliches. Sie hatte eine Information zum Mordfall Roth mitgebracht: Jupp Kistenburger war in Hessen und in Schleswig-Holstein schon polizeibekannt. Ende der Achtziger war er in der Rotlichtszene unterwegs gewesen, erst in Kiel und später in Darmstadt wegen einiger Prügeleien aufgefallen und außerdem wegen räuberischer Erpressung und ähnlicher Delikte von der Polizei beschattet worden – doch nichts davon konnte ihm nachgewiesen werden. Er hatte damals oft mit einem Kumpan namens Heiner Achtke »zusammengearbeitet«, der ebenfalls immer wieder unter dem Verdacht stand, krumme

Dinger gedreht zu haben. Nach 1991 aber war nichts mehr über die beiden aktenkundig geworden.

»Bis auf eine Sache, Eike«, sagte Jana und lächelte ihn verschmitzt über den Rand ihres Bierglases hinweg an.

Er wartete, dass sie weitersprach, aber erst zersäbelte sie gründlich ihr Schnitzel und schob sich Fleisch und Beilagen in den Mund. Notgedrungen musste er warten, bis sie den Mund wieder frei hatte.

»Unser Freund Jupp Kistenburger wurde 1995 von einem Typen namens Schelling angeschwärzt, dem ein Einbruch nachgewiesen worden war und der in einer Befragung der Kripo Esslingen behauptete, Kistenburger sei zweieinhalb Jahre zuvor an einem Banküberfall in Filderstadt beteiligt gewesen.«

»Einer der beiden Banküberfälle, für die Roth hinter Gitter musste?«

»Ja.«

»Dann wäre klar, woher sich Roth und Kistenburger kennen – aber was wurde aus dem Vorwurf?«

»Kistenburger war auch diesmal nichts nachzuweisen. Sein Alibi stammte zwar von seinem Kumpel Achtke, aber es fand sich nicht das kleinste Indiz, das Kistenburger oder Achtke mit dem Bankraub in Verbindung gebracht hätte. Dasselbe galt für den zweiten Bankraub in Schwäbisch Hall, für den bis dahin ebenfalls nur Roth im Gefängnis gelandet war. Und so elend, wie Kistenburger damals in einer ziemlich üblen Gegend Stuttgarts hauste, konnte sich auch keiner vorstellen, dass er wirklich gut zwei Millionen Mark erbeutet haben konnte. Am Ende taten die Kollegen die Aussage von Schelling als Finte ab, von der er sich Strafmilderung erhoffte.«

Sie ergingen sich in Vermutungen, wo die Beute hinge-kommen sein konnte. Hatte Kistenburger freiwillig so be-scheiden gelebt, bis Gras über die Sache gewachsen war? Aber wieso hatte er dann so lange gewartet? Die Überfälle lagen ja schon viele Jahre zurück. Hatte ihm jemand die Beute abgenommen? War er hinter Roth her gewesen, weil er dachte, dass der das ganze Geld an sich genommen hatte? Das würde auf jeden Fall erklären, warum der Bankräuber Klaus-Peter Schwartz nach seiner Entlassung aus dem Gefängnis eine neue Identität als Hansjörg Roth angenommen hatte. Und es würde dazu passen, dass Roth der Schreck in die Glieder gefahren war, als er seinen alten Komplizen Kistenburger vor Wanks Haus sah. Aber warum war er auf der Waldlichtung wohnen geblieben, wenn er doch wusste, dass Kistenburger ihn aufgestöbert hatte?

Irgendwann kamen private Themen auf den Tisch, sogar über den Streit mit Resi konnte er mit Jana reden, ohne dass es ihm unangenehm war. Dann sprachen sie über Hobbys, über Reisen, die sie unternommen hatten oder noch unter-nehmen wollten, und vieles mehr. Je länger sie sich unterhiel-ten, desto vertrauter wurde Hansen diese hübsche junge Frau. Sie war knapp zehn Jahre jünger als er, schien aber ehrlich an ihm interessiert zu sein. Das schmeichelte ihm nach dem zweiten Bier noch mehr als bisher, und ab und zu berührten sich ihre Hände auf dem Tisch wie zufällig. Anfangs kicher-ten sie beide deswegen wie Teenager, doch allmählich wurden ihre Blicke ernster und intensiver.

Noch bevor Hansen einen Nachtisch hätte bestellen kön-nen, drängte Jana zum Aufbruch. Sie fuhr jetzt langsamer als auf dem Hinweg, als hätte sie nun doch Bedenken. Beim Schalten streckte sie ihren Arm manchmal etwas weiter aus und berührte den linken Oberschenkel ihres Beifahrers mit den Fingerspitzen. Hansen hatte das Gefühl, ihn treffe ein starker Stromschlag, aber er unternahm nichts dagegen.

So erreichten sie das Haus in der Ehrwanger Straße. Das Wohnhaus und die Nebengebäude lagen in tiefer Dunkelheit, nirgendwo regte sich etwas. Jana ließ ihren Wagen ausrollen und drehte den Zündschlüssel. Sie legte beide Hände aufs Lenkrad und schaute auf das Haus vor sich. Hansen warf ihr kurze Seitenblicke zu und versuchte aus ihrer Miene schlau zu werden. Es schien in ihr zu arbeiten, und sie saßen sicher fünf, sechs Minuten schweigend nebeneinander im Auto.

»Willst du mit reinkommen?«, fragte Hansen schließlich. Seine Stimme klang rau, und er räusperte sich. »Ich kann uns einen Kaffee machen.«

Nun lächelte Jana Vermijnen, sah noch einen Moment lang geradeaus und dann zu ihm hin. Er wusste nicht recht, was jetzt passieren würde, und er wollte es auch nicht so genau wissen. Ihm war nur klar, dass sich der Rest des Abends nach dem richten würde, was diese attraktive Frau neben ihm wollte. So oder so. Ihr Lächeln wurde breiter, aber auch wehmütig, und schließlich schüttelte sie kaum merklich den Kopf.

»Ich kann das nicht«, sagte sie.

»Was denn? Ich meine, wir können wirklich nur Kaffee trinken, wir quatschen noch ein bisschen, und dann fährst du nach Hause.«

»Das würde nicht funktionieren, Eike. Wenn ich mit dir reingehe, will ich mehr von dir als einen Kaffee.«

Hansen war froh, dass es so dunkel war. Seine Wangen mussten glühen wie eine Herdplatte.

»Und dann?«, fuhr sie fort. »Morgen gehst du wieder zu deiner Resi, und ich kann schauen, wo ich bleibe. Oder du gibst ihr den Laufpass, und ich muss damit zurechtkommen, dass ich in eine Beziehung gegrätscht bin, die kurz vor der Hochzeit stand. Das gefällt mir beides nicht, Eike.«

Sie stupste mit dem Zeigefinger gegen seine Nasenspitze.

»Und jetzt raus mit dir, Eike. Wenn du magst, kannst du gern heute Nacht von mir träumen. Ich hab das mit dir auch ganz fest vor. Aber alles andere sollten wir bleiben lassen.«

Hansen wollte etwas sagen, aber es fiel ihm nichts ein.

»Das ist besser so, glaub mir. Und falls du irgendwann nicht mehr mit Resi zusammen bist – egal aus welchem Grund, nur halt nicht meinetwegen: Dann rufst du mich an, und dann können wir das gerne nachholen.«

Er sah sie noch eine Zeit lang an, dann nickte er, stieg aus und ging ins Haus, ohne sich noch einmal umzudrehen.

Schubert trat erst aus dem dunklen Schuppen, als der Wagen der BKA-Beamtin weggefahren war. Durch die Fenster beobachtete er Hansen, der unruhig von einem Zimmer ins nächste ging, sich ein Bier einschenkte, es wieder ausgoss und schließlich mit einem gut gefüllten Glas Whisky im Wohnzimmer einschlief.

Schubert fröstelte. Er hatte Hansen abholen wollen, um den Abend mit ihm und seinem Nachfolger als Chef des Dienstes zu verbringen. Dieser Mann, der sich ein Zimmer in Füssen genommen hatte, wusste vermutlich am meisten über

Hansens Vater. Doch dann war Jana Vermijnen vorgefahren und hatte Hansen abgeholt.

Schubert hatte dem Hotelgast in Füssen mitgeteilt, dass sich das Treffen vermutlich auf den nächsten Morgen verschieben werde, er kündigte aber an, sich noch einmal zu melden. Seither hatte er hier gewartet, hatte ab und zu Hansens hinterhältigen Kater erschreckt und sich von Zeit zu Zeit ein Bier aus der Küche geholt. Im Schuppen war er gut gegen den kälter werdenden Wind geschützt gewesen, aber nun wollte er doch endlich in sein Hotelzimmer und ins Bett. Er war ja nicht mehr der Jüngste.

Er ging zu seinem Auto, das er auf dem Parkplatz zwischen Ruderclub und Kläranlage abgestellt hatte. Auf dem Heimweg bestätigte er dem Mann in Füssen das Treffen, das nun am nächsten Morgen stattfinden würde.

Steffens profitierte in dieser Nacht davon, dass er während seiner Ausbildung und in seinem Beruf die Fähigkeit zur Selbstbeherrschung hatte perfektionieren können. Die Zelle, in der man ihn untergebracht hatte, war bescheiden, aber sauber, und es gab auch keine nennenswerten Ruhestörungen. Also setzte sich Steffens aufs Bett, richtete seine Beine parallel zueinander aus, legte eine Hand auf jeden Oberschenkel, schloss die Augen und konzentrierte sich auf seine Atmung.

Er nutzte diese Übung gelegentlich zum Einschlafen. Vor allem nach turbulenten Tagen. Dann ließ er die Bilder des Tages noch einmal vor seinem geistigen Auge aufsteigen. Er betrachtete sie, wählte dann einen der dunkleren Bereiche des Bildes aus und stellte sich vor, darin einzutauchen. Das nächste Bild wurde ein wenig dunkler in seinen Farben, und wenn er das Ritual oft genug wiederholt hatte, herrschte in seiner Vorstellung einschläfernde Dunkelheit. Dann schwang er seine Beine langsam auf die Matratze, deckte sich ohne hastige Bewegung zu, bettete den Kopf vorsichtig aufs Kissen und war wenig später eingeschlafen.

Das wollte er auch heute so halten, doch zunächst ließ er alle Personen und Ereignisse wie einen Film ablaufen, zoomte Gesichter, Absichten und Möglichkeiten heran oder blendete sie aus, und ganz allmählich taten sich vor ihm zwei Wege auf, die er gehen konnte. Steffens stand lange vor der Gabelung und dachte erst den einen Weg zu Ende und dann den anderen.

Nach gründlichem Überlegen entschied er sich für eine Richtung, und obwohl sich sein Gesicht nicht bewegte, spürte er ein Lächeln in sich. Ja, dachte Steffens, so würde es gehen.

Noch einmal rief er sich in Erinnerung, was morgen zu tun war. Dann suchte er in dem Bild, das er mit geschlossenen Augen sah, eine dunkle Stelle und tauchte hinein.

Sonntag, 10. März

Hansen hätte gern noch zu Ende geträumt, aber etwas rüttelte an ihm. Sanft, aber unaufhörlich. Widerwillig blinzelte er und öffnete die Augen einen Spaltbreit. Durch das Fenster drang Tageslicht herein, aber er konnte nicht gleich erkennen, was anders war als sonst. Das Rütteln hörte auf. Er schlug die Augen vollends auf – und sah Schubert neben dem Bett stehen.

Hansen erschrak und setzte sich schneller auf, als es für seinen Rücken gut war. Der alte Mann war keineswegs Angst einflößend, aber er befand sich eindeutig zur falschen Zeit am falschen Ort. Schubert schien das nicht anzufechten: Er lächelte gutmütig auf Hansen herab, als wäre es völlig normal, in ein Haus einzudringen, ungebeten ans Bett des Bewohners zu treten und ihn zu nachtschlafender Zeit zu wecken. Hansen warf einen kurzen Blick auf den Radiowecker. Na gut, halb neun Uhr morgens war nicht so furchtbar früh, aber …

»Guten Morgen, Eike«, sagte Schubert. »Zeit aufzustehen. Ich habe Frühstück gemacht.«

Frühstück gemacht? Was erlaubt sich dieser Mann? Hansen hätte ihn gern deswegen angeraunzt, hätte ihn gern gefragt, warum, in aller Welt, er einfach hereinspazierte und sich benahm, als wäre das sein Haus. Ihm genügte es schon vollkommen, dass sich Kater Ignaz so verhielt. Aber so kurz nach dem Aufwachen war Hansen eher maulfaul, also maß er Schubert nur mit einem verschlafenen und verärgerten Blick.

»Also, jetzt raus aus den Federn, sonst wird das Rührei kalt. Und zieh dir was Vernünftiges an, du hast Besuch.«

Damit war er auch schon verschwunden, und während Hansen sich anzog und darüber nachdachte, wer so früh am Tag wohl noch alles ungefragt in sein Haus gekommen war, hörte er in der Küche leise zwei Männer miteinander reden.

Schubert saß auf der Bank, und vor ihm stand ein Teller mit Rührei, Speck und gerösteten Zwiebelringen. Vor dem Platz, den er Hansen zugedacht hatte, dampften Eier, Kaffee und frischer Toast. Der dritte Mann im Raum begnügte sich mit Marmeladentoast, einem Glas Wasser und einer Tasse Milchkaffee. Hansen kannte Schubert inzwischen gut genug. Der Alte würde kein Wort über den Besucher und den Grund seines Besuchs verlieren, bevor Hansen nicht mit dem Essen begonnen hatte. Also grüßte er den Unbekannten mit einem knappen Kopfnicken, setzte sich und griff zu.

»Lieber Eike, ich möchte dir heute jemanden vorstellen, von dem ich dir schon mal erzählt habe. Er leitet den Dienst, in dem ich früher das Kommando hatte und für den dein Vater gearbeitet hat.«

Hansen betrachtete den Besucher. Das war also der Mann, der Chef des Dienstes war und damit die Stelle innehatte, für die ursprünglich sein Vater vorgesehen war. Er mochte im selben Alter sein wie Hansens Vater, mit dem er auch eng befreundet gewesen war. Die grauen Haare über den Schläfen waren millimeterkurz ausrasiert, der Rest nur wenig länger und sauber gescheitelt. Früher hatte eine solche Frisur als Kommissschnitt gegolten, aber heute trugen nicht nur Fuß-ballstars, sondern auch zahlreiche Jugendliche diese Frisur.

Sein Körperbau war, soweit man das im Sitzen erkennen konnte, etwas gedrungen, aber durchtrainiert, auch wenn sich unterhalb der Brustmuskeln ein kleiner Bauchansatz abzeichnete. Der Mann sah müde aus, in sein Gesicht hatten sich tiefe Furchen und Falten eingegraben, aber er wirkte nicht unsympathisch. Seine Miene spiegelte unterschiedliche Gefühle wider. Gespannte Erwartung war darunter, auch leise Sorge.

Um Zeit zu gewinnen, schaufelte Hansen sich den Mund mit Rührei voll und spülte mit reichlich Kaffee nach.

»Hast du gut geschlafen?«, fragte Schubert schließlich, und nach einer kurzen Pause fügte er hinzu: »Nach deinem kleinen Ausflug gestern Abend ...«

Hansen stöhnte.

»Na ja«, fuhr Schubert fort, »du kannst nicht behaupten, dass ich dich nicht gewarnt hätte. Als du voriges Jahr schon einmal eine Krise mit Resi hattest, habe ich dir gesagt, dass du dich anstrengen und das wieder in Ordnung bringen musst und dass ich dich im Auge behalten werde. Weißt du, Eike, ich sage so etwas nicht einfach nur dahin.«

»Falls es nötig ist, kann ich das gern bestätigen«, meldete sich der andere zu Wort und lächelte versöhnlich. Seine Stimme klang voll und angenehm.

»Fürs Erste wäre ich schon froh, wenn ich einen Namen hätte, mit dem ich Sie ansprechen kann«, brummte Hansen.

»Man nennt mich meistens Jeep.«

»Wie den Geländewagen?«

Jeep zuckte mit den Schultern.

»Das hat mit einem meiner Vornamen zu tun. Ihren zweiten Vornamen Wilhelm haben Sie Ihrem Großvater zu verdanken – mein Opa hieß Eugen. Ich mochte den Namen noch nie, aber natürlich bleibt so etwas in einem Geheimdienst nicht geheim. Als die Kollegen dann noch mitbekommen haben, dass ich gern Spinat esse, war es nicht mehr weit bis zu meinem Spitznamen.«

Hansen sah ihn fragend an.

»Kennen Sie Popeye nicht?«, hakte Jeep nach.

»Doch, aber ...«

»Eugene the Jeep ist eine Nebenfigur in den Popeye-Comics. Er hat übernatürliche Fähigkeiten und rettet den Helden ein ums andere Mal aus den kniffligsten Situationen. Na ja, irgendwann habe ich das als Lob verstanden.«

»Du solltest sein Büro sehen«, merkte Schubert an und lachte. »Überall Grafiken von Geländewagen, und dann noch dieser sagenhaft hässliche Aschenbecher in der Form eines Jeeps ...«

»Sehr schön«, entgegnete Hansen, »aber Sie sitzen sicher nicht hier am Tisch, um mir solche Anekdoten zu erzählen, richtig?«

Schubert wurde ernst, wirkte aber nicht eingeschnappt.

»Frau Vermijnen wird sich nicht mehr von dir verabschieden«, fuhr er fort. »Sie hat heute in aller Frühe im Hotel ausgecheckt, hat deiner Chefin Vroni Schliers einen umfassenden Abschlussbericht hinterlassen, den sie heute Nacht geschrieben hat, und ist nun auf dem Weg nach Hause.«

Der andere nickte dazu und sagte: »Um elf werde ich mit ihrem Chef telefonieren.«

Hansen sah ihn überrascht an.

»Wieso wollen Sie denn mit Janas Vorgesetztem reden? Wollen Sie sie anschwärzen?«

Der Mann lächelte nachsichtig.

»Herr Hum…, ich meine, Herr Schubert hat mir schon erzählt, dass Sie ziemlich wilde Vorstellungen davon haben, was ein Dienst wie unserer alles anstellt, um seine Interessen zu wahren. Aber Sie müssen nicht glauben, dass wir ständig nach London oder sonst wohin fliegen, um Leute zu vergiften. Wir machen nur unseren Job, und wenn wir ihn gut machen, erfahren Sie nichts davon – und dürfen trotzdem den Umstand genießen, dass wir das eine oder andere wieder aufs richtige Gleis gesetzt haben.«

»Klingt ja toll«, versetzte Hansen spöttisch. »Aber warum dann das Telefonat mit Janas Abteilungsleiter?«

»Na ja, etwas höher steige ich schon ein, Herr Hansen. Aber ihr Boss wird nur Lob von mir zu hören bekommen, außerdem werde ich ihr eine Tür öffnen. Frau Vermijnen hat sich vor zwei Monaten um eine Stelle bei unserem Dienst beworben, weil sie sich für Auslandseinsätze interessiert. Und eine solche werde ich ihr anbieten. Nach allem, was wir inzwischen über sie wissen, wird sie wohl zusagen.«

»Ich hoffe, dass das nicht ein ähnlicher Einsatz ist, wie er meinem Vater das Leben gekostet hat«, versetzte Hansen unwirsch.

Er wollte nicht länger überspielen, wie sehr er sich über das selbstsichere Auftreten des Unbekannten an seinem Küchentisch ärgerte. Die Bemerkung ließ den anderen scharf einatmen und dann verstummen. Ein Schatten legte sich über sein Gesicht.

»Das war nicht nötig, Eike«, bemerkte Schubert. »Jeep war für den Einsatz vorgesehen, den dein Vater nicht überlebte. Aber er wurde krank, und dein Vater ist eingesprungen. Jeep macht sich heute noch Vorwürfe deswegen, obwohl er natürlich nichts für den Tod deines Vaters konnte.«

Jeep starrte vor sich auf die Tischplatte. Seine Selbstsicherheit war wie weggewischt, düstere Erinnerungen schienen ihn niederzudrücken.

»Tut mir leid«, brachte Hansen nach einer Weile hervor.

»Ist nicht Ihre Schuld«, murmelte Jeep.

»Außerdem sind wir auch nicht nur hier, um dir von Jana Vermijnen zu berichten. Wenn ich das gestern Abend richtig beobachtet habe, hat nicht viel gefehlt, und ihr beiden wärt miteinander ins Bett gegangen.«

»Also, ich –«, brauste Hansen auf, aber Schubert brachte ihn mit einem einzigen Blick zum Schweigen.

»Ich weiß, dass Resi und du endlich einen Termin für eure Hochzeit ausgemacht habt. Versau das jetzt nicht noch auf den letzten Metern. Ich habe dir ja schon im vergangenen Jahr erzählt, dass ich selbst es falsch gemacht habe und nun allein dasitze, statt mit jemandem mein Leben zu teilen. Auch Frau Vermijnen hat dir von einer ähnlichen Erfahrung erzählt.«

Hansen wunderte sich längst nicht mehr, was Schubert alles wusste, aber manchmal nervte es doch ein wenig. Der Alte redete unterdessen weiter.

»Eigentlich hatte ich gehofft, dass das genügen würde, um dir klarzumachen, wie wichtig es ist, sich wieder mit Resi auszusöhnen – aber du hast offenbar eine etwas längere Leitung. Deshalb ist Jeep heute hier.«

Hansen sah den Geheimdienstchef an, der sich nun sehr unbehaglich zu fühlen schien.

»Ich hätte mir das gern erspart«, sagte er schließlich. »Aber wenn Schubert mich um etwas bittet, kann er recht hartnäckig sein. Und natürlich vergisst er nie, bei solchen Gelegenheiten an mein schlechtes Gewissen zu appellieren.«

Er atmete tief durch.

»Egal, es hilft ja nichts.«

Jeep sah Hansen tief in die Augen, bevor er fortfuhr.

»Ich kannte Ihre Mutter schon, bevor Ihr Vater und ich uns zum ersten Mal begegneten. Wir waren zusammen, recht lange sogar, und ich war danach nie wieder so verliebt in eine Frau. Leider ist mir zu spät klar geworden, wie wichtig sie für mich war.«

Hansen war sprachlos. Er warf Schubert einen kurzen Blick zu, aber der nickte nur.

»Ich hielt damals meinen Job für das Wichtigste, und als Ihr Vater zu uns kam, kristallisierte sich bald schnell heraus, dass wir beide das Duell um die Nachfolge von Schubert weitgehend unter uns ausmachen würden. Um es kurz zu machen: Ihr Vater war besser, und ich war ehrgeiziger. Ihre Mutter und ich sahen uns immer seltener, immer wieder habe ich sie vor den Kopf gestoßen, bis es ihr irgendwann zu viel wurde: Sie hat mir den Laufpass gegeben.«

Jeep machte eine längere Pause. Hansen wartete schweigend darauf, dass er weitersprach, und versuchte währenddessen seine Gedanken zu sortieren.

»Erst versank ich in Selbstmitleid, und auf Ihren Vater hatte ich eine Mordswut, weil ich mir einbildete, dass er sie mir ausgespannt hätte – aber unsere Beziehung war einfach zu Ende gegangen, weil ich es verbockt hatte. Und erst danach begannen Ihre Eltern miteinander auszugehen, und ich ...«

Er wischte sich fahrig über die Stirn und sah dann Schubert an.

»Zufrieden?«

»Danke, Jeep. Und du, Eike, denkst über die Geschichte jetzt in Ruhe nach – und dann reißt du dich am Riemen und sprichst dich mit Resi aus. Wenn du das versemmelst, nehme ich dir das persönlich übel! Ich werde auch noch mit Resi reden, als alter Freund deiner Eltern. Und ich traue mir durchaus zu, auch sie so weit zu bringen, dass sie sich eine Versöhnung wünscht. Wenn das nicht ohnehin schon längst der Fall ist.«

Hansens Handy klingelte. Auf dem Display war die Durchwahl der Kripochefin zu sehen.

»Geh ruhig ran«, ermunterte ihn Schubert.

»Herr Hansen, Sie sollten schnell herkommen«, begann Vroni Schliers ohne Umschweife. »Koller hat Wanks Butler noch einmal befragt – und es sieht so aus, als habe er damit einen Volltreffer gelandet.«

Damit war das Telefonat auch schon wieder beendet, und die beiden Geheimdienstler erhoben sich.

»Fahr schnell los, Eike«, sagte Schubert. »Jeep und ich räumen noch den Frühstückstisch ab, und dann gehen wir wieder. Ich erwarte natürlich, dass wir zur Hochzeit eingeladen werden, wenn es endlich so weit ist.«

Er grinste.

»Und was schreibe ich auf die Tischkarten? Jeep und Schubert?«

»Nein, lieber nicht«, antwortete er lachend. »Diesen Deal biete ich dir gerne an: Mach mit Resi alles klar, und für die Einladung zur Hochzeit sage ich dir unsere richtigen Namen.«

Als Hansen in Kempten eintraf, fing Rosemarie Schwegelin ihn auf dem Flur ab.

»Der Koller sitzt bei der Chefin drin und trommelt sich so heftig auf die Brust, dass er wahrscheinlich schon blaue Flecken hat«, raunte sie ihm zu. »Dabei hat mir der Kollege, der die Befragung hinter der Spiegelwand mitverfolgt hat, im Vertrauen erzählt, dass Steffens erst mal gar nichts sagen wollte, dann aber plötzlich aus eigenem Antrieb geredet und gar nicht mehr aufgehört hat.«

Sie rollte mit den Augen.

»Koller hält sich natürlich für den Allergrößten. Na, Sie kennen ihn ja …«

Rosemarie Schwegelin führte Hansen in das Büro der Kripochefin, wo Koller in euphorischer Stimmung in der Besprechungsecke saß. Er schwärmte ihr gerade vor, wie geschickt er Steffens die Zunge gelöst und was der ihm daraufhin alles gestanden und erzählt habe. Vroni Schliers wirkte etwas genervt und wies Hansen einen freien Stuhl an. Koller bedachte seinen Vorgesetzten mit einem Blick, der keine Fragen offenließ. Es war nicht zu übersehen, dass Koller sich schon ausmalte, wie er als neuer K1-Chef das Büro umgestalten würde, in dem Hansen jetzt saß.

»Guten Morgen, Herr Hansen«, begrüßte er ihn in spöttischem Tonfall. »Steffens wollte anfangs nicht reden, ganz wie gestern, als Sie ihn befragt haben. Aber ich habe ihn weichgekocht, und es hat keine fünf Minuten gedauert, bis er reinen Tisch gemacht hat.«

»Sie haben nur fünf Minuten gebraucht, um ihn *weichzukochen?*«, brummte Hansen, verstummte aber, als er den warnenden Blick von Vroni Schliers auffing.

»Steffens hat seiner Aussage zufolge nicht direkt mit dem Mord an Roth zu tun«, berichtete Koller. »Kistengruber hat den alten Einsiedler auf dem Gewissen – geschossen hat er allerdings mit einer Armbrust, die Steffens für ihn aus den Beständen seines Arbeitgebers abgezweigt hat. Kistengruber hat zu Steffens Kontakt aufgenommen, um an Roth heranzukommen – und Steffens hat dafür ausgehandelt, dass er einen Teil der Beute aus den Banküberfällen bekommt. Die nämlich hat Kistengruber bei Roth vermutet, und das hat er Steffens auch so gesagt. Wir wissen noch nicht, wie er auf diese Idee gekommen ist und ob er mit seiner Vermutung richtig- oder falschlag, aber das bekomme ich aus diesem Kerl natürlich auch noch heraus.«

»Natürlich«, warf Hansen ein und lehnte sich seufzend in seinem Stuhl zurück.

Koller war nur ganz kurz irritiert, dann schwelgte er weiter in den Ergebnissen, die seine Befragung ergeben hatte. Dem Butler zufolge hatte Kistengruber dem Alten auf der Waldlichtung mit den Armbrustschüssen zunächst nur Angst machen wollen. Dazu verschoss er Bolzen, an denen er zuvor kleine Zettel mit Warnungen befestigt hatte. Erst schoss er nur, wenn Roth nicht da war, damit der nach seiner Rückkehr die Nachrichten vorfand. Als das nicht fruchtete, setzte er die Armbrust in Roths Gegenwart ein, zielte aber absichtlich so weit vorbei, dass er den Mann unmöglich treffen konnte. Diese Bolzen samt den Nachrichten hat Roth in eine Stofftasche verpackt, und diese wiederum war eine Zeit lang in dem Erdloch versteckt, das wir im Wald leer vorgefunden haben. Später holte Roth die Tasche aber wieder aus dem Erdloch hervor und klebte sie mit Paketband unter den Rost des Bettes in jener Dachkammer, in der er manchmal übernachtete, wenn er nach einem Gelage mit dem Hausherrn auf Wanks Anwesen blieb. Dort entdeckte Steffens sie eines Tages, fotografierte den Inhalt, klebte die Tasche aber anschließend wieder an den alten Platz. Roth sollte nicht ahnen, dass Steffens Bescheid wusste. Erst als Roth tot war, nahm der Butler die Tasche an sich und versteckte sie in einem Schuppen auf Wanks Grundstück. »Ich habe Kollegen hingeschickt, die die Tasche holen sollen.«

Er sah auf die Uhr.

»Sie müssten jeden Moment wieder hier sein. Es war also alles richtig, was ich vermutet habe.«

»Nur das Blumenbeet hat ohne Grund dran glauben müssen, richtig? Wenn ich es richtig verstanden habe, wissen wir noch nicht, ob Roth die Beute überhaupt hatte – also war sie wohl auch nicht neben der Schweinegger Kapelle vergraben.«

»Einen Versuch war es wert.«

Hansen winkte ab.

»Kistengruber hat also mit der Armbrust auf Roths Hütte und andere Stellen auf der Lichtung geschossen, um Warnungen zu überbringen?«, wollte Hansen wissen.

Koller nickte.

»Und damit wollte er Roth bewegen, ihm endlich das Versteck der Beute zu verraten?«

Koller nickte erneut.

»Hat er es ihm verraten, was glauben Sie?«

»Wohl kaum, sonst würde Roth ja noch leben.«

»Weil wir davon ausgehen, dass auch der tödliche Bolzen mit einer solchen Warnung auf einem kleinen Zettel präpariert war, richtig?«

»Genau richtig.«

»Und nachdem Kistengruber den alten Roth mit diesem Bolzen getötet hatte, der wieder eine Warnung enthielt: Von wem hoffte er denn dann das Versteck zu erfahren? Und wen wollte er denn mit dem Zettel noch warnen? Roth jedenfalls war schon tot und musste keine Angst mehr vor ihm haben.«

Vroni Schliers unterdrückte mühsam ein Grinsen. Koller war etwas aus dem Konzept gebracht, aber dann schimpfte er nur: »Sie können nicht verlieren, Hansen, das ist Ihr Problem! Sie haben nichts aus diesem Butler herausbekommen, und mir hat er alles lang und breit erzählt. So sieht's aus.«

»Ja«, sagte Hansen. »So sieht's aus. Ich nehme an, Frau Schliers, unser Verhörprofi soll auch das Gespräch mit Herrn Kistengruber höchstpersönlich führen?«

Sie nickte, und Kollers Brust schwoll noch ein wenig mehr an.

»Gut. Wenn es Ihnen recht ist, Herr Koller, würde ich mit Frau Schönberg reden – dann sparen wir Zeit.«

Koller blinzelte Hansen irritiert an, aber auf dessen Miene zeichnete sich weder Spott noch Wut ab. Schließlich zuckte er mit den Schultern.

»Machen Sie das«, sagte Koller gönnerhaft.

Vroni Schliers räusperte sich, stand auf und schickte die beiden Männer an die Arbeit.

Willy Haffmeyer hatte sich krankgemeldet, also nahm Hansen nur Hanna mit zur Befragung. Erst verhielt sich Ina Schönberg so bockig wie tags zuvor, aber als Hansen ihr mitteilte, dass Steffens ausgepackt habe, wirkte sie zwar erst überrascht, dass auch der Butler in diesen Fall verwickelt war – doch dann erzählte sie bereitwillig, um ihren Kopf so weit wie möglich aus der Schlinge zu ziehen.

Wobei sie nicht viel zu befürchten hatte: Kistengruber hatte sie angeheuert, damit sie ihm meldete, wann immer Roth bei Wank auftauchte. Und er hatte sie gebeten, sich an den Alten heranzumachen und ihn beiläufig über seine Vergangenheit auszuhorchen – und natürlich ihm hinterher alles ausführlich zu berichten. Dafür hatte er ihr zweitausend Euro versprochen. Doch als sie nicht die gewünschten Informationen lieferte, begann er sie unter Druck zu setzen. Er drohte ihr nicht nur Gewalt an, sondern auch, dass er Wank anonym über ihre Schnüffeleien informieren würde. Notgedrungen forschte sie noch etwas weiter in seinem Sinne herum, bekam aber nichts Hilfreiches heraus – weshalb Kistenburger sie auf dem Feldweg, von dem aus sie ins Kommissariat gebracht wurden, noch einmal ins Gebet nehmen wollte.

Koller hatte mit der Befragung des mutmaßlichen Mörders weniger Erfolg. Erst antwortete Kistenburger auf keine von Kollers Fragen, sondern saß stoisch mit verschränkten Armen im Vernehmungsraum. Das ging mehr als eine Viertelstunde lang so, dann wurde es Kistenburger zu dumm. Er wandte sich zu dem Kollegen, der am Türrahmen lehnte und die Befragung als Zeuge verfolgte.

»Mit diesem Lappen rede ich nicht. Ich beantworte keine seiner Fragen, da kann er sich das Maul fusselig quatschen. Ich spreche nur mit einer einzigen Person! Ich will die Dick… ich meine, die Kommissarin hierhaben, die wo mir das Knie verdreht hat. Sonst red ich mit keinem hier, ist das klar?«

Dann fixierte er Koller, bis der unruhig wurde. Kistenburger beugte sich etwas vor und zischte: »Und jetzt raus mit dir, du Lappen! Geh Big Mama holen!«

Koller lief puterrot an, verließ aber den Raum, einen breit grinsenden Kollegen im Schlepptau.

»Was hat er vor, Hanna, was meinst du?«, fragte Hansen, als Hanna Fischer in sein Büro gekommen war und ihm von Kistenburgers Forderung berichtet hatte.

»Keine Ahnung, aber er wird sich schon nicht trauen, sich noch einmal mit mir anzulegen. Und du kommst eh mit rein, Chef, oder?«

»Eine große Hilfe bin ich dir im Notfall vermutlich nicht. Ich war ja schon auf diesem Feldweg zu langsam …«

»Das macht nichts, Chef. Gehen wir?«

Kistenburger lümmelte auf seinem Stuhl herum, er setzte sich aber etwas aufrechter hin, als Hanna den Raum betrat. Dabei verzog er das Gesicht einen Moment lang zu einer Grimasse – er schien Schmerzen zu haben.

»Geht's einigermaßen?«, fragte Hanna, während sie sich setzte, und deutete auf das Knie, an dem mit Bandagen ein Eisbeutel befestigt war.

»Passt schon. Der Doc hat sich das schon angesehen, und er wollte gleich operieren. Aber ich wollte erst noch das hier hinter mich bringen.«

Er machte eine Geste, die den ganzen Raum umfasste. Dadurch fiel sein Blick auf Hansen, der neben der Tür stehen geblieben war.

»Was macht der hier?«, fragte er Hanna.

»Das ist mein Chef, der wird dabei sein – wir sind meistens zu zweit hier drin, wenn eine Befragung läuft.«

Kistenburger wandte sich erneut Hansen zu.

»Aber die Fragen stellt nur sie, klar?«

»Klar«, sagte Hansen, und daraufhin richtete Kistenburger seine ganze Konzentration auf Hanna.

Sie näherte sich mit ihren Fragen Schritt für Schritt dem Mordfall, ließ ihrem Gegenüber kein Abschweifen durchgehen und lenkte das Gespräch schließlich auch auf die Vorgeschichte, auf Beweggründe und persönliche Beziehungen der Beteiligten. Das alles machte sie sehr geradlinig, blieb im Ton stets freundlich, aber unnachgiebig im Nachhaken, wenn Kistenburger einer Frage auswich. Hansen lehnte schweigend am Türrahmen und war mächtig stolz auf seine Mitarbeiterin, die mit ihm und Haffmeyer auch sonst ein so gutes Gespann bildete. Der Gedanke an Willy verdüsterte kurz seine Stimmung, aber dann verscheuchte er alles, was ihn vom Zuhören ablenkte, und konzentrierte sich wieder auf Hannas Fragen und Kistenburgers Antworten.

Seine Aussagen ergaben ein schlüssiges Bild.

Kistenburger und sein alter Kumpel Heiner Achtke waren die treibenden Kräfte hinter den beiden Banküberfällen gewesen, für die Roth einsaß, als er noch Schwartz hieß. Schwartz war nur ein kleines Licht gewesen, und als er aus dem Gefängnis freikam, hätte Kistenburger ihn eigentlich in Ruhe gelassen. Allerdings war die Beute aus den beiden Banküberfällen spurlos verschwunden gewesen. Kistenburger und Achtke war es gelungen, den Komplizen aufzuspüren, der die Beute hatte verschwinden lassen und sie nach der Währungsumstellung unter der Hand in Euro umgetauscht hatte. Sie hatten ihn – einen Typen namens Bohlinger – gehörig unter Druck gesetzt, woraufhin dieser Panik bekommen, das Geld aus seinem Versteck geholt und woandershin geschafft hatte, ohne dass Kistenburger mitbekommen hatte, wohin. Erneut hatte er Bohlinger in die Zange genommen, doch dieser war plötzlich in seinen Wagen gesprungen und davongerast. Kistenburger hielt sich mit seinem schweren Motorrad mühelos dicht hinter ihm, doch in einer scharfen Linkskurve kam der Wagen vor ihm ins Schlingern, und Bohlingers Leben endete an einem Baum, im rauchenden Wrack seines Wagens.

Achtke fand heraus, dass Bohlinger eine Verbindung zu Schwartz gehabt hatte und dass sich ihr alter Kumpan inzwischen Hansjörg Roth nannte und sich als Gärtner verdingte. Sie stöberten ihn nach einiger Zeit auf, stellten aber fest, dass Roth nicht mehr fest bei Rupert Wank angestellt war, sondern nur noch ab und zu bei ihm auftauchte und sonst wie vom Erdboden verschluckt war. Achtke heuerte daraufhin sogar als Nachfolger von Roth an, er wurde aber bald wieder von ihm gefeuert. Kein Wunder: Die Pflanzen hatten ihn nicht allzu sehr interessiert, er hatte nur auf Wanks Anwesen herumgeschnüffelt, um Roths Spur aufzunehmen. Achtke hatte auch Kontakt mit Steffens aufgenommen, aber der gab sich nicht dafür her, mit diesem seltsamen Gärtner mehr als das Allernötigste zu sprechen. Deshalb hatte sich Kistenburger nach Achtkes Entlassung an Steffens gewandt und ihm einen Anteil an der Beute versprochen, sofern er sie bei Roth entdecken würde.

Auch sonst bestätigte Kistenburger die Aussage des Butlers. Nur davon, dass er Roth kaltblütig ermordet habe, wollte er nichts wissen, sosehr Hanna auch nachfasste – und sie fand seine Darstellung insgeheim auch stimmig.

»Warum sollte ich ihn denn töten wollen, Frau Fischer?«, fragte Kistenburger, und Hansen nahm erfreut zur Kenntnis, dass sich der grobschlächtige Kerl Hanna gegenüber handzahm und höflich gab. »Ich wollte, dass er mir endlich verrät, wo er die ganze Kohle versteckt hat! Von einem Toten kann ich das ja schlecht erfahren, oder?«

»Sie waren wütend, weil er Ihnen nichts verraten hat, da ist Ihnen die Sicherung durchgebrannt, und Sie haben ihn erschossen.«

»Nein, glauben Sie mir doch bitte endlich! Das war ein Versehen! Ich wollte den Roth im Leben nicht umbringen! Sie haben doch den Bolzen gefunden, der ihm in der Stirn steckte. Kann man daran denn keine Spuren von Papier feststellen?«

»Was sollte das bringen?«, ließ Hanna ihn schmoren.

»Ich hab doch vorher immer Bolzen verschossen, an denen ich kleine Zettel mit Warnungen befestigt hatte.«

»Ja, die hat uns Steffens gezeigt.«

»Der Saukerl wollte mich damit erpressen!«

»In Ihrem Fall geht es um Mord. Vielleicht sollten wir uns erst einmal darum kümmern.«

»Es war kein Mord, das war nur ein blödes Versehen, Frau Fischer! Ehrlich! Ich wollte Roth Angst machen, doch es hat nicht richtig funktioniert. Da hab ich angefangen, Bolzen mit Nachrichten abzuschießen, während er auf der Lichtung war. Das war für mich gefährlicher als für ihn, glauben Sie mir. Der Alte hatte eine Knarre, und mehr als einmal hat er die aus der Hütte geholt, nachdem ich wieder einen Bolzen abgefeuert hatte! Ich musste echt aufpassen, das können Sie mir glauben!«

»Trotzdem war Herr Roth irgendwann tot, gestorben durch einen Bolzen, den Sie ihm mitten in die Stirn geschossen haben.«

»Das war so nicht geplant. Ich wollte ihm halt noch mehr Angst einjagen, damit er endlich mit dem Versteck der Beute rausrückt.«

»Waren Sie sich denn so sicher, dass er das Geld hatte?«

Kistenburger seufzte.

»Ich kann mir immer noch nicht vorstellen, wo Bohlinger das Geld hingebracht haben könnte, wenn er es nicht seinem alten Kumpel Roth übergeben hat.«

»Sie sind sich also nicht sicher, sondern Ihnen fällt nur keine andere Möglichkeit ein?«

Kistenburger zuckte mit den Schultern.

»Dann könnte es doch auch so gewesen sein: Roth hat beteuert, das Geld nicht zu haben, Sie haben ihm geglaubt, und um einen unliebsamen Zeugen zu beseitigen, haben Sie ihm den Bolzen in die Stirn gejagt.«

»Nein, bitte, nein, so war es nicht, wirklich nicht!«

Kistenburger war der Verzweiflung nahe.

»Ich wollte ihm auch diesmal nur Angst einjagen, aber halt ein bisschen gründlicher als zuvor. Ich bin also auf einen Baum raufgeklettert und habe auf eine Gelegenheit gewartet, ihm ordentlich einzuheizen. Nach einer Weile kam er aus seiner Hütte und steuerte auf das Klohaus zu. Da kam mir die Idee: Wenn ich einen Bolzen in die Tür schieße, bekommt er es endlich so sehr mit der Angst zu tun, dass er mir das Versteck verrät. Der Alte geht also rein in das Scheißhaus, und ich ziele mit der Armbrust auf die Tür. Und kurz bevor ich abdrücke, rutsche ich mit einem Schuh ein bisschen aus auf dem blöden Ast. Ich konnte selbst kaum glauben, wie der Bolzen daraufhin wie an der Schnur gezogen auf das Häuschen zuschießt und genau durch den herzförmigen Ausschnitt in der Tür fliegt und …«

Er schluckte.

»Ich hab genau gehört, wie der Bolzen ihm in die Stirn ging. Kein schönes Geräusch, das kann ich Ihnen sagen.«

»Und dann?«

»Bin ich runter vom Baum und rüber zum Klohäuschen. Ich habe schon durch das ausgesägte Herz hindurch gesehen, dass da nichts mehr zu machen war. Roth war so tot wie nur was. Daraufhin habe ich mir Handschuhe übergezogen, habe die Tür aufgezogen und den Zettel vom Bolzen gerissen. Diese Warnung hatte ja jetzt keinen Sinn mehr, und ich musste an dem Toten ja nicht auch noch eine Visitenkarte hinterlassen.«

»Und dann?«

»Erst hab ich auf der Lichtung noch einmal nach einem möglichen Versteck für die Beute gesucht, dann hab ich mich aus dem Staub gemacht. Ich hab Sie und Ihre Kollegen beobachtet, und über den Butler und die Gärtnerin hab ich versucht, vielleicht doch noch den Ort des Verstecks herauszufinden. Hat aber leider nicht geklappt.«

Als alle Aussagen protokolliert und die Protokolle unterschrieben waren, wurde Kistenburger abgeführt.

Ina Schönberg, die sich nichts weiter hatte zuschulden kommen lassen, wurde ohne Auflagen auf freien Fuß gesetzt. Die größte Strafe wäre, dass Wank von ihr enttäuscht war und sie deshalb rauswarf. Sie hatte in der Befragung durchblicken lassen, dass das ein ziemlich schwerer Schlag für sie wäre – sie mochte den Job, und nachdem einige ihrer früheren Arbeitgeber sie wegen ihrer schnoddrigen Art entlassen hatten, würde sie zumindest in der näheren Umgebung so schnell keine entsprechende Stelle mehr finden.

Heiner Achtke war untergetaucht, kurz nachdem Wank ihm den Job gekündigt hatte. Die Fahndung nach ihm lief inzwischen.

Zu Steffens hatte die Soko Lichtung genug Material beisammen, damit die Staatsanwaltschaft ihn wegen versuchter oder vollendeter Erpressung anklagen konnte. Doch einstweilen sprach nichts dagegen, ihn gehen zu lassen – mit der Auflage, dass er sich täglich bei den Kollegen der Polizeiinspektion Füssen zu melden hatte.

Auf Wanks Anwesen am Schwaltenweiher angekommen, musste Steffens auch seinem Arbeitgeber ausführlich seine Rolle in der ganzen Geschichte schildern.

»Entlassen Sie mich jetzt?«, fragte Steffens.

Rupert Freiherr zu Wank und Schweinegg saß nachdenklich in seinem Bürosessel.

»Kann sein, aber ich muss darüber erst noch ein paar Tage lang nachdenken. Sie sind ein sehr guter Butler, und bis auf diese Geschichte hatte ich nie Grund zur Klage.«

Er musterte Steffens eindringlich.

»Muss ich mir Sorgen machen, dass Sie bis zu meiner Entscheidung irgendeinen Blödsinn anstellen?«

»Nein.«

»Gut, dann machen Sie Ihren Job. Ich rufe Sie in ein paar Tagen zu mir und teile Ihnen meine Entscheidung mit. Sobald Frau Schönberg wieder da ist, schicken Sie sie bitte zu mir.«

Steffens sah ihn fragend an.

»Auch für sie brauche ich noch etwas Bedenkzeit«, erklärte Wank. »Das würde ich ihr gern persönlich sagen.«

Der Butler nickte, verließ den Raum und zog die Tür leise hinter sich zu.

Bis zum Abend kam er allen üblichen Aufgaben nach, nur in den Schlaf fand er nicht. Er lag wach bis nach Mitternacht, obwohl er nach der Nacht in der Zelle eigentlich hundemüde war. Ein Gedanke ließ ihn nicht los, der ihm während der Befragung im Kommissariat gekommen war. Und diesem Einfall wollte er nachgehen, bevor es zu spät dafür war. Leise zog er sich an, schlich aus dem Haus und radelte kurz darauf mit einem E-Bike davon.

Eine knappe halbe Stunde später lehnte Steffens das Gefährt am Waldrand gegen einen Baum. Er schnallte ein unförmiges Bündel vom Gepäckträger los und ging das letzte Stück zur Lichtung zu Fuß. Mit seinen Schritten schreckte er einen

Rehbock auf, der gegenüber am Waldrand aus einem Holztrog gefressen hatte und nun wie der Blitz zwischen den Bäumen verschwand. Roths Hütte lag verlassen in der Dunkelheit, aber Steffens interessierte sich eher für den kleinen Verschlag, in dem Roth gestorben war. Er streifte Einmalhandschuhe über, zog eine dünne Haube aus Plastik über seine Haare und wählte unter den Geräten, die hinter der Wohnhütte an der Holzwand lehnten, eine Schaufel und eine Harke mit langem Stiel. Damit marschierte er zum Klohäuschen, riss die Tür auf und wartete ein bisschen, damit sich wenigstens der erste Schwall schlechter Luft verziehen konnte. Schließlich trat er näher und klappte den Deckel des Toilettensitzes auf. Das Rohr, das nach unten in die Grube führte, war zu eng für die Schaufel.

Steffens zog Jacke und Hemd aus und schnürte sich die mitgebrachte Schürze um die Hose. Dann nahm er den Boden des Klohäuschens genauer in Augenschein. Direkt hinter der Schüssel sahen einige Bodenbretter so aus, als fungierten sie als Deckel, aber Steffens bekam das Holz nicht recht zu fassen, weil es dort zu eng war. Also verließ er die schmale Bude und untersuchte deren Rückseite von außen. Auch hier waren einige Bretter zu einer Art Luke zusammengenagelt, die sich mit einiger Mühe entfernen ließ. Nun erreichte er auch die Bodenluke hinter der Schüssel, und als sie aus ihrer Halterung gezerrt war, hatte Steffens ein Loch vor sich, durch das er die Schaufel bis in die Odelgrube unter dem Toilettenhäuschen schieben konnte.

Der Gestank, der aus dem Loch aufstieg, raubte ihm fast den Atem, aber es half ja nichts. Ganz vorsichtig ließ er die

Schaufel durch das Loch gleiten. Immer wieder musste er seine Arbeit unterbrechen, um ein paar Schritte vom Loch entfernt mit ein paar Atemzügen frischer Waldluft den Brechreiz zu unterdrücken, den Roths alte Exkremente in ihm auslösten. Aber dann endlich stieß er auf Widerstand. Ganz sachte schob er die Schaufel noch einmal hin und her. Kein Zweifel: Dort unten, hart am Rand der Grube, befanden sich mehrere Gegenstände, die auf keinen Fall durch Roths Darm dorthin gelangt sein konnten.

Er zog die Schaufel heraus, atmete ein paar Meter vom Klohäuschen entfernt einige Male tief durch, dann kehrte er zu dem Loch zurück, stocherte mit der Harke in dem trüben Brei herum und spürte tatsächlich nach einigen Versuchen, dass etwas Gewichtiges an einem Zinken der Harke hängen geblieben war. Langsam zog er die Harke immer weiter nach oben, und schließlich gab der Morast schmatzend und glucksend ein Paket frei, das offenbar sorgfältig in Plastikfolie eingeschlagen und sowohl mit Klebeband als auch mit Draht verschnürt war. Es war von länglicher Form, hatte einen fast kreisrunden Querschnitt und schien so etwas wie einen prall gefüllten Seesack zu enthalten.

Montag, 11. März

Über seine wirren Träume wunderte sich Hansen schon seit Tagen nicht mehr. Dass ihn aber seit dem nächtlichen Traum die fixe Idee nicht mehr losließ, dass Roth doch die Beute in seinem Besitz gehabt haben konnte, machte ihn ganz verrückt. Zumal es auf der Lichtung nur eine einzige Stelle gab, an der die Polizei noch nicht gesucht hatte.

Er schlug die Decke zurück und schwang die Beine über die Bettkante. Er würde gleich nachher die Kollegen von der Kriminaltechnik anrufen – wie sehr sie sich über seinen Vorschlag freuen würden, konnte er sich schon denken. Aber vielleicht ließ sich schweres Gerät einsetzen, das die Suche an dieser unangenehmen Stelle etwas erträglicher machen würde.

Hansen schlurfte in Richtung Küche und blieb in der Tür stehen. Schon wieder saß jemand unangekündigt an seinem Esstisch. An dem einen Ende hockte Ignaz auf einem Stuhl, als warte er darauf, dass ihm jemand ein Lätzchen umband und ihm einen Teller Nassfutter servierte. Der Kater hatte jedoch keine Augen für ihn, sondern blickte unverwandt – und geradezu liebevoll, wie er fand – auf die Person am anderen Ende des Tischs: Resi.

Einen Moment lang musste er den Impuls unterdrücken, ihr sofort um den Hals zu fallen, dann hatte er sich wieder im Griff. Er ging am Tisch vorbei, schaltete die Kaffeemaschine ein, blieb so lange mit dem Rücken zu Resi stehen, bis zwei

Tassen vollgelaufen waren und er für sie und sich die jeweils passende Menge Zucker eingerührt hatte. Dann drehte er sich um, stellte eine Tasse vor Resi auf den Tisch und setzte sich mit der anderen eine Armlänge von ihr entfernt hin. Sie wirkte müde und vielleicht auch ein wenig traurig. Er lächelte sie an, bis sie sein Lächeln ganz leicht erwiderte.

»Schön, dass du gekommen bist«, sagte er.

»Hättest doch auch kommen können«, gab sie sanft zur Antwort, doch es klang nicht wie ein Vorwurf, der einen neuen Streit auslösen sollte. Und sie schob auch gleich nach: »Aber du hast ja ein paarmal angerufen. Tut mir leid, dass ich nicht rangegangen bin.«

»Jetzt bist du ja da.«

»Das hast du auch diesem Freund deiner Eltern zu verdanken, diesem Herrn Schubert. Ein komischer Kauz ist das. Woher weiß der eigentlich, dass wir gerade Probleme haben?«

Einen Moment erwog Hansen, ihr schon jetzt die ganze Wahrheit zu erzählen, beschloss dann aber doch, es erst einmal zu lassen und bei Gelegenheit nachzuholen.

»Da muss ich mich wohl spätabends mal verplappert haben. Er war ein paarmal hier, und wir haben dann Bier und Wein miteinander getrunken.«

»Ihm scheint jedenfalls viel an dir zu liegen. Und ...« Sie lächelte noch etwas breiter und zwinkerte ihm zu. »Und er scheint davon überzeugt zu sein, dass ich die Richtige für dich bin.«

»Bin ich ja auch«, sagte Hansen, stand auf, zog sie von der Bank hoch und nahm sie in die Arme.

Dabei hörte er, wie Ignaz auf den Boden sprang, und Hansen sah aus dem Augenwinkel, dass der Kater die Küche verließ.

Die beiden blieben während ihrer ganzen langen Aussprache ungestört. Als sie alles geklärt hatten, sagte sie zu ihm: »Und jetzt fahren wir in die Stadt und schauen nach deinem Anzug. Der müsste doch eigentlich inzwischen fertig sein.«

»Aber ...«

»Sag jetzt bloß nichts, was mit deinem jüngsten Fall zu tun hat. Wenn du mir da mit einer Ausrede kommst, die mit diesem toten Einsiedler zu tun hat, hast du gleich den nächsten Streit mit mir!«

»Aber ich sollte dir vorher vielleicht noch etwas erzählen.«

»Papperlapapp, das hat Zeit. Wir gehen jetzt zu Schneider Creglinger, und alles andere kannst du mir danach noch erzählen. Heute nimmst du nämlich frei, mein lieber Eike. Verstanden?«

»Ja, verstanden. Mit einer einzigen Einschränkung: Ich muss die Kriminaltechnik noch kurz anrufen. Mir ist heute Nacht eine Idee gekommen, wo die Kollegen abschließend nach der verschwundenen Beute aus zwei lange zurückliegenden Banküberfällen suchen könnten.«

Resi wollte protestieren, aber Hansen hatte schon das Handy gezückt.

»Geht ganz schnell, versprochen! Nur eine Bitte: Falls du lachen musst, tu es leise, ja?«

Ulf Kayserling meldete sich am anderen Ende, und Hansen erzählte ihm von seiner Vermutung, wo das verschwundene Geld noch sein könnte. Resi prustete los und presste sich schnell den Ärmel vor Mund und Nase, um nicht zu laut zu werden. Dann legte Hansen auf.

»Echt?«, fragte Resi und lachte nun ungedämpft. »In der Grube sollen sie suchen, unter dem Toilettenhäuschen des Einsiedlers?«

»Ist ja nur so eine Idee. Ich glaube eher, dass sie dort nichts finden werden, aber wir sollten keine Möglichkeit ungeprüft lassen.«

Jetzt ging es endlich nach Füssen, wo Adalbert Creglinger einen Heidenschreck bekam, als Resi Meyer und ihr Verlobter den Laden betraten. Hansen wollte dem Schneider mit einigen Gesten hinter Resis Rücken zu verstehen geben, dass er nur privat hier sei – doch Creglinger schien völlig unklar zu sein, was das wilde Gefuchtel bedeuten sollte.

»Na, Herr Creglinger, wie geht's denn so?«, fragte Resi unbekümmert.

»Äh, ich ... nun ja ...«

»Ist denn der Anzug für meinen Bräutigam fertig? Wir wollen ja bald heiraten, da kann er doch schlecht in Jeans und T-Shirt auftreten, nicht wahr?«

Creglinger atmete auf, und ein schiefes, etwas zittriges Lächeln legte sich auf sein faltiges Gesicht.

»Ganz fertig bin ich noch nicht, aber wenn ich vielleicht die Teile, die ich genäht habe, schon einmal an Ihrem Verlobten abgleichen könnte ...?«

Samstag, 30. März

Nun war alles bereit. Die eingeladenen Gäste hatten bis auf wenige Ausnahmen auch zugesagt. Sogar seinem ehrgeizigen Stellvertreter Koller hatte Hansen auf Resis Betreiben hin eine Einladung geschickt, aber der ließ sich zum Glück entschuldigen. Und so standen im festlich geschmückten Saal des Roßhauptener Lokals, das Resi ausgesucht hatte, ausschließlich Tischkärtchen auf den langen Tafeln, die einen richtig schönen Abend versprachen. Sein Vorgänger Rolf Hamann, seine Chefin Vroni Schliers und deren Sekretärin Rosemarie Schwegelin saßen beieinander, Hanna Fischer mit ihrem Freund Thomas und Haffmeyer mit der Österreicherin Rosi Konner, die er dank einer Einladung zu Hansens Hochzeit endlich doch wieder für ein paar Tage ins Allgäu hatte locken können, hatte Resi näher am Brautpaar platziert.

Resis Eltern waren wieder so weit wohlauf, dass sie gut mitfeiern konnten, und aus Niedersachsen war eine Handvoll Verwandte von Hansen gekommen, außerdem hatten sich liebe Kollegen aus seiner Zeit bei der Hannoveraner Kripo angekündigt. Frau Walburga war ein Platz neben Resis Eltern zugedacht, mit denen sie ausführlich Klatsch und Tratsch aus den Dörfern rund um Roßhaupten und Füssen durchhecheln konnte.

Vor zwei Stühlen standen Namensschilder mit der Beschriftung »Albert Hummels« und »Wolfgang Koppelt«. Schubert alias Hummels hatte Wort gehalten und Hansen nicht nur seinen eigenen richtigen Namen, sondern auch den seines Nachfolgers mitgeteilt.

Während der Pfarrer in der Kirche noch einmal seine Predigt durchlas und überall letzte Hand an Kleidung und Frisuren gelegt wurde, ging Hansen aufgeregt in seiner Küche auf und ab. Er war viel zu früh fertig gewesen, und nun knetete er seine Finger, trank noch einen Kaffee, ging in den Garten hinaus, kam wieder zurück ins Haus und knetete dann wieder seine Finger. Er sah zur Uhr – alles war bereit, aber wenn er jetzt schon losfuhr, würde er nur unnötig lange vor der Kirche in Roßhaupten auf den Beginn der Trauung warten.

Ignaz fiel ihm ein, der heute früh zu Hansens großer Überraschung sauber gewesen war, als wolle er ebenfalls an der Hochzeitsfeier teilnehmen. Das hinterhältige Vieh, das sonst in jede Pfütze sprang und sich im Staub wälzte, sah fast possierlich aus, wenn sein Fell so in der Sonne glänzte. Und wirklich kam auch kurz darauf Frau Walburga ums Eck: Sie hatte den Kater gestriegelt und gestreichelt, und nun machte sie Anstalten, ihn vors Haus zu locken, wo sie ihn in das bereitstehende Auto verfrachten wollte. Auf dem Fahrersitz des Wagens saß Hanna und lachte, weil Hansens Vermieterin den Kater allen Ernstes mit nach Roßhaupten nehmen wollte.

Erst wollte der Kater nicht so wie Frau Walburga, doch als sie ihn in den Flur gelockt hatte, wo Hansen zu diesem Zeitpunkt schon in maßgeschneiderter Hose, weißem Hemd und Krawatte stand, schien ein Ruck durch das Tier zu gehen. Ignaz musterte seinen Zweibeiner, so verächtlich er konnte, dann stolzierte er durch den Flur und zur Haustür hinaus. Vor der geöffneten Hintertür drehte er sich noch einmal zu Hansen um – war das ein spöttisches Grinsen, das sich da unter den Schnurrhaaren des Katers zeigte? – und sprang mit einem eleganten Satz auf die Rückbank.

Jetzt fiel Hansen ein, was er mit der Zeit anfangen würde, die er noch mit Warten verbringen musste. Schon vor einiger Zeit hatte er Schuberts Rat befolgt und sich eine Wasserspritzpistole besorgt, hatte Wasser mit diversen stark riechenden Kräutern und Gewürzen versetzt und schließlich Zitronen- und Limettenschalen in der Flüssigkeit schwimmen lassen. Das abgeseihte Duftwasser hatte er in einen ausgedienten Parfümflakon gefüllt, wo es seither auf seinen Einsatz wartete. Hansen eilte ins Badezimmer, füllte die Spritzpistole mit dem Duftwasser, verpackte die Pistole in mehrere Schichten von Plastiktüten, die er sorgfältig verschloss, damit nichts von der Flüssigkeit in der Innentasche seines maßgeschneiderten Jacketts auslaufen konnte. Dann steckte er die Pistole ein und fuhr nach Roßhaupten.

Frau Walburga stand tratschend mit ihren Freundinnen ein Stück abseits der Kirche. Der Kater strich ihr um die Beine, wurde aber ein wenig unruhig, als er seinen Zweibeiner aus dem Wagen steigen und schnurstracks auf sich zukommen sah. Wie von Hansen erhofft, nahm Ignaz Reißaus und wandte sich dem Friedhof zu, der direkt an die Kirche angrenzte. Gemessenen Schrittes ging Hansen an den Frauen vorbei, grüßte beiläufig, hielt aber Ausschau nach dem Kater. Dann entdeckte er ihn, wie er hinter der Kirche Bocksprünge unternahm, um mit einigen Blättern zu spielen, die der Wind vor ihm aufwirbelte.

Hansen zog die Überraschung für Ignaz aus dem Jackett, packte die Spritzpistole aus und prüfte, ob die Plastiktüten auch dicht gehalten hatten. Zum Glück war alles gut gegangen. Er nahm die Pistole in die rechte Hand, zielte auf Ignaz und schlich sich lautlos an den Kater heran.

Das Tier war ahnungslos, spielte mit den Blättern und kümmerte sich um nichts anderes. Hansen trat versehentlich auf einen kleinen Stein, und es knirschte unter seinem Schuh. Sofort fuhr Ignaz herum und beäugte seinen Zweibeiner misstrauisch. Doch er würde nicht mehr fliehen können: Auf gut einen Meter war Hansen an den Kater herangekommen – eine ideale Entfernung für sein Vorhaben.

Ignaz blieb starr sitzen, Hansen gönnte sich ein breites Grinsen, und dann drückte er den Abzug mit voller Kraft.

Haffmeyer war der Erste, der Hansen darauf ansprach. Er deutete auf den rechten Ärmel und die rechte Brustpartie des Jacketts sowie auf den rechten Oberschenkel, wo sich deutlich große nasse Flecken abzeichneten.

»Was ist denn mit dir passiert, Chef?«

»Ach, nichts, das ist nur Wasser. Bis Resi eintrifft, ist das wieder trocken.«

Er behielt recht. Als Vater Meyer seine Tochter zum Altar führte, stand Hansen mit dem Rücken zur Festgesellschaft vorne beim Pfarrer, und seinem maßgeschneiderten Anzug war von dem Malheur nichts mehr anzusehen. Nur hatte der Pfarrer ein paarmal die Nase gerümpft, weil ihm aus der Richtung des Bräutigams immer wieder eine starke Note von Gewürzen und Zitrone entgegenwehte. Hansen tat so, als merke er selbst nichts davon. Schließlich stand Resi neben ihm, und der Pfarrer ergriff das Wort. Hansen hörte, wie Resi leise Luft durch die Nase einsog. Dann beugte sie sich zu ihm.

»Sag mal, Eike«, flüsterte sie, »du hast doch nicht versucht, den Ignaz ausgerechnet heute mit deiner stinkenden Mischung zu bespritzen, oder?«

»Ich weiß nicht, wovon du redest«, gab er ebenso leise zurück und hielt den Blick stur auf den Pfarrer gerichtet.

»Damit konnte ich ja wirklich nicht rechnen. Tut mir leid, aber gerade heute hätt's dich natürlich nicht treffen sollen.«

Sie lachte leise, und Hansen sah sie verwundert an.

»Wie meinst du das?«

»Ich habe selbstverständlich mitbekommen, dass du die Spritzpistole gekauft und ein Duftwasser angerührt hast. Daraufhin habe ich ein bisschen gegoogelt – und die einzige logische Erklärung war, dass du Ignaz mit dieser Spezialmischung einen Denkzettel verpassen wolltest.«

Der Pfarrer räusperte sich, aber weder Resi noch Hansen reagierten.

»Deshalb dachte ich mir, dass ich ein bisschen an der Pistole herumbastle ...« Sie kicherte.

Hansen fand das Ganze gar nicht so lustig.

»Deshalb habe ich also nicht den Kater, sondern mich selbst bespritzt? Du warst das?«

Resi prustete, versuchte aber, sich zu beherrschen. Hansen sah sie finster an. In diesem Moment gab der Pfarrer ein sehr lautes Hüsteln von sich.

»Wenn wir jetzt vielleicht weitermachen könnten?« Der Geistliche wirkte recht ungehalten. »Bis dass der Tod uns

scheidet, Sie verstehen? Also, wenn Sie mir jetzt bitte nach-
sprechen würden!«

Hansen war sich plötzlich gar nicht mehr so sicher.

Das Portal der katholischen Kirche St. Andreas in Roßhaupten stand einen Spaltbreit offen. Lautlos schlüpfte Kater Ignaz
durch die schmale Öffnung, schlich bis hinter die letzte Bank-
reihe und setzte sich auf den blitzblank gewienerten Mittel-
gang. Elegant legte er seinen Schwanz um sein Hinterteil und
verfolgte mit Interesse die Zeremonie, die sich ihm bot. Die
Zweibeiner auf den Bänken raunten und tuschelten, Unruhe
kam auf. Vor dem Altar schien irgendetwas nicht ganz so zu
laufen wie erwartet.

Zwischen seinem zweibeinigen Mitbewohner und der
wunderbaren Resi wurden eigenartige Blicke getauscht, und
der Pfarrer wirkte zunehmend ungeduldig. Ob es sich da
womöglich jemand anders überlegt hatte? Ignaz behielt Resi
fest im Blick. Was auch immer der Zweibeiner jetzt anstellen
würde: Er, Ignaz, war bereit.

Dann kam ihm ein Gedanke. Ein beunruhigender Gedanke
… Was, wenn die beiden sich zerstritten? Wenn sie sich gar
trennten? Wenn Resi nicht mehr ins Bauernhaus am Forggensee käme, sondern in ihrem Heimatdorf bliebe? Roßhaupten
war weit weg. Zu weit für einen Kater, so verliebt er auch sein
mochte.

Schließlich gab sich Ignaz einen Ruck und tänzelte lautlos
zum Altar. Er erschreckte seinen Zweibeiner, als er an seinen
Waden entlangstrich. Und er brachte Resi zum Lächeln, als er
dasselbe bei ihr tat.

Erst fiel der Blick seines Zweibeiners etwas argwöhnisch auf ihn, dann legte Resi ihrem Verlobten den Zeigefinger unters Kinn und küsste ihn.

Ein Seufzer der Erleichterung schien durch die Kirche zu gehen, sogar der Pfarrer atmete auf.

Ignaz nahm zwischen den beiden Brautleuten Platz, aufrecht und regungslos wie eine Statue.

Sauber und gestriegelt.

Duftend nach Katze und sonst nichts.

Und über ihm wurden die Ringe getauscht.

Danksagung

Danke an alle, die sich auch seltsame Fragen gefallen ließen und die diesem Buch informative und skurrile Details bescherten. Wenn Sie Fehler finden, kreiden Sie sie einfach mir an. Ich bitte alle um Nachsicht, denen ich einen Täter oder ein Opfer in die Nachbarschaft hineinerfunden habe, ein windschiefes Toilettenhäuschen oder einen auf alt getrimmten Herrensitz am See: Sobald Sie den Krimi zu Ende gelesen haben, ist auch alles sofort wieder weg – versprochen!

Sollte sich jemand in diesem Buch wiedererkennen, danke ich für das (unverdiente) Lob: Wie in Krimis üblich, sind Handlung und Personen frei erfunden. Für den Versuch, herauszufinden, was an den Schauplätzen real und was erfunden ist, wünsche ich viel Spaß.

Wenn Sie mehr über Kommissar Hansen wissen wollen, besuchen Sie ihn unter: www.kommissar-hansen.de

Jürgen Seibold

KENNEN SIE DIE?

BAND 1

ISBN 978-3-492-30074-2

BAND 2

ISBN 978-3-492-30075-9

BAND 5

ISBN 978-3-492-30852-6

Kommissar Hansen
ermittelt weiter…

BAND 3

Jürgen Seibold

Landpartie
Ein Allgäu-Krimi

PIPER

ISBN 978-3-492-30542-6

BAND 4

Jürgen Seibold

Pferdefuß
Ein Allgäu-Krimi

PIPER

ISBN 978-3-492-30543-3

BAND 6

Jürgen Seibold

PIPER

Spritztour
Ein Allgäu-Krimi

ISBN 978-3-492-30853-3

Gelato, Chianti und gefährliche Ganoven

Hanne Holms

Italienische Intrigen

Ein Toskana-Krimi

Piper Taschenbuch, 288 Seiten*
ISBN 978-3-492-31037-6

Reisejournalistin Lisa Langer verschlägt es für einen Auftrag in die frühsommerliche Toskana. Was gibt es auch Schöneres, als den Blick bei einem Glas Rotwein über sanfte Hügel, Zypressen und die Silhouette von Casole d'Elsa schweifen zu lassen? Doch dann entdeckt sie zwielichtige Gestalten in leer stehenden Ferienhäusern, die allem Anschein nach etwas im Schilde zu führen. Und tatsächlich stößt Lisa auf kriminelle Machenschaften. Ja, es gibt bereits Mordopfer! Lisas Neugier ist geweckt. Sie beginnt zu ermitteln, und gerät dadurch in Lebensgefahr …

Leseproben, E-Books und mehr unter **www.piper.de**